€1,00

Mit der Wärme und Geborgenheit des elterlichen Hauses ist es vorbei, als Veronica während des Zweiten Weltkriegs in einem Militärkrankenhaus als Krankenschwester arbeitet. Dort wird sie als erwachsene Frau gefordert, doch sie versteht die Spielregeln des erwachsenen Zusammenlebens nicht. Sie rät, sie vermutet in einer seltsamen Art von Unschuld und wird nach einer einzigen Nacht, die sie mit einem Arzt verbringt, schwanger. Als alleinstehende Mutter kehrt sie in ihr Elternhaus zurück, aber enttäuschte Erwartungen und böse Nachrede machen ihr das Leben zunehmend unerträglich. Sie flieht nach Fairfields, nimmt dort eine Stelle an einer Internatsschule an, wo interessante Leute unkonventionell zusammenleben, aber sie verstrickt sich immer tiefer in ihre Einsamkeit und wünscht sich gleichzeitig nichts so sehr, wie dazuzugehören. Elizabeth Jolley läßt Veronica ihre Geschichte selbst erzählen, und es ist, als stünde zwischen Veronica und der Welt eine gläserne Wand, die sie nicht übersteigen kann und die sie daran hindert, am wirklichen Leben teilzunehmen.

Die ›kleinen Dinge‹, die so schwer zu sagen sind, die unbedachten Grausamkeiten, die nicht mitteilbaren Gefühle werden in diesem Roman zu einer zärtlichen, manchmal ironischen Verteidigung der Besonderheit des Einzelnen.

»Jolley verweigert sich allen psychologischen Deutungen, sie leistet das viel Schwierigere: Sie zwingt den Leser, die Welt mit Veronicas Augen zu sehen. Das gelingt ihr mit Sätzen von seltsam schwebender Traurigkeit, die manchmal fast dasselbe ist wie Heiterkeit.« *Süddeutsche Zeitung*

Elizabeth Jolley, geboren in Großbritannien, wanderte 1959 mit ihrem Mann und drei Kindern nach Australien aus, wo sie als Literaturprofessorin an verschiedenen Hochschulen lehrt.

Im Fischer Taschenbuch Verlag liegt außerdem vor: ›Späte Gäste‹ (Bd. 12921).

Elizabeth Jolley

MOND MEINES VATERS

Roman

Deutsch von
Ulrike Becker und Claus Varrelmann

Fischer
Taschenbuch
Verlag

Veröffentlicht im Fischer Taschenbuch Verlag, GmbH
Frankfurt am Main, Oktober 1996

Lizenzausgabe mit freundlicher Genehmigung des
Verlags Antje Kunstmann, München
Die australische Originalausgabe erschien 1989
unter dem Titel ›My Father's Moon‹ bei Viking Australia

Druck und Bindung: Clausen & Bosse, Leck
Printed in Germany
ISBN 3-596-13078-6

Gedruckt auf chlor- und säurefreiem Papier

Für Leonard Jolley

Danksagung

Ich danke der Curtin University of Technology (ehemals Western Australian Institute of Technology), die mir die Ehre zuteil werden ließ, in der School of Communication and Cultural Studies mit Studenten und Kollegen zusammenzukommen, und mir ein Zimmer zum Schreiben überlassen hat. Vor allem danke ich Don Watts, Peter Reeves, Brian Dibble und Don Grant.

Mein besonderer Dank gilt Nancy McKenzie, die seit vielen Jahren meine Manuskripte tippt. Ihre Geduld ist grenzenlos.

FAIRFIELDS

WARUM kann denn der Vater, der Vater deiner – ich meine, warum tut er nichts?«

»Ich habe dir doch gesagt, er ist tot.«

»Wie kannst du das behaupten, er hat ja gestern abend angerufen. Ich habe es an deiner Stimme gemerkt. Er war am Telefon.«

»Er ist tot. Ich habe es dir gesagt.«

Endlich ist der Tag gekommen, an dem ich nach Fairfields abreisen muß. Alles ist geplant. Ich war schon einmal da und weiß, es ist ein Ort, wo Rohkost gegessen wird und die Kinder rastlose Augen haben. Aber es ist auch ein Ort der Poesie und der Musik, an dem Menschen mit interessanten Lebensläufen und Weltanschauungen leben.

»Ich verstehe dich einfach nicht. Wie konntest du dich bei deiner Bildung und Herkunft bloß wie ein Kaninchen vermehren –«

»Das sagst du immer, seit Jahren sagst du das. Wie oft soll ich dir noch erklären, Kaninchen kriegen sechs auf einmal; ich habe nur eins.«

»Wie kannst du es wagen, so mit mir, mit deiner Mutter, zu sprechen.«

»Ach, sei still, und merke dir: Ich komme nie wieder zurück. Nie wieder!«

»Und noch etwas: Helena sieht aus wie ein Bergarbeiter-Kind, das man für den Sonntagsausflug herausgeputzt hat!« Meiner Mutter gefallen das weiße Kleid, die weißen Söckchen und die weißen Haarschleifen nicht. Ich teile Helenas Haar in zwei Büschel, die ich mit großen Schleifen zusammenbinde, und erinnere meine Mutter nicht daran, daß sie es war, die das weiße Kleid, die weißen Söckchen und die weißen Haarbänder gekauft hat.

»Sie wird Kopfschmerzen bekommen, so straff wie ihre Haare zusammengebunden sind. Und warum Weiß für eine Bahnfahrt, noch dazu mit Umsteigen. Oh Vera!« Ich sehe, daß meine Mutter Tränen in den Augen hat. »Laß Helena hier bei mir, dein Vater und ich hätten sie so gerne bei uns, bitte! Außerdem ist sie bei uns glücklich.«

Aber ich werde mich nicht von meinem Kind trennen. Ich werfe eine Milchflasche durch die Küche. Sie zerspringt auf dem Kachelfußboden zu Scherben, und ich freue mich, weil meine Mutter Angst bekommt. »Was hast du gegen Bergarbeiter und ihre Kinder und ihre Ausflüge?« schreie ich sie an.

Vielleicht wäre Helena glücklicher bei ihrer Großmutter. Ich verdränge diesen Gedanken, und es tut mir weh, wenn er ausgesprochen wird.

Mein Vater bringt uns zum Bahnhof.

»Das ist ein schöner Mantel«, sagt er und trägt ihn für mich. Es ist mein alter Schulmantel. Er ist dunkelgrün und sehr dick. Er paßt nicht in meinen Koffer, deshalb muß ich ihn über dem Arm tragen oder anziehen.

»Der Mantel ist neu, nicht wahr?« sagt er und befühlt den Stoff mit den Fingern. Ich antworte nicht, denn ich trage diesen Wintermantel schon seit vielen Jahren.

Wir sind zu früh am Bahnhof. Der Bahnsteig ist menschenleer.

»Sieht aus wie Loden.« Er spricht immer noch über den Mantel. »Wie österreichischer Lodenstoff.« Er ist nervös, mein Vater, und ganz bleich. Er nimmt Helena bei der Hand und geht auf dem Bahnsteig auf und ab, auf und ab. Den Mantel hat er über dem Arm.

Immer wenn mein Vater jemanden zum Zug bringt, ist er zu früh am Bahnhof. Und dann, kurz bevor der Zug abfährt, wenn der Bahnhofsvorsteher pfeift und die Türen eine nach der anderen zuschlagen, den ganzen Zug entlang, läuft er hastig weg und kommt mit Zeitungen und Illustrierten zurück, die er durch das Fenster schiebt, während er neben dem schon fahrenden Zug herläuft. Während die Lok Dampf ausstößt und die Wagen an der Bahnsteigkante entlangrumpeln, rennt mein Vater draußen vor dem Fenster mit lächelndem Gesicht schneller und schneller.

Seine gebückte Gestalt, seine winkenden Arme und sein blasses Gesicht waren immer das letzte, was ich sah, wenn ich abreiste. Und weil ich manchmal dabei war, wenn er andere Leute zum Zug brachte, weiß ich, daß er am Ende des Bahnsteigs stehenbleibt und weiter winkt, noch lange, nachdem der Zug in der Ferne verschwunden ist.

Wir gehen auf und ab, ohne ein Wort zu sagen. Der Geruch des Bahnhofs und das Geräusch einer Lokomotive auf dem Nachbargleis erinnern mich an Ramsden und an einen Abend vor wenigen Jahren, als ich sie am Bahnhof abholte. Ramsden, Krankenschwester Ramsden, die um Mitternacht eintraf. Es war sehr neblig, und der Zug hatte Verspätung.

»Ich habe Ramsden für ein paar Tage eingeladen«, sagte ich damals zu meiner Mutter und gab mir Mühe, lässig und unbekümmert zu klingen, um Ramsdens Alter und Stellung zu überspielen.

»Aber natürlich, Vera, eine Schwesternfreundin von dir ist uns jederzeit willkommen ...« Es hatte einen fließenden Übergang von Schulfreundin zu Schwesternfreundin gegeben. Meinem Vater war es nie gelungen, mit dieser Entwicklung Schritt zu halten und auf dem laufenden zu bleiben.

»Ist Miss Ramsden auch immer schön artig?« würde er zur Begrüßung sagen, die Entsprechung zu »Ist Jeanie auch immer schön artig?« Er würde es zu Ramsden sagen, ohne ihre Reife und Eleganz zu bemerken, und ohne jedes Gespür für die erlesene Qualität ihrer Unterwäsche.

»Meine Eltern freuen sich darauf, Sie kennenzulernen.« Obwohl mir das alles klar war, lud ich Ramsden ein.

Ramsden, die zwei Karten für das Beethoven-Konzert bei uns im Rathaus hatte, traf Vorbereitungen für die lange Reise.

Nachdem ich tagelang widerstrebend alle Gedanken an den Besuch beiseite geschoben hatte, kauerte ich schließlich mit aufeinandergepreßten Lippen vor dem verglimmenden Ofenfeuer im Warteraum für Frauen und war erbost über die bitterkalte Nacht. Mein Schulmantel war zwar schwer, aber nicht warm genug, und meine Schuhe waren durchgeweicht.

Dann traf Ramsden, die einmal, als ich in Tränen aufgelöst war, ungefragt für mich Klavier gespielt hatte, endlich ein. Ich sah gleich, daß sie fror. Sie war blaß und hatte von der Übermüdung dunkle Ringe unter den Augen. Damenhaft kam sie in ihrem eleganten, maßgeschneiderten Kostüm auf mich zu. Ihre Kleidung und ihr Auftreten unterschied sie sogleich von den übrigen Reisenden, die ausstiegen.

»Miss Ramsden wird das Zimmer mit dir teilen müssen«, sagte meine Mutter, bevor ich mich auf den Weg zum Bahnhof machte, »deine Schwester ist wieder nach Hause gekommen.« Achselzuckend und blinzelnd las ich weiter, ohne zu antworten. Las und zog mich dabei an, blätterte die Seiten meines Buches um, hielt mit einem Finger die Seite aufgeschlagen, während ich mich fertigmachte, um zum Bahnhof zu fahren.

Ramsden kam, die Hände in den Lederhandschuhen ausgestreckt, auf mich zu. Sofort erzählte sie mir von dem Beethovenkonzert, der Chorsymphonie, und wie es ihr gelungen war, Karten zu bekommen. Auf dem Programm stand auch Bach, die Kantate Nummer achtzehn. Weißt du noch? sagte sie. *Gleich wie der Regen und Schnee vom Himmel fällt* ... sang sie und gab mit einer Hand den Takt an, *also soll das Wort, so aus meinem Munde gehet, auch sein* ... In dem spärlichen Licht der einen armseligen Lampe waren ihre Augen Quellen der Freude und der Zärtlichkeit. Die Verdunkelung mache ihr nichts aus, sagte sie, als ich mich für die Düsterkeit des Bahnhofs entschuldigte. »Ramsden«, sagte ich, »es tut mir ganz schrecklich leid, aber zu Hause hat sich eine Art Tragödie ereignet. Ich konnte Ihnen nicht rechtzeitig Bescheid geben ... Es tut mir ja so schrecklich leid ...«

»Doch nicht ...?« Die Besorgnis grub noch mehr Falten in Ramsdens müdes Gesicht. Ich nickte und wandte mich von dem Reisegeruch ab, der in dem Wollstoff ihres Kostüms hing.

»Ach, Wright! Es tut mir so leid, Veronica.« Zum ersten Mal hatte sie meinen Vornamen ausgesprochen, nun ja, fast zum ersten Mal. Ich warf einen Blick auf ihr Gepäck, das verlassen auf dem sich schnell leerenden Bahnsteig stand. Die Form und das Leder des Koffers schienen von den vier langen Reisestunden gezeichnet zu sein, der langen, ermüdenden Reise, die durch den Nebel doppelt so lange gedauert hatte.

Es gab noch einen späten Bummelzug nach London, der gegen drei Uhr morgens erwartet wurde, sagte der Gepäckträger, als Ramsden ihren Koffer aus seiner Einsamkeit erlöste.

Ein Blick in den Warteraum ergab, daß von dem Feuer nur noch ein Häufchen kalte Asche übriggeblieben war. Vielleicht, meinte Ramsden, wäre es auch ohne Feuer dort drinnen etwas wärmer.

»Es tut mir so leid«, sagte ich, »ich kann nicht bleiben, bis Ihr Zug kommt.«

Tut mir leid, sagte ich zu ihr, ich muß zurück, ich muß einfach zurück.

»Ist es ...?« Noch größere Besorgnis veranlaßte Ramsden, ihre dunklen Augenbrauen hochzuziehen. Die Frage blieb unausgesprochen, und ich entzog meinen Arm der Berührung ihrer Hand. Ich dachte an das Handarbeitsbuch, das ich in ihrem Zimmer ausgewählt hatte. Ich fühlte mich damals zu unwohl in meiner Haut, um die Titel zu lesen, als sie, weil sie mir etwas Gutes tun wollte, sagte, ich solle mir ein Buch aus dem Regal aussuchen, das ich gerne als Geschenk behalten würde. Das schlecht gewählte Buch, dachte ich zu der Zeit, war der Grund für meine Übelkeit. Fast genau von dem Tag an litt ich unter Übelkeit.

Wir liefen den nebelverhüllten Bahnsteig entlang. »Ich bin den ganzen Weg von London gekommen, um dich zu sehen«, hub

Ramsden mit ihrer leisen Stimme an und zog mich dabei an sich. »Ich hatte gehofft ...« Ich wandte mich von der unbeholfenen Umarmung ihrer hingehauchten, geflüsterten Worte ab, denn ich wußte, ihr Atemhauch war der Hauch der Begierde.

»Es tut mir leid«, sagte ich erneut und zog mich steif von ihr zurück, »aber ich muß jetzt gehen.«

»Zu ihnen«, sagte sie, »ja natürlich, das mußt du.« Sie nickte, voller Verständnis und Resignation.

»Es tut mir leid, daß ich nicht bleiben kann, bis Ihr Zug kommt. Ich kann nicht mit Ihnen warten. Es tut mir ganz schrecklich leid!« Ich bemühte mich um eine bessere Aussprache, um mich ihr anzupassen.

Sie nickte wieder. Auch wenn ich ihre Augen nicht sehen konnte, wußte ich von früher, welcher Ausdruck in ihnen lag.

Ich mußte die fünf Kilometer bis nach Hause zu Fuß gehen, denn so spät abends fuhr kein Bus mehr. Der Nebel wirbelte mir kalt ins Gesicht. Der Weg war mir vertraut, aber manches andere nicht. Mein eigener Körper zum Beispiel, denn Tag für Tag versuchte ich von neuem, meine morgendliche Übelkeit zu verbergen.

Ich wende mich ab, damit mein Blick nicht auf die Stelle des Bahnsteigs fällt, an der Ramsden versuchte, mich in eine Gefühlstiefe zu ziehen, auf die ich mich in jener Nacht nicht einlassen konnte.

»Sie war nicht im Zug«, sagte ich am nächsten Morgen zu meiner Mutter. Ich stellte mich absichtlich hinter ihren geblümten Kittel und betrachtete die Rückseite ihres Kopfes, der noch von metallenen Lockenwicklern umschlossen war. Sie hatte es eilig, zur Rotkreuz-Station zu kommen. Ihr Beitrag zum Krieg.

»Gestern abend war scheußliches Reisewetter«, sagte meine Mutter, ohne sich am Waschbecken umzudrehen, »vielleicht schreibt deine Miss Ramsden dir einen Brief. Du kannst sie ein andermal einladen, vielleicht im Frühling, dann haben wir mehr Platz, dann geht es deiner Schwester vielleicht wieder besser.«

Mein Vater, der jetzt neben dem fahrenden Zug herläuft, schiebt eine Zeitschrift und ein Comic-Heft durch das Fenster. Ich lehne mich hinaus, weil ich glaube, es tun zu müssen, und sehe ihn am Ende des Bahnsteigs stehen und winken. Helena hängt an meinem Rockzipfel und schreit nach ihrem Großvater.

Unfähig, Ramsden aus meinen Gedanken zu verbannen, frage ich mich, warum ich gerade heute an sie denke, nachdem ich sie die ganze Zeit über vergessen hatte. Ich schreibe ihr nie. Ich habe ihr auch früher nie geschrieben, nicht mal, als sie mir geschrieben und mir mitgeteilt hatte, daß sie immer noch als Krankenschwester arbeitete und jetzt draußen lebte, daß sie eine eigene kleine Wohnung hatte, die von den Bomben verschont geblieben war, und wenn ich sie besuchen wollte, könnte ich mit Vergnügen bleiben, so lange ich wollte, »solange du Lust hast«. Ich antwortete nie darauf. Erzählte ihr nie, daß ich ein Kind hatte. Verriet ihr nichts von meiner Armut und verriet ihr nichts von meiner Einsamkeit.

London ist voll von Menschen, die zu wissen scheinen, wo sie sich befinden, und denen dieses Wissen eine Zielstrebigkeit verleiht. Ich schleppe meinen Koffer und den Mantel und ziehe Helena hinter mir her, denn wir müssen zu einem anderen Bahnhof, und dann fahren wir schließlich durch die Felder und sommerlichen Wiesen von Hertfordshire. Dieser Zug ist schmutzig, und die Waggons haben keinen Gang, und sofort muß Helena auf die Toilette. Ich hasse die Landschaft.

Schließlich klettern wir den steilen Feldweg von der Bushaltestelle zur Schule hinauf. Fairfields – ich war schon einmal dort und kenne den Weg. Der Pfad ist nur noch ein Schlammpfad, nachdem wir den trockenen, gewundenen Fußweg durch das hohe, wogende und raschelnde Kornfeld verlassen haben, das mal grün, mal golden leuchtet, mit roten Klatschmohnflecken durchsetzt ist und von surrenden Insekten umschwirrt wird. Ich habe schon beim letzten Mal festgestellt, daß der Schlamm von dem Wasser verursacht wird, das aus zwei großen Kanalrohren im Wald oben auf dem Hügel rieselt. Es sind Abflußrinnen, die Abflußrinnen der Schule von Fairfields.

»Wer ist das?« Helena hört auf zu wimmern. Und ich sehe einen Mann, der ganz still dasteht, halb von den Bäumen verdeckt. Er scheint uns nicht zu beobachten, es ist eher, als wolle er von uns nicht gesehen werden, während wir zusammen hinaufsteigen. Er bewegt sich nur, um den Versuch zu machen, mit einem Baumstamm zu verschmelzen. Mit dem Koffer schiebe ich Helena den steilsten Teil des Pfades hinauf und blicke mich nicht um.

Auf dem Schulhof ist niemand zu sehen, nur ein kleiner Junge steht unter dem Vordach. Er erzählt mir, daß seine Oma ihn abholen wird, daß er hier draußen auf sie wartet. »Meine Oma hat einen Gasherd«, erzählt er mir. Ich muß plötzlich an die Küche meiner Mutter denken, und ich wünsche, ich könnte hier vor der Tür stehenbleiben und darauf warten, daß sie mich und Helena abholt. Ich würde am liebsten auf der Stelle wieder zurückfahren.

Miss Palmer, die Schulleiterin, die von allen Patch genannt wird, das weiß ich noch von meinem ersten Besuch, kommt mit einem Eimer Koks in der Hand von einem Nebengebäude herüber.

»Ah!« sagte sie. »Wie ich sehe, wollen Sie länger bleiben!« Sie zeigt auf meinen Wintermantel. »Und das ist also Helena!« Sie betrachtet mein Kind. »Sie ist ziemlich zugeknöpft, das muß ich schon sagen.« Ich weiß, dahinter verbirgt sich etwas Unausgesprochenes, aber ich nicke lächelnd. Patch sagt mir, daß niemand kommen wird, um Martin abzuholen. »Er ist neu hier, er hat sich«, sagt sie, »noch nicht eingelebt.«

Sie zeigt mir mein Zimmer, das ich mit Helena teilen werde. Bis auf einen Schrank und zwei schmale Betten ist es leer. Es ist zitronengelb gestrichen, mit stark riechender Temperafarbe, und hat ein hohes Fenster, das von Kletterpflanzen überwuchert wird.

»Sieh dich ruhig um«, sagt Patch. »Tee gibt es um vier im Arbeitszimmer. Tee für die Kinder um fünf im Spielzimmer, und dann werden sie gebadet. Mal die Wände an, wenn du dich schöpferisch betätigen willst.« Sie hat ein fleischiges Gesicht und kurzes, abstehendes, metallgraues Haar. Ich finde sie nicht unsympathisch.

»Danke«, sage ich und betrachte mit zusammengekniffenen Augen die Wände, als entwerfe ich eine ausgefallene Wandmalerei.

Helena zieht alle Sachen aus dem unverschlossenen Koffer heraus und verfällt beim Wiederentdecken ihrer wenigen Spielsachen in ein Selbstgespräch. Ich starre das dichte, sommergrüne Blätterwerk vor dem Fenster an.

Später führt mich Josepha, das Mädchen aus der Schweiz, die das Zimmer gegenüber bewohnt, durch die Räume in den oberen Stockwerken, wo schlafende Kinder liegen. Wir holen einige von ihnen aus dem Bett und setzen sie auf kleine abgestoßene Emailletöpfe. Die Zimmer sind erfüllt von dem warmen Geruch schlafender Kinder und ihrer Töpfchen.

Josepha erklärt mir, daß ich das obere Badezimmer nehmen soll, und gibt mir eine Badeliste. Die Waschlappen und Handtücher hängen ringsum an Wandhaken.

Josepha kommt zu spät zum Frühstück und nimmt den größten Teil des Brotes und der Milch und der Butter mit hinauf in ihr Zimmer, wo Rudi, ihr Schatz, schläft. Ich habe das endlose Hin und Her ihrer Unterhaltung in einer fremden Sprache gehört, das Aufflackern und Absterben eines unverständlichen Gemurmels. Es dauerte die ganze Nacht an, so erschien es mir jedenfalls in meiner eigenen Schlaflosigkeit.

Das Personal hockt mit wohlerzogener, gewollter Schäbigkeit um eine hohe kupferne Kaffeekanne und ein paar blaue Schalen mit Milch herum. Kinder dürfen nicht dabeisein, und ich glaube, ich höre Helena in unserem Zimmer oben weinen und jammern. Patch kommt nicht zum Frühstück, aber Myles, die stellvertretende Schulleiterin, holt für sie Pflaumen und Knäckebrot. Sie hat dunkle Augen und ist teuer gekleidet, wie Ramsden, aber sie besitzt nicht Ramsdens Musikalität und Sanftheit. Sie ist unnahbar und wird von zwei riesigen Hunden flankiert. Sie ist mehr als nur stellvertretende Schulleiterin. Josepha erklärt es mir.

»Geh auf keinen Fall hinein«, Josepha zeigt auf die Tür zu Patchs Zimmer, »wenn sie beide zusammen da drin sind.«

Beim Anziehen gebe ich mir große Mühe mit Helenas Haarschleifen und lasse sie, obwohl sie es sich mehrmals anders überlegt, ihr Kleid selber aussuchen, denn es tut mir leid, daß ich sie an einem fremden Ort alleinlassen muß, eingeschlossen und weinend. Ich habe die Stelle in Fairfields angenommen, weil ich dachte, Helena würde hier eine Schulausbildung und Spielgefährten bekommen, und bereits jetzt mußte ich versuchen, sie zu beschwichtigen, mußte sie anflehen, und mußte schließlich vor ihrem angstvollen Weinen davonlaufen, weil der Nachwuchs des Personals (Myles' Worte) bei den Mahlzeiten des Personals nicht dabeisein darf. Ich nehme mir viel Zeit, um Helena anzuziehen, und stelle fest, daß Josepha inzwischen alle Kinder auf ihrer und meiner Liste angezogen hat. Ich fange an, die Töpfchen einzusammeln.

»Nein! Raus jetzt!« ruft Josepha, bindet dem letzten Kind die Schürze um und scheucht es die Treppe hinunter. Josepha ist flink, und mit Helena am Rockzipfel wirke ich neben ihr unnütz.

Josepha kümmert sich um das Eßzimmer, und ich soll mich gemeinsam mit Olive Morris um das Spielzimmer kümmern, wo die kleineren Kinder ihre Mahlzeiten einnehmen. Mrs. Morris hat einen kleinen Jungen namens Frank, aber Helena will sich nicht zu ihm setzen. Sie folgt mir überallhin, eine Scheibe Brot mit Sirup in der Hand, und ich verbringe soviel Zeit damit, sie sauberzumachen, daß Olive sich fast allein um das Frühstück kümmert und dann auch noch die Tische abwischt und den Fußboden putzt. Aber sie sagt nichts, sondern macht sich unbeirrt daran, den Kindern, ehe sie von den kleinen Tischen aufstehen, noch den Lebertran, den es umsonst gibt, einzuflößen.Ich finde heraus, daß Olive Morris drei Kinder in der Schule hat, und daß Josepha es daher moralisch richtig findet, wenn Olive mehr arbeitet als alle anderen. Josepha schleppt ständig irgendwelche Kinder ins Badezimmer, um ihnen die Haare zu waschen. Sie veranstaltet ausgiebige

Waschtage, und oft schrubbt sie noch um 10 Uhr abends heftig irgendetwas. Ein sengender Geruch umgibt sie, wenn sie wie wild bügelt.

»Geh da nicht rein« – sie zeigt auf das Badezimmer im ersten Stock – »wenn Patch und Tanya drin sind,« sagt sie, » und erzähl Myles nichts davon!«

Tanya unterrichtet Kunst. Sie sieht ärmlich aus, aber Josepha sagt, sie ist stinkreich und trägt absichtlich Lumpen.

An meinem ersten Tag hier malte Tanya gerade kopflose Clowns an die Wände im Eßzimmer. Sie trat zurück und begutachtete mit zusammengekniffenen Augen ihr Werk. »Sie werden mit den Köpfen Ball spielen«, erklärte sie und beugte sich wieder über ihre Farbtöpfe, als kenne sie mich schon seit Jahren.

»Was für eine gute Idee«, sagte ich. Ich schämte mich wegen meines Akzents und versuchte so zu klingen, als wüßte ich alles über Malerei.

Am selben Tag fragte sie mich, wie spät es sei, und erklärte, sie müsse sich beeilen und sich die Pulsadern aufschlitzen, bevor Frederick aus dem Urlaub zurückkommt.

Später erscheint sie im Anrichtezimmer mit verbundenen Handgelenken. »Friedrich der Große«, sagt sie, »er wird zurückkommen. Desinfektionsmittel, Insektenspray, Kakerlakengift und Mausefallen. Er wird«, sagt sie, »dich bitten, seine Mandeln zu untersuchen.«

Olive Morris sieht krank aus. Manchmal, wenn ich abends in meinem Zimmer sitze, eine alte Strickjacke über die Lampe gelegt, damit das Licht nicht auf Helenas Bett fällt, denke ich an Olive, und ich begreife langsam, was wirkliche Armut bedeutet; ihre scheußlichen kleinen Wannen voller nie ganz sauberer Wäsche, die Lumpen, die sie wieder und wieder flickt, und ihr blasses, zerknittertes Gesicht mit den sorgenvollen Augen und dem hoffnungslosen Blick.

Ich habe viele hübsche Kleider für Helena. Und dann wird mir plötzlich klar, daß dies der einzige Unterschied ist. Meine Zukunftsaussichten sind dieselben wie Olives. Ich habe ebenso wenig Hoffnung wie sie. Es ist reiner Zufall, daß Helena dank meiner Mutter die ersten Jahre ihres Lebens genug zu essen bekommen hat und im Augenblick ordentlich gekleidet ist.

An einem heißen Nachmittag sitze ich mit den Kindern im Sandkasten und hoffe, daß sie spielen werden. Es gibt nur zwei Schaufeln, und die Kinder streiten sich darum und beißen sich gegenseitig. Es ist schwer zu verstehen, warum die Kinder den weitläufigen Rasen und die Plätze, wo sie herumrennen und schreien und sich in den Rosenbüschen verstecken können, nicht nutzen. Hinter dem Rasen ist eine Wiese mit ungeschnittenem, hohem Gras, auf der leuchtender Hahnenfuß und porzellanblaue Glokkenblumen blühen. Ich bin müde, müde auf eine Weise, daß ich mich am liebsten ins hohe Gras legen und die Augen schließen würde. Helena weint und läßt mich nicht in Ruhe. Die Kinder sind unglücklich. Ich glaube, es liegt daran, daß sie nicht genug zu essen bekommen. Sie haben die ganze Zeit Hunger.

Ich lege mich tatsächlich hin und schaue in den Himmel. Einmal, vor einiger Zeit, habe ich auch in den Himmel geschaut, nicht mit Ramsden, aber kurz nachdem wir uns unterhalten hatten. Ich würde jetzt gerne Ramsdens Stimme hören. Es ist seltsam, mir das nach so langer Zeit zu wünschen. Vielleicht liegt es daran, daß alle hier jemanden zu haben scheinen. Beziehungen, wie man sie hier nennt, werden akzeptiert. Und ich, da ich niemanden habe und mir jemanden wünsche, erinnere mich lebhaft an Ramsden. Sie sagte einmal früh am Morgen, bevor ich wegging, um mich an meinem freien Tag unter die Rosmarinstöcke hinten im Garten meiner Mutter zu legen, daß die Liebe unendlich sei. Daß es möglich sei, wenn man liebte, an ein seelisches Erfassen von Wahrheiten zu glauben, die man mit dem Verstand nicht vollständig begreifen kann. Sie sagte, die geliebte Person sei nicht das eigentliche Ziel, sei nicht etwas, das man ganz und gar erforschen kann, sondern vielmehr der Anfang von Entdeckungen, die man machen kann, weil man liebt.

Während ich im Gras liege und Helena wegschiebe, denke ich darüber nach und frage mich, wie ich diese Gedanken in die Unterhaltung beim Vier-Uhr-Tee einbringen könnte, um Patch und Myles zu beeindrucken. Ich probiere ein paar Sätze aus und übe eine bessere Aussprache.

Da ich solange keine Wiesenblumen mehr gesehen habe, pflücke ich einige Butterblumen und ein paar von den zarten Gräsern, deren glänzende Halme ich in den Strauß einfüge, und frage mich mit schmerzlichem Unbehagen, wie ich sie ungesehen in mein Zimmer bringen kann. Ich sehe Patch und Myles an dem großen Fenster von Patchs Zimmer stehen. Anstatt sie zu beeindrucken, werde ich ihnen bloß gewöhnlich, habgierig und dumm vorkommen, wenn ich mit einem Büschel Unkraut in der Hand die kleinen Kinder ungeschickt zu ihrem kargen Mahl aus Salatblättern und rationierten Brotbrocken geleite.

Am Abend gibt es ein Gewitter mit starken Regengüssen. Auf dem Heimweg von dem kleinen Laden, wo ich etwas Obst kaufen wollte, gerate ich in den Regen. Die Frau dort fragt mich, ob ich von der Schule bin, und wenn ja, sagt sie, dann kann ich bei ihr nicht anschreiben lassen. Im Laden hängt der warme, süße Geruch nach Zeitungen, Feuerzeugen und billigen Süßigkeiten, Anisbonbons – ein alltäglicher Geruch, der dem Leben in der Schule fehlt. Entsetzt erkläre ich ihr, daß ich bezahlen kann, und ich kaufe ein paar Mohrrüben von minderwertiger Qualität, denn die Äpfel könnten unter der rosigen Schale verfault sein. Ich werde die Mohrrüben waschen und sie Helena geben, wenn ich sie morgens in unserem Zimmer alleinlassen muß.

Der Sturm ist direkt über dem Ort, der Donner ist so laut, daß ich fürchte, Helena wird aufwachen und Angst bekommen. Daher stelle ich mich nicht im Laden unter, sondern laufe eilig die Hauptstraße entlang, dann durch das Kornfeld und den steilen Pfad hinauf. Ich bin völlig durchnäßt, und der Schlammpfad gleicht einem Bach. Die Bäume biegen sich ächzend im Wind. Ich rutsche aus und greife nach einem Gebüsch, um nicht zu fallen. Als ich nach oben schaue, sehe ich dort jemanden stehen, halb verdeckt, nicht weit weg, an derselben Stelle, wo am ersten Nachmittag der Mann gestanden hat. Dieser Mann, ich glaube, es ist derselbe Mann, steht ganz still da und läßt den Regen, der durch die Blätter und Zweige dringt, an sich hinunterrinnen. Sein nasses Haar ist an seinen runden Kopf geklatscht, und das Wasser läuft in Bächen seinen dunklen Anzug hinab. Er hat, ebenso wie ich, keinen Mantel an. Er rührt sich nicht von der Stelle, und er sagt kein Wort. Er scheint mich anzusehen, während ich so schnell ich kann den steilen Pfad hinaufsteige. Ich habe Angst. Noch nie habe ich solche Angst verspürt. Echtes Entsetzen, weil er so still bleibt, läßt mir die Knie weich werden. Ich renne platschend und zitternd über den Schulhof und um das Gebäude herum zur Küchentür. Naß und zähneklappernd begegne ich Olive Morris im Gang vor meinem Zimmer. Sie trägt eine Wanne mit Wäsche. Lumpen baumeln über ihrer Schulter, und ihre abgetragene Bluse hängt wie immer aus ihrem Rock heraus.

Ich erzähle ihr von dem Mann im Wald. »Soll ich es Patch sagen?« Ich versuche, ruhig zu atmen. »Es wird dunkel draußen. Er ist bis auf die Haut durchnäßt. Ich sollte es Patch sagen.«

Olive Morris' formloses weiches Gesicht ist jetzt noch blasser als sonst, und ihre Lippen zucken. Sie blickt sich unruhig um.

»Nein«, sagt sie leise. »Nein, du darfst niemandem hier je etwas erzählen. Niemals!« Sie läuft eilig davon, auf die andere Treppe zu, die direkt in ihr Zimmer im Giebel des Gebäudes führt.

Während ich mein Haar trockne, kommt Olive Morris in einem zerrissenen Regenmantel an meine Tür.

»Ich gehe einen Brief einwerfen«, sagt sie und bindet sich ein Tuch um den Kopf. »Wenn ich den Fremden im Wald sehe, dann schicke ich ihn weg – es ist nicht nötig, daß Myles mit den Hunden hinausgeht. Überhaupt nicht nötig.«

Ich bin weniger überrascht von der Andeutung, daß Myles die Hunde auf den Eindringling hetzen könnte, als erleichtert darüber, nicht in Patchs Zimmer gehen zu müssen, wo Myles, berühmt für ihre gefühlsbetonten Aktbilder, Kohleskizzen von Patch macht und ihr Gedichte vorliest. Sie würden sich gegenseitig zulächeln und innige Blicke tauschen, während sie mit halbem Ohr meinem Bericht zuhörten. Vorhin, als Patch so tat, als suche sie in ihrer Handtasche nach einem Zehn-Schilling-Schein, um mir einen Teil meines Lohns auszuzahlen, hatte Myles hochgeschaut, mich ein paar Minuten lang scheinbar gedankenvoll angestarrt und sich dann wieder in den ledergebundenen Gedichtband vertieft.

Josepha hat heute die Aufsicht über die Schlafsäle, und im Gebäude ist alles still. Dankbar, daß Helena von dem Sturm nicht aufgewacht ist, lege ich mich in mein schmales Bett.

Anstatt einzuschlafen, denke ich über die Schule nach, und darüber, daß es hier ganz und gar nicht so ist, wie ich es mir vorgestellt habe. Helena steht den ganzen Tag alleine vor halbgeschlossenen Türen und beobachtet den Tanzunterricht. Sie schaut beim Malen und Töpfern zu, und macht auch beim Musizieren nicht richtig mit.

Es muß Leute geben, die so denken und fühlen wie ich, aber sie sind nicht hier, wo ich sie vermutet hatte. Ich möchte mich in einer Stadt voll mit solchen Menschen aus dem Fenster lehnen und jemandem, der vorbeigeht, etwas zurufen. Ich bin durch meine eigene Schuld unter diesem grünen Blattwerk der Verkommenheit begraben, und ich bin allein.

Mein freier Tag, von dem mir Josepha erst erzählte, als wir alle Kinder gewaschen und angezogen hatten, löste in mir sowohl Erleichterung als auch Traurigkeit aus. Eine Busfahrt in die Stadt. Mit Helena in einem kleinen Café sitzen und Doughnuts essen. Einen Sonnenhut für Helena aussuchen. Ein paar kleine Holzschaufeln und bunte Kreide kaufen. Mittags der Versuch, auf einem Kieshaufen neben einer Baustelle am Straßenrand ein Picknick mit Obst und Keksen zu machen. Ich kann den Gedanken daran kaum ertragen. Als ich sah, wie Helena vornübergebeugt auf den Steinen hockte und mit ihren kleinen Händen versuchte, ohne Teller ihr Essen festzuhalten, da wußte ich, wie falsch es war, daß sie so lebte und kein wirkliches Zuhause hatte.

Immer und immer wieder denke ich, es ist meine Schuld, daß wir allein sind, einsamer als je zuvor, hier, nicht weit von der Hauptstraße, auf der Autos und Lastwagen ununterbrochen in beiden Richtungen unterwegs sind.

Plötzlich höre ich krachende Geräusche. Gewehrschüsse. Ich gehe hinaus auf den dunklen Gang. Aus Josephas Zimmer dringt das gewohnte Auf und Ab von Stimmen, zuerst ihre und dann seine. Ich habe Angst, die beiden zu stören. Am Ende des Flurs geht eine Tür auf, und ich sehe erleichtert, daß es Tanya ist.

»Ah, Tanya, du bist es! Hast du das eben gehört?«

»Großer Gott, nein. Ich höre nie etwas, meine Liebe, und ich stelle auch keine Fragen. Wenn du also eben jemanden rein oder rausgelassen hast, dann habe ich es bestimmt nicht bemerkt, Süße.«

Ich erzähle ihr von den Schüssen.

»Großer Gott!« sagt Tanya. »Das ist Frederick. Er ist wieder zurück. Friedrich der Große, Literatur und Schauspiel. Sein Zimmer liegt über den Ställen. Packt nie aus. Hat eine Mutter. Im Norden von London. Spielzeuggewehr. Schießt mit dem Gewehr, anstelle von Sex. Das einzige Problem dabei, Süße«, sagt Tanya gedehnt, »ist, daß niemand an dem Orgasmus teilhat.« Mit der Erklärung, sie habe eine Überdosis geschluckt und müsse daher schnell ihr Bad nehmen, verschwindet sie im Badezimmer.

Ich gehe noch ein Stockwerk weiter hinauf zu Olives Zimmer. Ich war noch nie dort. Ich muß mit jemandem reden. Leise klopfe ich an die Tür. Olive öffnet sofort, als hätte sie direkt hinter der Tür gestanden.

»Ach, du bist es!« Ihr ängstliches weißes Gesicht schaut hervor und sie starrt mich an.

»Darf ich hereinkommen?« Ich gehe trotz ihres Zögerns an ihr vorbei in das Zimmer. Ich möchte nicht aufdringlich sein, erkläre ich ihr, aber ich bin so einsam. Olive greift nach meinem Arm. Sie sieht mich mit flehendem Blick an. Ich schäme mich plötzlich, denn im Bett sitzt aufrecht ein Mann, bekleidet mit einem zerknitterten Hemd und einer Krawatte. Es ist der Mann, der mit so unheilvoller Geduld im Regen gestanden hat.

»Oh, Olive, es tut mir ja so leid. Bitte ...«

»Das ist Mr. Morris, mein Mann. Das ist Vera Wright, Liebling«, stellt Olive uns knapp im Flüsterton vor.

»Sehr erfreut, Sie kennenzulernen«, sagt Mr. Morris. Ich murmele weitere Entschuldigungen und ziehe mich in Richtung Tür zurück.

Die drei Morris-Kinder schlafen alle zusammengepfercht in einem zweiten Doppelbett mit durchhängender Matratze, das vor dem Giebelfenster steht. Überall in dem überfüllten Zimmer hängt Wäsche auf kurzen Leinen, und Mr. Morris' Anzug liegt ausgebreitet zum Trocknen über dem Fußende des Bettes.

»Mr. Morris ist auf dem Weg zu einer Konferenz«, hebt Olive an zu erklären. Ich drücke ihren Arm. »Wir sehen uns morgen«, sage ich. Wir stehen wortlos auf dem Treppenabsatz. Sie stopft ihre Bluse in den zu weiten Rock. Ich habe den Eindruck, sie wird diese kleine Bewegung ihr Leben lang immer wieder machen, selbst wenn sie gar nichts anhat.

»Kein Mensch weiß, daß Mr. Morris hier ist«, flüstert sie mit gepreßter Stimme.

Beim Frühstück sehne ich mich danach, jemanden zu haben, dem ich hingebungsvoll Brot und Butter und Kaffee bringen kann. Dann brauchte ich Myles nicht um Patch und Josepha nicht um Rudi zu beneiden. Tanya hat anscheinend ähnliche Gefühle wie ich, denn sie macht ein kleines Tablett für Frederick zurecht, und kommt kurz darauf mit geschwollener, blutender Nase und zwei blauen Augen zurück, die bestimmt erst nach Tagen wieder verschwunden sein werden.

Es wäre schön für Olive, wenn sie zum Frühstück hereinrauschen, etwas Essen nehmen und es würdevoll in das Giebelzimmer hinauftragen könnte.

»Ich nehme an, Sie wissen«, sage ich zu Patch, als wir uns zufällig auf dem Flur begegnen, »daß Olive Morris' Mann gestern abend unerwartet eingetroffen ist und ein paar Tage bei uns bleiben wird.«

Patch sagt: »Ach wirklich, meine Liebe?« Das ist alles.

Mr. Morris, der ein stattlicher Mann ist, trägt jeden Tag seinen guten Anzug und hebt sich dadurch in gewisser Weise von uns ab. Er erscheint zum Abendessen und erzählt uns Geschichten über Hunderennen. Seine Hunde gewinnen. Er erzählt uns von Box- und Ringkämpfen. Er hat alle Champions k. o. geschlagen. Er kennt all ihre Namen und die Daten der Kämpfe. Er kennt Wettbetrüger, die in fünf Minuten ihre Millionen verdreifachen. Seine Brüder und Schwestern lehren an den besten Universitäten, und seine gute alte Mutter ist die angesehenste Hofdame im Buckingham Palast. Billard ist seine Stärke, ein Zeichen, wie er meint, für eine vergeudete Jugend. Er seufzt.

Patch erscheint jetzt jeden Abend zum Essen. Josepha brüllt Olive nicht mehr an. Mr. Morris nennt Olive »Herzblatt« und erinnert sie in unserer Gegenwart mit lauter Stimme an außergewöhnliche gemeinsame Erlebnisse. Er prahlt mit den guten Noten und sportlichen Erfolgen seiner älteren Kinder. Olive verfällt zusehends. Sie ist noch dünner und blasser geworden, und zittert merklich, wenn die milde gestimmte Patch in spöttischem, belustigtem Tonfall Mr. Morris bei seinen Erzählungen zu noch größeren Höhenflügen anstachelt. Während er spricht, läßt er seine Blicke seitwärts gleiten, um zu beobachten, welche Wirkung sein Wortschwall auf uns hat.

Mr. Morris ist, müssen wir feststellen, der perfekte Ehemann und Vater. Tagsüber ermutigt er seine und die anderen Kinder, nach Herzenslust auf ihm herumzuklettern. Er organisiert Spiele und Wettrennen und verspricht den Gewinnern Preise.

Er verteilt alle möglichen Geschenke. Auf dem Küchentisch türmen sich bratfertige Hühner und Enten, Töpfe mit Honig und teuren Marmeladen, Körbe voller Äpfel und frischem Gemüse. Patch bereitet die Mahlzeiten selber zu. Die vegetarische Kost gab es nur, weil die Fleischer aus dem Ort schon lange kein Geld mehr bekommen haben und die Schule nicht mehr beliefern.

Frederick, der sich weigert, zu den Mahlzeiten zu erscheinen, der sich weigert, den Dachboden überhaupt zu verlassen, läßt einen Korb an einer Schnur herunter, in den Josepha, denn er nimmt von niemand anderem etwas an, Hühnerbrüste und Brot und Butter und einen weißen Krug mit Milch stellt. Tanya sagt, wenn wurmstichiges Obst oder madiges Fleisch dabei ist, dann bekommt es garantiert Friedrich der Große. Weil er ständig danach sucht, erklärt sie, zieht er verdorbenes Essen geradezu magisch an.

»Wo ist denn Mr. Philbrick?« fragt Patch und verbessert eilig, was sie einen Fauxpas nennt, einen Versprecher. »Mr. Morris? Warum ist er nicht da?« Sie zerlegt gekonnt die goldbraun gebratenen Hühnchen, und Myles serviert die Bohnen und Möhrchen, die in Butter glänzen. Olive bekommt kaum einen Bissen herunter.

»Wo bleibt denn Mr. Morris?« frage ich sie so laut, daß Patch es hören kann. »Stimmt etwas nicht?« Ich verschlinge meine Portion. »Ist bei euch jemand krank?«

»Nein. Nein – es ist gar nichts«, flüstert sie.

Gegen Ende der Mahlzeit kommt Mr. Morris schweigend herein und setzt sich neben Olive, die immer kleiner wird. Patch, deren breites Kinn fettig glänzt, reicht ihm eine Platte mit Huhn. Stämmig und gedrungen thront sie am Kopf der Tafel und singt mit ihrer Altstimme, als hüte sie voller Selbstzufriedenheit ein Geheimnis.

Im Flur gibt es einen Aufruhr, und Stiefelschritte kommen näher.

»Es ist die Polizei«, ruft Josepha, die Schlafsaal-Aufsicht hat, vom Treppenabsatz.

Mr. Morris springt auf.

»Überlassen Sie das mir, Gnädigste«, sagt er zu Patch. Und mit einer schlangengleichen Bewegung eilt er davon.

Wir folgen gerade noch rechtzeitig, um zu sehen, wie Mr. Morris, plötzlich kreidebleich und ganz klein, in Handschellen durch die Vordertür nach draußen geführt wird, wo mit laufendem Motor ein Auto wartet.

Ich möchte Olive etwas tröstliches sagen.

»Es ist besser so«, sagt sie, »besser für ihn, besser, als wenn sie die Hunde auf ihn hetzen. Und die Kinder«, sagt sie, »die haben nichts mitbekommen.« Ich frage nicht, was Mr. Morris getan hat. Sie erzählt mir nur, daß Mr. Morris das Leben im Gefängnis unerträglich findet, und daß er eine lange Haftzeit vor sich hat.

Patch spaziert singend durch die Schule und kaut dabei den Kanten eines knusprigen Brotlaibs. Die Rechnungen für die Geschenke von Mr. Morris treffen ein, an sie addressiert, aber sie lacht nur und wirft sie in der Küche ins Feuer.

Einer der kleinen Jungen, die über den Flur stürmen, bleibt stehen und betrachtet Tanyas neuestes Bild.

»Wie oft hast du Geschlechtsverkehr?« Er macht gerade lange genug halt, um die Frage zu stellen.

»Dreimal in der Woche.« Tanya tritt einen Schritt zurück, um ihr Werk prüfend zu betrachten. »Genau dreimal in der Woche«, sagt sie.

Tanya sagt, daß Friedrich der Große vom Dachboden herunterkommen und beim Essen erscheinen wird. Ich wasche mir das Haar, ziehe mein gutes Kleid an und gehe rechtzeitig hinunter, froh darüber, daß Olive an der Reihe ist, die Kinder ins Bett zu bringen. Ich freue mich darauf, Frederick kennenzulernen. Vielleicht werde ich dann auch endlich jemanden haben. Olive hastet mit einem Tablett an mir vorbei; sie muß oben essen. Ich höre das Geschrei aus den Schlafsälen und lächle in mich hinein.

Frederick lehnt mit einer seltsamen Verrenkung über der Spüle im Anrichtezimmer. Er versucht, mit Hilfe einer Taschenlampe und einer kleinen Spiegelscherbe, die in einer Ritze des Fensterrahmens steckt, in seinen Hals zu schauen. Ich bin froh, ihn alleine zu treffen, ohne Josepha und Tanya.

»Würde es Ihnen etwas ausmachen, in meinen Hals zu gukken«, sagt er und richtet sich auf. Er ist sehr groß, und seine Augen hinter der Goldrandbrille schauen mich nicht an. »Ich habe ein neues Gurgelwasser ausprobiert.« Er reicht mir die Taschenlampe, und ich spähe in seinen Hals.

»Tut es weh?« Es erscheint mir angebracht, ihn danach zu fragen.

»Überhaupt nicht«, sagt er und nimmt mir die Taschenlampe wieder aus der Hand.

Im Eßzimmer sitzt Frederick alleine an einem kleinen Extratisch in der Ecke. Er ißt schnell und geht dann sofort weg. Ich sitze an meinem gewohnten Platz. Eines der Kinder übt auf dem Klavier im Anrichtezimmer. Ich höre den gewissenhaften, holprigen Versuchen zu. Ramsden spielte Bach mit großer Ernsthaftigkeit, immer wieder, solange, bis sie zufrieden war; erst dann ging sie zum nächsten Abschnitt über.

In Gedanken formuliere ich einen Brief an Ramsden ... *dieses Fleckchen Erde*, so drücke ich mich normalerweise nicht aus, aber die Wendung geht mir nicht aus dem Kopf, *dieses Fleckchen Erde ist nicht weit von London entfernt. Wie wäre es, wenn Sie mal für einen Nachmittag vorbeikommen würden? Um vier gibt es Tee für das Personal. Ich würde mich sehr freuen, Sie zu sehen und Ihnen hier alles zu zeigen ...*

Ich habe Ramsden so viel zu erzählen.

Gleich wie der Regen und Schnee vom Himmel fällt
und nicht wieder dahin kommet, sondern feuchtet die
Erde und macht sie fruchtbar und wachsend, daß sie
gibt Samen zu säen und Brot zu essen: Also soll
das Wort, so aus meinem Munde gehet, auch sein:

Ich möchte Ramsden schreiben. Nach jener Nacht, und nach fast fünf Jahren, wie soll ich sie da anreden? Liebe Ramsden? Liebe Schwester Ramsden? Vielleicht ist sie inzwischen Oberschwester Ramsden. Vielleicht arbeitet sie auch gar nicht mehr als Krankenschwester, obwohl sie den Beruf nach dem Krieg nicht aufgegeben hat. Vielleicht hat sie geheiratet, aber das scheint mir unwahrscheinlich, oder vielleicht ist sie Konzertpianistin …

Liebe Ramsden, ich kann hier nicht weg. Bitte, Ramsden, kannst du herkommen? Bitte?

Patch und Myles kommen zum Essen herein. Ohne mich zu beachten, häufen sie sich gegenseitig hingebungsvoll Berge von rohen, geriebenen Möhren und Weißkohl auf den Teller.

MOND MEINES VATERS

NOCH VOR DEM ENDE der Fahrt will ich die Frau ansprechen. *Ramsden*, werde ich sagen, *sind Sie es?* Der Zug hat gerade den ersten Bahnhof verlassen, mir bleibt also noch viel Zeit, über das Gespräch nachzudenken; über die Fragen und die Antworten und die letztendliche Offenbarung. Es ist angenehm, die verschiedenen Möglichkeiten in Erwägung zu ziehen.

Die Frau, die mir schräg gegenüber sitzt, könnte jemand sein, den ich früher kannte. Vor langer Zeit. An einem anderen Ort. Ihre Kleidung hat dieselbe gute Qualität, aus denselben Stoffen, sogar die Farben sind dieselben. Besonders die Kopfhaltung ist auffallend ähnlich. Sie sieht aus, als liebe sie Cellomusik. Als höre sie gerne dem Cello zu. Ich schaue mir ihre Hände an und bin sicher, daß sie Klavier spielt. Wenn ich ihre Hände anschaue, glaube ich fast zu hören, wie sie eine Mozart-Sonate spielt oder ein Stück von Bach übt. Sie wiederholt die einzelnen Abschnitte immer wieder, so lange, bis ihr Spiel fehlerfrei ist. Ich wende den Blick nicht ab und bin überzeugt, daß sie *Die Bachstelze* von Cyril Scott spielt.

Schon seit einiger Zeit fahre ich mit dem Vorortzug zu meiner Arbeitsstelle und zurück. Heute abend habe ich den früheren Zug genommen. Ich habe absichtlich den früheren Zug genommen, obwohl ich, aus diesem Grund, zu früh ankommen werde ...

Der ungewohnt frühe Zug fährt natürlich durch die gleiche vertraute Landschaft. Das ist nicht weiter bemerkenswert. Bemerkenswert ist vielmehr der Grund, warum ich diesen Zug genommen habe. Der Zug hält an den gleichen Bahnhöfen, aber selbstverständlich sind die Leute, die ein- und aussteigen, nicht dieselben Leute wie bei dem späteren Zug.

Ich starre durch das Fenster auf dieselben Straßenkreuzungen, auf die Rückseiten derselben verwahrlosten Häuser und Gartenzäune, auf dieselben Lagerhäuser und dieselben Autoreparatur-Werkstätten und die wohlbekannten Rückseiten der Großmarkthallen.

Etwa einmal in der Woche nehme ich aus einem bestimmten Grund den früheren Zug. Es ist jede Woche derselbe Zug. Jede Woche glaube ich, daß ich sie diesmal ansprechen werde. Ich habe diese Woche diesen Zug genommen, um mit ihr zu sprechen. Ich werde aufstehen, werde mich neben sie setzen, und ich werde sie ansprechen. Ich setze mich immer auf einen Platz, von dem aus ich sie schräg von der Seite sehe und nahe genug bin, um ihre Stimme hören zu können, falls sie sprechen sollte. Ich sehne mich danach, die Stimme, ihre Stimme, zu hören, um festzustellen, ob es die gleiche Stimme ist. Stimme und Ausdrucksweise verändern sich oft nicht.

Diesmal hätte ich beinahe den Geigenkasten mitgebracht, obwohl ich momentan nicht daran gewöhnt bin, ihn bei mir zu tragen, wenn ich ausgehe. Wenn Ramsden den Geigenkasten sähe, wenn die Frau ihn sähe, würde sie sich erinnern.

»Sie sind beide in gutem Zustand«, sagte der Mann in dem Laden. »Kosten beide das gleiche. Treffen Sie ihre Wahl«, sagte er. »Lassen Sie sich Zeit.«

Ich konnte mich nicht entscheiden. Schließlich nahm ich den Geigenkasten. Eine Woche später ging ich wieder in den Laden und wollte den Kamera-Koffer kaufen, aber er war weg. Im Inneren des Geigenkastens klebte noch etwas von dem weichen dunkelroten Stoff, mit dem er früher ausgeschlagen gewesen war. Ich habe den Kasten nur einmal geöffnet und bei der Gelegenheit die Überreste des Stoffes gesehen. Ich nahm ihn immer mit, wenn ich ausging.

Als ich Ramsden das erste Mal sah, hatte der Wachposten vor dem Eingang zum Krankenhaus sein Bajonett aufgepflanzt. Verlegen und mit rotem Kopf sagte er: »Wer da?« Überrascht nannte ich ihm meinen Namen und meine Ausweisnummer. Es war am Vormittag, und der Anruf erfolgte normalerweise nur nach Einbruch der Dunkelheit. Ich nahm an, die Bestimmungen hätten sich geändert. Eilmeldung vom Hauptquartier, dachte ich, und sah im Geist, wie ein flinker Kradmelder sie überbrachte.

Ramsden, die gerade das Krankenhaus verließ, sah den Geigenkasten, lächelte kurz, und ich war froh, ihn gekauft zu haben. Auf den Tag genau seit sieben Wochen arbeitete ich im Krankenhaus.

Hinter mir sitzen zwei Leute, die sich auf Deutsch unterhalten. Ich höre dem lebhaften Gespräch zu und bemühe mich, den Sinn von dem zu erfassen, was sie in einer Sprache sagen, die mir früher vertraut war. Nach kurzer Zeit verstehe ich ein paar Worte: *eine Dame ... keine Ahnung ... langsam ... Milch und Tränenbäche ... mein Elend ... zu großer Schmerz und so weiter.* Aber ich will Worte der Zärtlichkeit auf Deutsch hören. Ich sehne mich nach jenen Worten, an die sich ein Kind als erstes erinnert, wenn sein Sprachvermögen erwacht. Ich wünsche mir, hier in diesem Zug mit *du* angeredet zu werden ...

Die Frau mir gegenüber schaut unbeteiligt aus dem Fenster. Natürlich sieht sie dasselbe, was ich sehe. Es ist ein beruhigendes Gefühl zu wissen, daß ich mich jederzeit hinüberbeugen und sie am Ärmel fassen kann.

Ich habe nie mit Ramsden zusammengearbeitet. Ich sah sie manchmal in der Kantine. Mehrere kurze Eindrücke von ihr haben sich mir eingeprägt. Die Ärzte nannten sie Miss Ramsden. Sie gab auch die Penicillin-Spritzen. Eine der Schwestern, normalerweise eine erfahrene Examinierte, verbrachte den ganzen Tag damit, die Spritzen und die Nadeln zu reinigen und zu sterilisieren, den Rollwagen zu bestücken, die Spritzen zu geben und dann den Rollwagen abzuräumen und alles zu reinigen, zu sterilisieren und erneut zu überprüfen. Immer, wenn ich an den Glastüren der Station, auf der sie arbeitete, vorbeikam, sah ich, wie sie sich im Sterilisierraum sorgfältig um die Spritzen und die Nadeln kümmerte, mit denen alle drei Stunden Penicillin injiziert wurde.

»Ramsden«, sagte ich, »das ist die Stelle, die wir so gerne mögen, nicht wahr? Das ist sie, diese Stelle mögen wir besonders ...«

»Es ist die Vorfreude«, antwortete sie. »Es ist das, was erhofft wird und sich dann erfüllt.« Sie saß auf der Kante ihres Bettes.

»Diese Stelle, diese ...« sagte ich erneut. Ich streckte einen Finger aus, so als hätte ich das Cello irgendwo zwischen uns beiden entdeckt. »Diese Stelle, an der die Töne tiefer werden«, sagte ich, »ist die Stelle, die uns am besten gefällt.«

Ramsden nickte. Sie besserte gerade einen Strumpf aus. Sie besaß nicht die üblichen Strümpfe, es waren nicht die grauen zur Schwesterntracht gehörenden Baumwollstrümpfe, die nach häufigem Waschen schwer zu stopfen waren. Mir war gleich aufgefallen, daß Ramsdens Strümpfe glatt und weich waren und wie Honig glänzten. Dunkle, honigfarbene Strümpfe. Ramsdens Strümpfe waren Seidenstrümpfe. Sie vernähte eine Laufmasche an der Ferse. Sie nähte so sorgfältig, daß die Ausbesserung bestimmt nicht auffallen würde. Sie hatte mich in ihr Zimmer eingeladen, um mit mir eine Schallplatte zu hören.

»Weißt du, warum dir die Stelle so gut gefällt?« Sie wiederholte damit eine frühere Frage. Das Cellospiel erinnerte mich an sie. Das konnte ich ihr aber nicht sagen. Ich schüttelte den Kopf. Ramsden war examinierte Krankenschwester; sie nahm einen höheren Rang ein als ich. Wenn sie der Musik lauschte, hatte sie die Beine übereinander geschlagen und bewegte, wie ich feststellte, einen Fuß leicht im Takt der Musik. Ich konnte mit ihr weder über die hinabstürzenden Töne des Cellos sprechen, noch darüber, wie vollendet sich die anderen Instrumente hinaufschwangen, um sich mit dem Cello zu vereinigen. Ich konnte ihr unmöglich erzählen, daß ich glaubte, jemand habe die Bewegungen der Noten genau berechnet und dabei auf das Absinken und Ansteigen der Tonhöhe geachtet, um dieses herrliche Zusammenspiel zu erzeugen. Auch über andere Dinge konnte ich nicht mit ihr sprechen. Ich konnte ihr unmöglich sagen, was ich über den Dichter Rilke dachte, über sein Gesicht, und was ich empfand, wenn ich sein Foto in ihrem Buch betrachtete. Sie kannte seine Gedichte und verstand sie. Ich wollte ihr sagen, daß ich mir unbeholfen und hölzern vorkam, wenn ich Rilkes Gesicht betrachtete. Sogar seine Körperhaltung auf dem Foto strahlte etwas besonderes aus, und wenn ich ein Gedicht von ihm las, hätte ich ihr gerne einige Zeilen vorgelesen. »Hören Sie sich das an, Ramsden«, hätte ich gerne zu ihr gesagt, »hören Sie sich das an.«

Sie aber ging an jenes Gottes Hand,
den Schritt beschränkt von langen Leichenbändern.
unsicher, sanft und ohne Ungeduld.
Sie war in sich, wie Eine hoher Hoffnung …

Es gab noch andere Stellen aus *Orpheus*, aber da sie seine Gedichte kannte, hätte sie mich vielleicht für aufdringlich gehalten. Wenn ich Rilke las, fand ich die Ergebnisse meiner eigenen Schreibversuche gewöhnlich und unmusikalisch, ganz ohne Feingefühl oder Raffinesse. Ich habe Ramsden nie erzählt, daß ich versuchte zu schreiben, denn ich schrieb nur über sie. Ich wollte über Ramsden schreiben. Aber das konnte ich ihr unmöglich sagen.

Später, als sie über die Musik sprach, sagte sie, der Solist sei unschuldig und verletzlich. Sie sagte, die Musik sei beredt und das Cello habe etwas Intimes. Sie sprach sehr würdevoll, und jedes ihrer Worte schien wohlüberlegt zu sein. Ich hätte am liebsten jedes einzelne immer wieder von ihr gehört. Das Wort *intim*. Ich hatte mich nie zuvor mit jemandem unterhalten, der dieses Wort benutzt hatte. Sie sagte, die Musik des Cellos sei intim. Ramsdens Selbstbeherrschung hielt sie davon ab, zu wiederholen, was sie gesagt hatte. Sie vernähte weiter ihren Strumpf, und wir hörten uns noch einmal den zweiten Satz an. Als ich einem bestimmten Abschnitt dieses Satzes lauschte, sah ich im Geiste, wie Ramsden vor mir eine Buchenallee entlang schritt. Es waren prächtige, gleichmäßig gewachsene Buchen, von deren dunklen, regennassen Blättern das Wasser herabtropfte. Dann stellte ich mir vor, wie wir gemeinsam durch diese Allee liefen und bis zu den Knöcheln im nassen Laub versanken. Ramsden, dachte ich, würde dabei gerippte Söckchen über ihren Strümpfen tragen.

Lyrisch, sagte sie, die Musik sei lyrisch, und ich wußte nicht genau, was sie damit meinte. Dann sagte sie, ich dürfe mir, wenn ich wolle, ihre Platten ausleihen.

Als ich die Platte zu Hause auflegte, fragte mich mein Vater, der das Cellospiel nicht zu würdigen wußte, ob ich die Musik nicht ein bißchen leiser stellen könnte. Es war mein freier Tag. Er war zum größten Teil ungenutzt verstrichen, denn ich hatte lange geschlafen und niemand hatte mich aufgeweckt. Mein Vater fragte, ist auch ein Klavierstück auf der Platte, denn er mochte Klaviermusik sehr gerne. Ich erzählte ihm, daß Schwester Ramsden Klavier spielte, und meine Mutter sagte, vielleicht könnte Miss Ramsden uns ja einmal besuchen und uns etwas vorspielen. Sie sagte, sie würde den Kamin im vorderen Zimmer anmachen, und wir könnten alle dort sitzen und ihr zuhören ...

Weil ich den früheren Zug genommen habe, muß ich noch eine Stunde warten, bis die Praxis öffnet. Die Leute, die in diese Praxis kommen, fahren jetzt von Zuhause los, um ihre Termine nicht zu versäumen.

Ich gehe zu einer Bushaltestelle, an der eine Bank steht, und obwohl ich mich hier auskenne, habe ich das Gefühl, in einer fremden Gegend zu sein. Diese Fremdheit kommt zum Teil daher, daß die alten Häuser und ihre einst so gepflegten Gärten verschwunden sind. Stattdessen stehen hier jetzt Bürotürme aus Beton mit schimmernden Glasfronten. Einige Räume sind erleuchtet, andere liegen im Dunkeln. Die Parkplätze zu Füßen der Gebäude sehen sich alle ähnlich, aber mir sind sie so unvertraut, als ob ich sie nie zuvor gesehen hätte. Die kleinen Bäume und Sträucher, die zur Zierde angepflanzt worden sind, sorgen mit ihren spärlichen Zweigen und Blättern für etwas Grün. Die neuen Gebäude befinden sich nicht im Einklang mit ihrer Umgebung. Sie sind nicht Teil der Landschaft, sondern sind ihr aufgezwungen worden. Sie passen nicht zueinander, und sie haben dem Viertel die Ruhe und die besondere Atmosphäre menschlichen Lebens geraubt, die früher vielleicht in diesen Straßen herrschte.

Wie jedes Jahr erblühen plötzlich, ohne menschliches Dazutun, die weißen und rosafarbenen Zephirblumen. Frisch und unverwüstlich sprießen sie an den Rändern der kahlen braunen Flecken, die von der Asphaltierung verschont geblieben sind, aus der Erde.

Hätte ich im Zug gesprochen, hätte ich sagen können: »Ramsden«, hätte sagen können, »ich bin traurig. Es gelingt mir nicht, die Melancholie zu überwinden, die mich in letzter Zeit überkommt, sobald ich aufwache. Ich bin nervös und durcheinander, und alles was ich tue wird von einem Gefühl der Trauer und Vergeblichkeit begleitet.« Soll ich mich einer Sekte anschließen? hätte ich sie fragen können. Einem religiösen Kult? Im Fernsehen wirken die Menschen, die zu ihrem Glauben gefunden haben, so unbekümmert. Tanzend schleppen sie auf Baustellen Ziegelsteine und Mörtel. Im Rhythmus einer Musik tragen sie mit schwingenden Hüften hölzerne Platten von der Küche ins Eßzimmer, auf denen etwas Grünes, Frisches, Feingehacktes angerichtet ist. Vielleicht ist es roher Spinat. Vielleicht sind es ihre wehenden Haare und ihre glücklich strahlenden Augen, die auf mich anziehend wirken, aber andererseits finde ich es schwierig und furchterregend, die beklemmenden Erinnerungen an das Leben in einer Gemeinschaft und das Teilen von Besitz und Geld heraufzubeschwören. Das wirkliche Leben sieht bestimmt ganz anders aus, hätte ich zu ihr sagen können, es sieht bestimmt ganz anders aus als im Fernsehen. Wahrscheinlich werden nur die lebenslustigen Mitglieder der Sekte gefilmt, auch das hätte ich sagen können, und der Spinat ist bestimmt mit irgendetwas gefärbt, damit er schmackhafter aussieht. Bei Werbeaufnahmen, ich hätte mich gut informiert zeigen können, bei Werbeaufnahmen wird das Essen chemisch behandelt, bevor es fotografiert wird. Ich habe den Zug verlassen, ohne ihr zum Abschied noch einen Blick zuzuwerfen.

Vielleicht sind die Zephirblumen eine Erinnerung und ein Trost. Sie blühen zuverlässig jedes Jahr zu Ostern, geraten dann wieder in Vergessenheit und erscheinen, wenn sie blühen, wie eine unvermutete Warnung und Segnung zugleich.

Wenn ich es mir recht überlege, fällt mir auf, daß mein Vater mich immer zur Bushaltestelle oder zum Bahnhof gebracht hat. Wenn ich aufbrechen wollte, schlug er vor, zum Bus oder zur Bahn mitzukommen. Manchmal fuhr er ein Stück im Zug mit, stieg nach einer Station aus und wartete dann allein auf den nächsten Zug in die Gegenrichtung. Da er sich erst im letzten Moment, wenn der Zug schon rollte, entschied, hatte er immer nur eine Bahnsteigkarte und wurde, zusätzlich zu der Wartezeit und der Rückfahrt, auch noch aufgehalten, um alles zu erklären und den Fahrpreis für beide Strecken zu bezahlen. Das Ganze dauerte bestimmt sehr lange. Und mitten im Winter war es manchmal bitterkalt.

Anscheinend entsteht aus der starken Liebe, die dem Kind von seinen Eltern engegengebracht wird, nichts, was das Kind den Eltern zurückgeben kann. Ich stelle jetzt mit Bedauern fest, daß ich mir damals nie über seine wiederholten Fahrten nach Hause Gedanken gemacht habe. Ich habe nie an die zugigen Bahnsteige gedacht, an die schlecht geheizten Öfen in den Warteräumen und an die langen Fußmärsche von der Bushaltestelle bis zum Haus, bei denen es oft regnete. Ich war mit meinen Gedanken, noch ehe ich losfuhr, immer schon unterwegs und dachte nur an den Ort, der das Ziel meiner Reise war.

Wie sich später herausstellte, verbrachte ich die letzten gemeinsamen Minuten mit meinem Vater auf einem Bahnhof. Auch als der Zeitpunkt zur Abfahrt meines Zuges gekommen war, und sogar als der Pfiff des Schaffners ertönte, hörte mein Vater nicht auf zu reden. Er sagte, ich sollte es nicht zu schwer nehmen, falls wir uns nie wieder sähen. Er werde langsam alt, sagte er damals, und er staune darüber, wie schnell er älter werde, und obwohl er vorhabe, noch lange Zeit zu leben, könne es sein, daß wir nicht mehr rechtzeitig zueinander kommen könnten. Es ist unfaßbar, daß ich seinen Worten damals so wenig Aufmerksamkeit geschenkt habe, und das Verlangen, seine Stimme in diesem Moment noch einmal zu hören, ist etwas, das mir bis jetzt noch nie in den Sinn gekommen ist.

Er hatte seinen Regenschirm dabei, und als der Zug sich in Bewegung setzte, lief er solange er konnte neben dem rollenden Zug her und schwenkte den Schirm. Mir fällt ein, daß er ihn im Laufe der Jahre häufig in Zügen liegengelassen hat. Der Regenschirm ist kreuz und quer durch England gefahren und wurde regelmäßig aus Liverpool, Norfolk, St. Ives oder Glasgow an das Fundbüro geschickt, wo mein Vater ihn, mit schuldbewußter Genugtuung, in Empfang nehmen konnte.

Der riesige Ostermond hängt tief am Himmel, es scheint, als sei er bloß eine Armlänge entfernt, als brauche man nur beide Hände auszustrecken, um ihn zu berühren und festzuhalten. Rund und bedächtig erhellt er die Nacht, so daß es aussieht, als wäre alles mit Schnee bedeckt, und auf den weißen mondgebleichten Wiesen liegen lange Schatten. Dieser Mond ist der gleiche Mond, den mein Vater gesehen hat. Er sagte immer, wenn ich zurück ins Internat mußte, am Ende jeder Ferien, wenn ich weinte, weil ich nicht wegfahren wollte – dann sagte er, ich würde, wo ich auch sei, wenn ich den Mond anschaute, denselben Mond sehen, den er anschaute. »Und deswegen«, sagte er, »kannst du sicher sein, daß ich nicht sehr weit weg bin. Du brauchst dich nie einsam zu fühlen«, sagte er. Er sagte, der Mond würde niemals verlöschen. Manchmal könne man den Mond nicht sehen, aber er stünde immer am Himmel. Er sagte, er stelle sich gerne vor, daß es sein Mond sei.

Einmal wartete ich mehrere Stunden lang bei einer Bushaltestelle, einer Ersatzhaltestelle, an einer Straßenkreuzung in London. Der Verkehr wurde umgeleitet, und das tragbare Schild markierte die Endhaltestelle der »Grünen Linie« aus Hertford. Ein langer Sommerabend ging zu Ende, und die laue, samtene staubige Nachtluft legte sich über die Stadt. Nur wenige Menschen waren auf der Straße. Sie hatten alle ein Ziel. Ein Polizist fragte mich, ob alles in Ordnung sei.

»Ich warte auf jemanden«, sagte ich ihm. Ich wartete mit Helena auf Ramsden.

Ich hatte schließlich doch aus Verzweiflung den Brief an Ramsden geschrieben und sie gebeten, mir zu helfen. Ich wollte Fairfields, die Schule, wo ich arbeitete und zusammen mit Helena lebte, verlassen. Es war ein fortschrittliches Internat. Es gab dort nicht genug zu essen, und ich bekam keinen Lohn. In meinem Brief erzählte ich ihr alles was passiert war; ich erzählte von meinem Kind, vom Verlassen meines Elternhauses, von meiner Einsamkeit und meiner Enttäuschung über die Schule. Ein derartig betrügerisches Verhalten, erzählte ich ihr, hatte ich nicht erwartet. Meine Armut, dachte ich, würde ohne besondere Erwähnung deutlich werden. Ich konnte, nachdem ich den Brief geschrieben hatte, die Antwort von Ramsden nicht abwarten, denn als ich verkündete, daß ich Fairfields in vierzehn Tagen verlassen wollte, entgegnete Patch (die Rektorin) in ihrem singenden Tonfall, in der unheilvollen Altstimme, mit der sie ihre Mitmenschen aufforderte, selbstkritisch zu sein und sich auf neue Erfahrungen einzulassen: »Unbedingt, aber gehen Sie bitte schon heute. Der Bus geht um drei am Ende des Feldweges.« Sie und Miss Myles schauten sich mit hochgezogenen Augenbrauen kurz an und richteten dann beide kein Wort mehr an mich.

Ich schickte den Brief an die Adresse, die ich, vor beinahe fünf Jahren, von Ramsden bekommen hatte. Sie hatte mir damals mitgeteilt, daß sie immer noch als Krankenschwester arbeitete und eine kleine Wohnung habe, in der ich jederzeit willkommen sei. Fünf Jahre sind eine lange Zeit.

Ich teilte ihr in meinem Brief mit, daß ich an der Endhaltestelle der »Grünen Linie« auf sie warten würde. Während ich den Brief schrieb, fragte ich mich unwillkürlich, ob sie inzwischen wohl Klavierkonzerte gab. Vielleicht ging sie auf Tournee durch Nordengland und spielte in den Orten, in denen Konzertpianisten gewöhnlich gastieren. Ich versuchte mir zu überlegen, welche Dörfer und Städte dafür in Frage kamen. Während ich schrieb, weinte ich bei der Erinnerung an Ramsdens freundliche Augen und ihr zurückhaltendes Wesen. Schwester Ramsden mit dem reifen lebensklugen Gesicht – so hatte sie einmal jemand beschrieben – und der Musikernase – das hatte jemand anders einmal gesagt. Sie hatte nie erfahren, was es mit dem Geigenkasten auf sich hatte, den ich in jener Zeit mit mir herumtrug. Ich hatte immer die Absicht gehabt, es ihr zu erzählen, aber die Umstände verändern manchmal die Absichten.

Ich bat sie in dem Brief und in meinem Herzen, mich abzuholen. Erst nach fünf Jahren habe ich auf ihre freundliche Einladung reagiert. Fünf Jahre sind eine lange Zeit. Eine lange Zeit, wenn man sie ohne eine Antwort verstreichen läßt. Mit schwindender Hoffnung ging ich langsam auf dem Bürgersteig, dem immer noch der Staub und die Hitze des Tages anhaftete, auf und ab. Ich ging auf und ab und wartete gemeinsam mit Helena. Sie war blaß, hungrig und müde, und sie setzte sich hin und wieder auf meinen nachlässig gefalteten Schulmantel, der auf unserem schweren Koffer lag. Ich versuchte, mir selber Trost zu spenden, indem ich mir immer wieder ausmalte, wie Ramsden Klavier spielte und lächelnd Helena zunickte, die tapsig auf dem Teppich in dem kleinen Wohnzimmer tanzte. Ich glaubte mich zu erinnern, daß Ramsden damals vor Jahren in ihrem Brief geschrieben hatte, die Wohnung sei winzig.

»Sie kommen am besten mit mir mit.« Es war wieder der Polizist. Er war mehrmals bei uns vorbeigekommen. Helena war auf dem zusammengefalteten Mantel eingeschlafen, und ich hatte mich an das Geländer vor einem leerstehenden Haus gelehnt.

Die Frau, die im Nachtasyl Dienst hatte, gab mir ein kleines Drillich-Handtuch und ein eckiges Stück grüne Seife. Sie sagte, das heiße Wasser würde ausreichen, wenn Helena und ich gemeinsam badeten.

»Sie ähnelt Ihnen sehr«, sagte die Frau. Sie versteckte ihre Neugierde nur halbherzig hinter einer bestimmten Art von Freundlichkeit. Sie gab uns zwei Butterbrote und jeder einen Becher starken Tee. Ich bekam von ihr zwei graue Decken, und sie sagte, Helena könne am Fußende des Bettes schlafen, das sie uns für eine Nacht geben könne. Das Mädchen, dessen Bett es war, erklärte sie, würde am nächsten Tag aus dem Krankenhaus entlassen werden, wo man ihr einen Drehbleistift aus der Blase herausoperiert hatte.

»Was die so alles versuchen«, sagte die Frau. »Ich oder jede andere hätte ihr jedenfalls gleich sagen können, daß es für so etwas viel zu spät war. Ist ganz allein, das arme Ding. Hat sich bös wehgetan, und auch noch ihr Baby verloren.« Sie schaute Helena an, die gewissenhaft ihr Butterbrot aufaß, mit Rinde und allem. Es wirkte wie eine übertriebene Demonstration von Tugendhaftigkeit.

»Andere dagegen behalten ihre Kinderchen«, sagte die Frau.

»Ja«, sagte ich und wich ihrem vielsagenden Blick aus. Das Nachtasyl für Frauen war mehr als nur ein Platz zum Schlafen. Im St. Cuthbert waren die Schwestern nicht sehr mitfühlend gewesen. Ich erinnerte mich nur zu gut daran, wie sie abends die Mädchen der Territorialarmee in ein Badezimmer scheuchten, wo sie dann nackt von der Hüfte abwärts in abgestoßenen Emaillewannen in heißem Wasser mit doppelt kohlensauerem Natrium saßen. Während des Unterrichts ermahnte uns die Schulschwester häufig, die Würde der Patienten möglichst wenig anzutasten. Die heißen Wannenbäder standen dazu im Widerspruch. Viele der Mädchen waren schwanger. Einige Frauen, sagte die Schulschwester, kannten sich mit ihren Körperöffnungen nicht aus. All das betraf mich damals nicht.

Mein eigenes Kind erschien mir später als die Verkörperung alles Poetischen, Schönen und Erstrebenswerten. Ehe sie geboren wurde, nannte ich sie Beatrice. An die Territorialarmee dachte ich nicht mehr.

Dankbar für das heiße Bad und den Tee und das versprochene Bett, redete ich die Frau vom Nachtasyl mit Schwester an.

Habe die Schwester, fragte ich sie, jemals eine Kollegin namens Ramsden gekannt? Die Frau kniff die Augen zusammen, überlegte einen Moment und sagte, ja, sie glaube schon – jetzt erinnere sie sich. Sie glaube, oder besser gesagt, sie sei sicher, eine Schwester namens Ramsden habe sich den *Queens Nurses* angeschlossen und sei mit ihnen nach Mombasa gegangen. Ich versuchte in dieser zweifelhaften Erinnerung Trost zu finden. Ja, sie ging mit den *Queens Nurses* nach Mombasa. Tapfere Frauen, die *Queens Nurses*. Und eines Nachts, so hatte sie gehört, war der Koch in ihrem Lager von einem Eindringling erstochen worden. Brutal erstochen, mit einem Dutzend oder noch mehr Stichen in die Brust, den Hals und den Bauch. Anscheinend war der Mord gerechtfertigt – der Koch hatte ihn durch sein eigenes Verhalten herbeigeführt, denn er hatte ein paar Stunden zuvor einen fürchterlichen Wutausbruch gehabt. Aber über Ramsden selbst habe sie nichts gehört.

Als ich unter der dünnen Decke lag, begriff ich, daß sie bloß versucht hatte, auf meine dumme und überflüssige Frage einzugehen. Vielleicht wurde bei ihren Bemühungen, Antworten zu finden, häufig der Koch in Mombasa auf grausame Weise umgebracht.

Ich versuchte einzuschlafen, aber Helena, die an ein eigenes Bett gewöhnt war, strampelte die ganze Nacht und hinderte mich daran.

Jetzt, da ich an einer Bushaltestelle sitze und nicht auf einen Bus warte und die Abenddämmerung schnell in Dunkelheit übergeht, denke ich an den Mond meines Vaters. Dieser Mond, der früher ihm gehörte und jetzt mir gehört, klettert in der lauen Nacht den Himmel empor. Er hängt in den Ästen des einzigen Baumes, der noch zwischen den neuen Gebäuden steht.

Die Fahrten ins Internat scheinen immer in der Abenddämmerung stattzufinden. Mein Vater begleitet mich, bis der Zug das erste Mal hält. Die erste Fahrt findet im Herbst statt, wenn es nachmittags um vier schon dunkel ist. Der trübselige Eisenbahnzug kriecht zwischen überschwemmten Wiesen hindurch, vorbei an Trauerweiden, die gewundene Flußläufe säumen. Kühe stehen knietief im feuchten Gras und heben, wenn der Zug vorbeifährt, die Köpfe, als würden sie die Traurigkeit nachempfinden. Die Straßen bei den Bahnübergängen sind menschenleer. Niemand steht dort, um zu winken, und vor den schwach beleuchteten Fenstern der Bauernkaten hängen Gardinen in tristen Farben.

Beim ersten Halt wird das Zusammentreffen auf dem Bahnsteig von einer Art gezwungener Heiterkeit bestimmt. Einige Mädchen gehen bereits ins Internat, andere fahren, wie ich, zum ersten Mal dorthin. Mein Vater schaut zu, und dann werden die Türen des Waggons eine nach der anderen zugeschlagen, und vor dem Fenster verschwindet die Gestalt meines Vaters, sobald der Zug, der sich erst langsam den Bahnsteig entlangbewegt und dann schneller wird, seine Fahrt fortsetzt.

Ich versinke sofort in dem unvorstellbar tiefen Meer der Einsamkeit. Dieses Gefühl ist, wie ich inzwischen weiß, unvermeidlich, wenn man sich in einer Gruppe Menschen befindet, aber damals war mir das nicht bewußt. Ich versuche an den Mond zu denken. Obwohl nicht Ostern ist, sagte mein Vater, bevor die Türen zugeschlagen wurden, wird der Mond zu sehen sein, falls die Wolken aufreißen. Er zeigte, während er sprach, auf die Kuppel des Bahnhofsgebäudes. Es war mir peinlich, daß er mit seinem Regenschirm zeigte, und anstatt hochzuschauen starrte ich auf meine Schuhe. Ich versuche daran zu denken, daß sein Mond hinter den Wolken ist, auch wenn ich ihn nicht sehen kann. Jetzt wünsche ich von ganzem Herzen, ich hätte gelächelt und ihm zugewunken.

Im Abteil ist es laut, alle reden und lachen. Unsere Gesichter spiegeln sich in den Fensterscheiben, und rechts und links gleiten verschwommen die dunklen Felder vorbei.

Der Bus des Internats, der mit einem erbaulichen Leitspruch bemalt ist, fährt ratternd durch eine mir unvertraute Landschaft. Die anderen singen Lieder, die ich noch nie gehört habe. Es ist kein Mond zu sehen. Die Vordertür des Internats liegt direkt an der Dorfstraße. Alle stürmen aus dem Bus, und der Direktor und seine Frau stehen nebeneinander in einem erleuchteten Viereck, um uns zu begrüßen.

»Falsche Hand, Veronica. Du bist doch Veronica?« Er macht auf einer Liste hinter meinem Namen ein Kreuz. »Die andere Hand, Veronica. Wir geben uns immer mit rechts die Hand.«

Später packe ich meine Reisetasche aus und fühle mich beim Anblick des Nachthemds, der Taschentücher und der Strümpfe getröstet, denn alles ist neu und von meiner Mutter sorgfältig zusammengelegt. Besonders freue ich mich über meinen neuen Füllfederhalter.

Fast augenblicklich beginne ich mit meinem Vergleichspiel; ich ordne mich höher ein als eine bestimmte Mitschülerin, wenn mein Aussehen vorteilhafter, und niedriger, wenn es unvorteilhafter als ihres ist. Dieses Aussehenspiel ist ein Glückspiel. Glück kann durch eigene Bemühungen beeinflußt werden, das ist eine der Regeln, aber solche Bemühungen erfordern eine übermenschliche Hartnäckigkeit. Bei dem Spiel wird das Vertraute am Unvertrauten gemessen. Ich ziehe das Vertraute vor. Ich mag es, wenn ich weiß, wie ich mich zu verhalten habe und welche Stellung ich anderen Leuten gegenüber einnehme. Vielleicht, weil so vieles andere unwägbar ist.

Ich sitze immer noch auf der Bank an der Bushaltestelle. Der Mond meines Vaters ist riesig und steht jetzt in einem dunkelblauen Stück Himmel über dem Baum zwischen den Gebäuden. Ein paar Autos sind vorgefahren. Ich habe gesehen, wie ihre Scheinwerfer abgeblendet und dann ausgeschaltet wurden, und ich habe die dunklen Umrisse von Menschen gesehen, die auf das Haus zustrebten, in dem sich meine Praxis befindet. Sie werden auf den bequemen Stühlen im Wartezimmer sitzen, bis sie zu mir hereingerufen werden. Es ist nicht zu vermeiden, daß ich manchmal zu spät komme, aber sie warten auf mich.

Bei meiner anderen Arbeitsstelle riecht es nach warmen Kiefern. Die Sonne, die unablässig auf eine nahegelegene Schonung herab brennt, erfüllt die heiße stickige Luft mit einem belebenden Wohlgeruch. Es gibt dort einen schmalen Trampelpfad, der über das vertrocknete Gras und die herabgefallenen Kiefernnadeln führt. Diesen Pfad benutze ich auf dem Weg vom und zum Bahnhof. Manchmal schlage ich anderen Leuten vor, diesen Pfad auch zu benutzen. Die in der Luft kreisenden schreienden Krähen erwecken den Eindruck großer Weite. Jenseits der neuen Hochhäuser könnten sich endlose wogende Kornfelder befinden. In den Fluren meiner Arbeitsstelle riecht es nach Toast, Kaffee und warmen Curry-Gerichten. Es kommt mir so vor, als würden an Häuserecken und den Gabelungen der Wege und zwischen den Gebäuden Leute Essen kochen, als hätten sie ihre Saris lässig über die Kochtöpfe gelegt, um sie vor dem überall herrschenden Wind zu schützen.

Von der Bank, auf der ich sitze, sieht es so aus, als verkünde das Licht des Mondes eine geheime Botschaft. Ich habe einmal gelesen, daß von Tschechow gesagt wurde, er *zeige uns gerade dann die Abgründe des Lebens, wenn er scheinbar dessen glänzende Oberfläche widerspiegelt.*

Genauso ist der Mond meines Vaters.

Aber zurück zum Spiel. Dem Vergleichspiel. Im Internat müssen wir uns vor den Mahlzeiten der Größe nach in einer Reihe aufstellen. Der Speisesaal ist nicht sehr groß, und die Größten stehen hinter den Kleinsten. Wir dürfen nicht miteinander reden, und unsere Schuhe und Servietten werden von den Aufsichtsschülerinnen überprüft. In diesen Minuten des Schweigens und der Kontrolle stelle ich meine Vergleiche an. Sorgfältig vergleiche ich meine eigenen Mängel mit denen meiner unmittelbaren Nachbarinnen. Ich betrachte mit einem Seitenblick den Faltenwurf ihrer Schuluniformen und ich bemerke, daß sich der Kittel des Mädchens neben mir ausbeult. Im Geiste nenne ich sie Beule. Die Falten fallen bei ihr nicht gerade herab, sondern wölben sich. Sie ist groß und linkisch, größer als ich, und hat hängende Schultern. Ich versuche, meinen Rücken durchzustrecken und die Falten meines Kittels zu glätten. Ich kann einen besseren Eindruck machen als Beule. Sie hat rissige Lippen und kaut an den Fingernägeln. Ich gebe mir Mühe, nicht an den Nägeln zu kauen, aber meine Hände sind nicht so gepflegt wie die Hände des Mädchens, das auf der anderen Seite neben mir steht. Sie hat hübsche Fingernägel, und ihr Haar ist weich und flauschig. Mein Haar ist glatt, aber es ist nicht so fettig und unordentlich wie das Haar von Beule. Flauschhaars Füße zeigen nach außen, wenn sie geht. Meine Füße zeigen nach vorne, aber meine Strümpfe haben, im Gegensatz zu ihren, entsetzliche Falten. Wir haben alle Pickel. Beule hat die schlimmsten Pickel. Flauschhaar hat den besten Teint. Ihr gutes Aussehen wird von einem leichten Silberblick getrübt. Wir tragen alle Brillen. Sie sehen alle gleich aus, aber ein Glas von Beules Brille hat einen Sprung. Meine Brillengläser müßten geputzt werden.

Im Schlafsaal höre ich, nachdem das Licht ausgemacht wurde, wie jemand ganz leise den Deckel eines Koffers schließt, und ich fange an zu weinen. Ich verbinde dieses Geräusch mit meiner Mutter. Das kurze leise Schließen eines Kofferdeckels. Mein Nachthemd, das sie selbst gestrickt hat, ist sehr bequem. Es wickelt sich um meinen Körper. Sie hat dafür eine Rundnadel benutzt. Es sei eine Art Trikot, sagte sie, sehr weich, sagte sie. Als sie es fertig gestrickt hatte, war sie sehr zufrieden, weil es keine Nähte hatte. Sie erzählte unserer Nachbarin davon und zeigte ihr das Nachthemd und die anderen neuen Kleidungsstücke, die sie alle mit Stoffstreifen versehen hatte, in die mein Name eingestickt war. Der Schrankkoffer, der extra angeschafft worden und in Vorbereitung auf den Transport mit einem Güterwagen deutlich als »Vorausgepäck« gekennzeichnet war, verursachte eine beklommene Aufregung im Haus. Meine Mutter, die schon wieder das Nachthemd befühlte, sprach zu mir:

Ein weiches reines Kleid für dich zu weben,
darin nicht einmal die geringste Spur
von Naht dich drückt ...

»Halt den Mund«, sagte ich, denn ich mochte es nicht, daß sie in Anwesenheit der Frau von nebenan deutsch mit mir sprach. »Halt den Mund«, sagte ich erneut. An ihrem Tonfall erkannte ich, daß die Worte aus einem Gedicht stammten. »Halt den Mund.« Ich stopfte das Nachthemd zurück in die Reisetasche. »Es ist doch bloß ein Nachthemd.«

Schließlich höre ich auf zu weinen und stelle mir vor, das Nachthemd sei meine Mutter, die mich in den Armen hält.

Am Nachmittag des zweiten Sonntags im Internat werde ich eingeladen, zusammen mit Beule und Flauschhaar und Helen Ferguson und einem weiteren Mädchen, das Amy heißt, einen Ort namens Harpers Hill zu erkunden. Beule sieht in ihrem Sonntagskleid ganz besonders unförmig aus. Mein Kleid, wir müssen marineblaue Serge-Kleider tragen, ist mir schon zu eng und dabei ist es erst der zweite Sonntag. Flauschhaars Kleid hat ihrer Tante gehört, und der Kragen ist aus roter Spitze anstelle des vorgeschriebenen weißen Leinens. Die Kragen sollen abnehmbar sein, damit man sie waschen kann.

Ich wäre gerne so klein und adrett und hübsch wie Amy oder zumindest so aufgeweckt wie Helen Ferguson, die schon abends immer weiß, was es am nächsten Tag zum Frühstück geben wird. Schnell hat sie das System durchschaut und weiß vorher, wann was stattfinden wird, kennt den Unterschied zwischen Morgenandacht und Abendandacht und weiß, wo wir zu bestimmten Zeiten sein sollen, wer an der Reihe ist, den Schlafsaal zu wischen, und welche Tage unsere Badetage sind. Ich verfüge nicht über ihre Auffassungsgabe und jedesmal, wenn ich Helen Ferguson anschaue, frage ich mich, warum ich so bin wie ich bin. Helen Ferguson hat eine besondere Art, im Klassenzimmer auf ihrem Platz zu sitzen. Sie streckt einen Fuß leicht vor und lutscht an ihrem Füller, während sie nachdenkt. Ich versuche, mich genauso hinzusetzen und auszusehen, als denke ich nach, während ich an dem abgerundeten Ende meines neuen Füllers lutsche.

Bei der Morgenandacht mache ich mir Sorgen über die Einladung, die mir etwas unheimlich vorkommt. Es scheint eher ein Befehl der Mädchen aus den oberen Klassen zu sein. Ich versuche, mich auf das Gebet zu Beginn der Andacht zu konzentrieren. Wir müssen alle Gott darum bitten, in unseren Herzen zu sein. Die ganze Zeit denke ich an die Straßenkreuzung, an der wir uns für den Spaziergang treffen sollen. Beule kaut während der Morgenandacht unablässig an ihren Fingernägeln. Ich betrachte meine Fingernägel, kaue an ihnen, und sobald es mir auffällt, setze ich mich auf meine Hände.

Zwischen Hecken voller herbstlicher Beeren warten wir in makellosen Schuhen und neuen Strümpfen an der Kreuzung. Die braunen frischgepflügten Felder steigen sanft an, und über dem nahen Horizont hängen schwere Wolken. Nicht weit entfernt stehen ein paar Gebäude, die zu einem Bauernhof gehören, aber Menschen sind nicht zu sehen. Das leise Tuckern eines unsichtbaren Traktors und das melancholische Krächzen der Saatkrähen bringt mir meine Traurigkeit und meine ungewöhnlich große Angst bei dem ersten Sonntagnachmittag-Spaziergang allzu lebhaft in Erinnerung. Ich versuche, nicht zu heulen, so wie ich an dem Tag geheult habe, und ich versuche, nicht an die heißersehnten Straßen voller Menschen und die nie verstummenden Geräusche der Straßenbahnen zu denken. Die ländliche Gegend wirkt ausgestorben und unsere Regenmäntel sind zu lang.

Das strohblonde Mädchen, das Etty genannt wird, kommt die Straße entlang auf uns zu. Sie sagt, wir werden ein Picknick machen, und die anderen warten in der Nähe mit dem Essen. Ein Picknick, das ist eine angenehme Überraschung. Etty führt uns auf einem schmalen Pfad über mehrere Felder zu einem Dickicht. Wir müssen uns bücken, um dem Pfad zu folgen, der sich zwischen Brombeersträuchern und unter anderen kratzigen Büschen hindurchschlängelt. Unsere aufgeregten Gespräche verstummen kurz nachdem wir begonnen haben, uns einen Weg durch das undurchdringliche Gewirr aus dornigen Ästen zu bahnen. Amy sagt, sie findet, wir sollten umkehren. Beule hat ein paar schlimme Kratzer auf der Stirn. Amy sagt: »Guck mal, ihr Kopf blutet.« Aber Etty sagt, nein, es ist nicht mehr weit, wir haben es gleich geschafft.

Plötzlich ist das Dickicht zu Ende, und wir stehen am Rand einer sandigen Klippe. »Es hat einen Erdrutsch gegeben!« sage ich und versuche verängstigt vom Rand zurückzutreten. Ehe wir umkehren können, stürmen die Mädchen herbei, die sich versteckt hatten, und halten uns an Armen und Beinen fest. Sie fesseln uns mit unseren eigenen Schals und den Gürteln unserer Regenmäntel, schubsen uns über den Rand der Klippe und stoßen uns den steilen holprigen Abhang der Kiesgrube hinunter. Ich bin zu verängstigt, um zu schreien oder mich dagegen zu sträuben. Beule wehrt sich und kreischt. Ihre Stimme klingt fremdartig, anders als alle Stimmen, die ich je gehört habe. Vier der älteren Mädchen halten sie an Armen und Beinen fest. Sie ziehen ihr die Unterhose aus, während sie sich strampelnd windet. Über ihren braunen Wollstrümpfen sind ihre plumpen weißen Schenkel zu sehen.

»Nicht der da, sondern Barrabas! Nicht der da, sondern Barrabas!« rufen sie. »Sie trägt schlabbrige Schlüpfer! Schlabbrige Schlüpfer!« Von allen Seiten dringt der grausame Gesang auf Beule ein, die schluchzend am Boden liegt.

So rasch, wie die Mädchen aufgetaucht sind, verschwinden sie auch wieder. Keine von uns versucht, Beule in irgendeiner Weise zu helfen, nachdem wir uns aus den verknoteten Gürteln und Schals befreit haben. Helen Ferguson und Amy gehen voran, während wir versuchen, den Weg zur Straße zu finden. Obwohl wir, von Aufschreien begleitet, unsere zerrissenen Kleider untersuchen und uns gegenseitig unsere Kratzer und blauen Flecken zeigen, können wir über die eigentliche Verletzung nicht sprechen. Flauschhaar weint. Beule, die aufgehört hat zu weinen, trottet mit gesenktem Kopf die Straße entlang. Das Gesicht von Amy, die nicht weint, ist rot angelaufen. Sie wird, verkündet sie, den Vorfall melden. »Das geht dann doch zu weit«, sage ich in der Hoffnung, daß sie ihre Ankündigung wahr machen wird. Ich frage mich, ob Beule inzwischen ihre Unterhose wieder anhat.

»Da sind Etty und ein paar von den anderen«, sagt Helen Ferguson, sobald die Kreuzung in Sicht kommt. Es hat angefangen zu regnen. Dicht aneinandergedrängt gehen wir im Regen langsam auf sie zu.

»Beeilt euch, ihr armseligen Gestalten«, ruft Etty mit schriller Stimme. »Wir werden naß.« Sie zeigt auf die Mädchen, die unter der voll Beeren hängenden Rotdornhecke Schutz gesucht haben.

»Ich nehme an, ihr wißt«, sagt Etty, »daß uns Ausflüge nach Harpers Hill streng verboten sind. Ihr haltet also besser den Mund. Wenn das ganze Internat Ausgangsverbot bekommt, werdet ihr dafür büßen!« Sie geht zu den anderen Mädchen, die uns anstarren, während wir an ihnen vorbeigehen.

»Das war doch nur ein Jux. Wir haben euch nur ein bißchen veräppelt«, ruft Etty. »Also überlegt euch gut, ob ihr wollt, daß das ganze Internat Ausgangsverbot bekommt.« Glitzernde Wassertropfen spritzen von der feuchten Hecke, sobald die Mädchen, eine nach der anderen, darunter hervorschießen und über den nassen grasbewachsenen Graben springen. Sie laufen unter schreiendem Gelächter voraus. Ihr Lachen ist noch zu hören, nachdem sie schon längst außer Sichtweite sind.

Bei der Abendandacht muß Beule die ganze Zeit weinen, und sie hat kein Taschentuch dabei. Helen Ferguson, die auf der anderen Seite neben mir sitzt, stupst mich an und grinst, verzieht angewidert das Gesicht, deutet mit dem Kopf auf Beule, und wir schütteln uns beide in einem vorgetäuschten Anfall von Heiterkeit und tun gleichzeitig so, als würden wir versuchen, ihn zu unterdrücken. Beule atmet und schluchzt geräuschlos. Ihre dicken Finger werden feucht von den Tränen und der laufenden Nase. Ich rücke von ihrem schwer atmenden Körper ab. Ich kann ihre aufgeschürften Knie sehen, weil sie in beiden Strümpfen riesige Löcher hat.

Vor der Andacht, während wir in einer Reihe standen, während zwei ältere Schülerinnen auf dem Klavier im Aufenthaltsraum ein Duett von Bach übten, drehte Beule den Saum ihres Sonntagskleids um und zeigte mir einen großen dreieckigen Riß. Er stammt von der Hecke, sagte sie mir, während die hämmernde Musik in unsere Ohren drang. Und wenn er geflickt ist, sagte sie, wird es für ihre Mutter unmöglich sein, den Rock länger zu machen.

Ich schüttele mich erneut, kaum sichtbar, aber übertrieben, vor Heiterkeit, und ich versuche, genau wie Helen Ferguson, einen ernsthaften nachdenklichen Eindruck zu erwecken, so als würde ich der Lesung andächtig folgen und den Sinn der Worte verstehen. Die älteren Schülerinnen lesen abwechselnd; jeden Sonntag liest eine andere. Etty ist an der Reihe. Sie liest laut und deutlich. Sie hat ein paar Tage lang für die Lesung geübt.

»Römer, Kapitel neun, Vers einundzwanzig.« Ihr Sonntagskleid ist ordentlich gebügelt, und um ihren hübschen Hals strahlt der weiße Kragen.

Hat nicht ein Töpfer Macht
aus einem *Klumpen zu machen*
ein Gefäß zu Ehren
und das Andere zu Unehren?

»Und aus Vers zwanzig.« Etty schaut lächelnd hoch und lispelt nur ganz leicht.

Spricht auch ein Werk zu seinem Meister:
Warum machst du mich so?

Etty steigt mit trippelnden Schritten von dem Podium, auf dem die Lehrerinnen und Lehrer im Halbkreis sitzen. Sie geht geziert zurück an ihren Platz.

»Diese beiden Verse«, Miss Vanburgh steht auf und legt beide Hände auf das Rednerpult, denn sie ist an der Reihe, die Ansprache zu halten, »diese beiden Verse«, sagt sie, »werden gelegentlich zusammengefaßt.«

»Spricht auch ein Gefäß zu dem Töpfer: Warum machst du mich so?«

Beule weint immer noch.

Miss Besser schleicht auf Zehenspitzen über die knarrenden Dielen des Podiums, klettert hinunter, geht gebückt durch die Stuhlreihen, kommt auf mich zu und flüstert, ich solle Muriel hinausbringen.

»Bring deine Freundin aus der Andacht. Bring sie zur ...«

»Ich kenne sie nicht. Sie ist nicht meine Freundin«, hebe ich mit einem Flüstern an, um es ihr zu erklären. »Sie ist nicht meine Freundin ...«

»Zur Hausmutter«, sagt Miss Besser mit leiser Stimme. »Bring Muriel zu ihr.«

Ich stehe auf und gehe mit Beule hinaus. Sie stolpert über ihre eigenen Füße, stößt gegen die Stuhlbeine und lenkt, trotz unserer Bemühungen, den Saal geräuschlos zu verlassen, dadurch die Aufmerksamkeit auf uns.

Ich weiß, es ist üblich, daß diejenige, die eine andere hinausführt, einen fürsorglichen und schützenden Arm um die Schultern ihrer leidenden Mitschülerin legt. Das weiß ich bereits nach zwei Wochen. Es ist nicht etwa, weil ich nicht Bescheid weiß ...

Ich warte gemeinsam mit Beule in der kleinen Veranda vor dem Cottage der Hausmutter. Beule wendet mir nicht ihr Gesicht, sondern eine ihre hängenden, zitternden Schultern zu.

Die Hausmutter gibt, nachdem sie erschienen ist, Beule ein Taschentuch und holt die Jodtinktur. »Ein heißes Bad«, sagt sie zu Beule. »Und früh zu Bett. Ich lasse dir ein Glas heiße Milch bringen. Beeil' dich«, fügt die Hausmutter hinzu, »und sei sparsam mit dem heißen Wasser. In einer halben Stunde«, sagt sie, »gibt es die heiße Milch.«

Ich gehe nicht in die Andacht zurück. Statt dessen stehe ich eine Zeitlang in dem kleinen Raum zwischen Garderobe und Stiefelkammer, in dem nie jemand ist. Es ist eine Art Flur, der nirgendwohin führt. Ich denke an Beule. Sie liegt, wenn auch nur für ein paar Minuten, in dem angenehm heißen Wasser. Mir ist kalt. Eine halbe Stunde, soviel Zeit hat die Hausmutter Beule gegeben. Wenn ich mich beeile, kann ich vielleicht ...

Das Licht im Schlafsaal ist aus. Mir ist wohlig warm. Trotz des raschen und verstohlenen Bades (ich war heute abend nicht an der Reihe) und der heißen Milch – weil mein Bett näher an der Tür ist, bringt das Dienstmädchen sie aus Versehen mir (sie war großzügig mit Honig gesüßt) – trotz alledem sehne ich mich nach den zärtlichen Worten, die einem als kleines Kind so vertraut sind. Wegen des furchtbaren Heckenrisses in dem marineblauen Saum und wegen der plumpen Schultern kauere ich mich unter der Decke zusammen. Ich habe die ganze Zeit diese Schultern, um die kein Arm gelegt ist, vor Augen. Ich kann, im Gegensatz zu Beule, nicht weinen. Die Tränen wollen nicht kommen und das Bild ihrer Schultern für mich fortspülen.

Jeden Abend hören wir die älteren Schülerinnen, vor allem Etty, im Badezimmer singen. Zwei von ihnen werden heute abend wohl auf ihr Bad verzichten müssen. Ettys Stimme ist heute besonders gut zu hören.

little man you're crying, singt sie
little man you're blue
I know why you're crying
I know why you're blue
Some-one stole your Kiddi-Kar from you

Der Mond, der Mond meines Vaters, ist zu weit entfernt.

RECHA

Ein ununterbrochen laufender Fernseher ist für viele Leute vielleicht das, was ein Bergbach für Wordsworth war. Ich habe dafür die Geräusche der Möwen.

Es gibt an diesen goldenen Nachmittagen Momente, da weiß ich, daß ich die Möwen nicht höre. Es scheint unmöglich, sie nicht zu hören, wenn sie am Dachvorsprung über meinem Fenster auf und ab gleiten, hin und her, und endlos gegen die zitternde Dachrinne trommeln und kratzen und schaben. Wenn ich sie doch höre, dann nur, weil ich sie die ganze Zeit über höre, selbst wenn sie nicht da sind. Ihre Stimmen sind wie die Stimmen von Familienmitgliedern, die man auch dann noch hört, wenn die Familie nicht mehr existiert.

Der kleine heiße Gast, reichlich versorgt mit mehr als nur Speisen, vollgestopft, würde man heute sagen, hat damals, vor vielen Jahren, ich weiß es noch genau, mein seidenes Kleid und die bestickten Schweizer Kopfkissenbezüge aus Baumwolle mitgenommen, die meine Mutter – mehr um der Besucherin eine Freude zu bereiten und eine Ehre zu erweisen, denn um lediglich einem heimatlosen Flüchtling Obdach zu gewähren – aufgezogen hatte.

Sie, der kleine Gast, stolziert auf hochhackigen Schuhen über den Küchenfußboden und schiebt geschäftig Speisereste von Tellern auf Untertassen zusammen. Brocken von geröstetem Brot und Leberstückchen. Sie trägt die Untertassen einzeln zum Regal in der Speisekammer hinüber. Wenn sie geht, fallen kleine blutgetränkte

Wattebäusche von ihrem Körper herab. Sie verfangen sich in ihren Absätzen oder werden festgetreten, und überziehen die Fußbodenkacheln mit einem Muster, das wie zerdrückte Erdbeeren aussieht.

»Als sei sie läufig«, sagt meine Mutter.

»Der Ausdruck«, verbessert mein Vater sie sanft, »dieser Ausdruck wird im englischen Sprachgebrauch normalerweise nicht für Menschen verwendet.«

»Blutflecken«, beklagt sich meine Mutter, »überall Blutflekken. Sieh doch! Wo sie geht und steht. Die Leute sollten, wenn sie erwachsen sind, auf sich achtgeben können. Sie sollten auf ihren *Monatsfluß* achtgeben können.«

Später kommt meine Mutter zu mir.

»Leih Recha dein Kleid«, sagt sie mit schmeichelnder Stimme. »Das neue. Leih ihr das neue Kleid, das mit den kleinen blauen Blumen.«

»Das mit den Vergißmeinnicht? Aber das ist aus Seide, von Liberty. Es ist mein bestes Kleid. Ich habe es noch nie angehabt.«

»Ja. Ja, ich weiß, aber Recha hat ein Vorstellungsgespräch. Sie muß zu einem Vorstellungsgespräch. Weißt du, sie kann vielleicht eine Stelle als Haushälterin bekommen. Sie hat jetzt kein Zuhause mehr. Sie muß sich ein Zuhause suchen. Wir müssen ihr dabei helfen.«

»Aber sie hat nicht meine Größe. Der Rock wird ihr viel zu lang sein.«

»Das weiß ich. Wir können ihn in der Taille raffen. Verstehst du, mit einer hübschen Schärpe. Du hast doch noch etwas Band ...«

»Warum hat sie denn kein Zuhause? Keine Wohnung? Sie ist jetzt hier in England. Sie hat einen Ehemann. Einen englischen Soldaten, oder? Er war mit ihr hier, in meinem Zimmer, in meinem Bett. Warum verschwindet sie nicht und geht zu ihm? Sie ist doch jetzt in Sicherheit.«

»Er ist in einem Feldlager«, sagt meine Mutter. »Das brauche ich dir nicht zu erklären. Sie muß sich einen Platz zum Leben suchen. Er mußte nach Salisbury zurück, zu seiner Einheit.«

»Aber er hat doch bestimmt eine Familie. Ihre Schwiegermutter, warum kann sie nicht ...?«

»Sei jetzt still«, sagt meine Mutter rasch, »sie kommt gerade die Treppe herunter.«

Recha steht vor dem großen Spiegel im Schlafzimmer meiner Mutter und zerrt die weichen Falten meines Kleides über ihren drallen Körper. Sie zieht an ihrem schwarzen Haar und zupft sich ein paar Fransen in die Stirn. Ihre geröteten, glänzenden Wangen sehen aus, als würden sie jeden Moment aufplatzen.

»Danke schön«, sagt sie mit starkem Akzent zu mir. Ich habe sie noch nie zuvor gesehen. Sie ist, zusammen mit ihrem Mann, bereits in meinem Zimmer, als ich für die Sommerferien aus dem Internat nach Hause komme. Das erste, was meine Schwester mir sagt, ist, daß Leute in meinem Zimmer wohnen. Es ist auch ihr Zimmer. Sie schläft jetzt im Zimmer meiner Mutter. Sie erzählt mir, daß schon seit einer Ewigkeit ständig Leute ankommen, manchmal mit dem Nachtzug aus London, daß sie ankommen und sofort ins Bett gehen, und endlos lange schlafen und sich dann flüsternd unterhalten und weinen.

»Das Weinen ist am schlimmsten«, sagt sie. Sie sagt, einmal hat eine Frau die ganze Nacht hindurch geweint. Selbst unser Vater konnte sie nicht dazu bringen, aufzuhören.

»Er geht nachts zu Fuß zum Bahnhof«, sagt meine Schwester. Sie sagt, er hat seinen Wintermantel verschenkt, und daß es jetzt kein Problem ist, aber was wird er im Winter machen.

»Diese Leute«, sagt meine Mutter, »die haben nichts. Recha muß die Sachen zusammen mit ihren Lumpen und Wattebäuschen eingepackt haben.« Sie erklärt mir den Verrat mit ihrer sanften, schwingenden Stimme. »Vielleicht dachte sie, es wären Geschenke von uns.« Ihre Stimme gleicht einem fließenden Strom. »Es wird

Zeit!« sagt sie zu meinem Vater. »Zeit für dich, zum Bahnhof zu gehen. Sieh doch! Sieh doch, wie spät es ist!«

Zwei weitere Leute kommen an. Sie werden unser Schlafzimmer nehmen. Meine Schwester und ich ziehen wieder einmal mit unserem Bettzeug um.

»Das Wachstuch hier ist so dünn, daß das Roßhaar durchkommt«, beklage ich mich bei meiner Schwester.

»Dann nehme ich das Sofa«, sagt sie. »Laß mich da schlafen.«

»Nein, nein. Das geht schon in Ordnung.« Wir rutschen lachend vom Sofa, wie wir es gemacht haben, als wir noch klein waren. Eines unserer alten Spiele.

Ich schäme mich, weil man mich bestohlen hat. Das ist das Merkwürdige daran. Wenn man bestohlen wird, schämt man sich irgendwie. Ich will niemandem gegenüber zugeben, daß mein Seidenkleid gestohlen wurde. Und noch weniger möchte ich, daß mein Vater und meine Mutter zugeben, betrogen worden zu sein. Noch dazu in ihrem eigenen Haus, von Leuten, denen sie helfen wollten.

Aber natürlich kommt es ihnen gar nicht in den Sinn, daß sie bestohlen wurden.

»Recha«, sagt meine Mutter in der Küche zu meinem Vater, »Recha hat in ihrem ganzen Leben noch nie Hausarbeit gemacht oder gekocht. Wie will sie als Haushälterin zurechtkommen? Sie hat doch so wunderschöne Hände.«

Meine Eltern müssen einfach unglaubliches Leid mitansehen. Sie sehen Menschen, die voneinander getrennt werden oder sich überstürzt verheiraten, um vor etwas zu fliehen, das sie nicht ertragen können, etwas, dem sie um jeden Preis entkommen wollen.

»Es ist wirklich eine Ironie, nennt man das Ironie?« Die sanfte Stimme meiner Mutter dringt bis zum Roßhaarsofa herüber. Sie spricht immer noch mit meinem Vater. »Nennt man es Ironie? Früher galt es doch als Witz«, sagt sie, »wenn eine bebrillte Laus von einem Intellektuellen, ein Jude, 1920 im Russisch-Polnischen

Krieg Offizier in einem Regiment der Roten Kosaken war. Wiederholt sich dieser Witz, wenn man es überhaupt Witz nennen kann, jetzt, zwanzig Jahre später?« Ich habe sie schon früher über diese Männer reden hören, die Graubärte, so nennt sie sie, mit den Goldrandbrillen und den Schläfenlocken, die sich verzweifelt bemühen, ihren Akzent und ihre Gestik zu verbergen, während sie marschieren, oder es zumindest versuchen, auf ihren dünnen, krummen Beinen, mit ihren schmalen Schultern und ihrer intellektuellen Überlegenheit, »die sich«, sie sagt es auch jetzt wieder, »vor dem gesunden rosigen Fleisch der englischen Tommys verneigen.«

Die Stimme meines Vaters, wie ein Fels in einem reißenden Bergbach, unterbricht sie. Ich höre, wie seine tiefe Stimme sie beschwichtigt.

Es sieht meiner Mutter nicht ähnlich, einen Ausdruck wie Tommy zu gebrauchen. Wenn Engländer ihn gebrauchen, sagen sie Unsere Tommys, Unsere Jungs, nicht englische Tommys. Ich schlage meine Bettdecke über dem unzulänglichen Roßhaar-Polster zurück. Ich nehme mir vor, meine Mutter am nächsten Morgen zu verbessern, damit sie so einen Fehler nicht vor den Nachbarn macht.

DER BADEZIMMER-TANZ

ICH PROBIERE eine der Schwesternhauben auf, und meine Freundin Helen stirbt fast vor Lachen.

»Oh!« schreit sie, »nimm sie ab! Ich sterbe! Wenn du dich sehen könntest. Oh!« kreischt sie, und Miss Besser wirft mir einen Blick zu, in dem die stillen Vorwürfe aus sechs Jahren enthalten sind.

Wir nähen alle zusammen im Handarbeitsraum Helens Tracht. Drei Nadelstreifen-Kleider mit langen Ärmeln, die bis zum Ellbogen geknöpft sind, doppelten Säumen und unzähligen Knopflöchern; vierzehn weiße Kittel und vierzehn kleine Hauben, deren Stoff mit einer nassen Zahnbürste bearbeitet werden muß, ehe die Bänder zusammengezogen werden können und die hübschen kleinen Falten auf der Rückseite entstehen. Helen sieht mit einer Schwesternhaube richtig süß aus. Wenn ich mich selber damit sehe, verspüre ich unwillkürlich den Wunsch, doch nicht Krankenschwester zu werden.

Helen hat den Stoff bestellt, ehe sie mich dazu überredete, zusammen mit ihr an ein Krankenhaus zu gehen. Bei meiner Bestellung ist es dann zu spät, die Tracht noch von der Klasse nähen zu lassen. Das Schuljahr geht zu Ende und mit ihm unsere gesamte Schulzeit. Mein Stoff wird nach Hause geschickt.

Mister Jackson erklärt uns am letzten Sonntag während der Abendandacht, daß er von seinen Schülerinnen ein tiefes Gefühl der Verantwortung für sittliche Maßstäbe und moralische Urteile erwartet, besonders von denen, die in Kürze die glückliche Familie, als die er sein Internat gerne betrachtet, verlassen werden. Wir dürfen auf keinen Fall glauben, sagt er, daß wir nur für unser eigenes Vergnügen leben. Wir sollen stets an die Wahrung der inneren Werte und die liebevolle Selbstbeherrschung in persönlichen Beziehungen glauben. Wir sollen uns der unablässigen Suche nach der Wahrheit verschreiben, ohne Rücksicht auf Traditionen und Äußerlichkeiten. Dank seiner Worte verlasse ich das Internat mit einem Gefühl der Erleuchtung und Behaglichkeit. Aus irgendeinem Grund denke ich andauernd an das Schilf, das sich im Sturm beugt, aber nicht abknickt, und die stämmige Eiche, die umstürzt.

Meine Mutter nennt es Kopfkissen beziehen. Die Arbeit einer Krankenschwester, findet sie, ist überhaupt nicht kultiviert. Das Eintreffen des Nadelstreifen-Stoffs hat sie verärgert. Sie sagt, sie hat andere Pläne für mich. Ich soll auf den Kontinent, nach Europa, reisen, sagt sie, um etwas über Kunst, Baudenkmäler und Musik zu lernen.

»Aber dort herrscht Krieg«, sage ich.

»Na, ja, dann eben nach dem Krieg.«

Ihr wird klar, daß mein Entschluß feststeht, und sie ist ein paar Tage lang traurig und eingeschnappt. Das Paket, das an einer Ecke aufgerissen ist, bleibt im Flur liegen. Aber ein Brief der Oberin, in dem steht, daß alle Lernschwestern praktische warme Unterwäsche mitbringen sollen, stimmt sie versöhnlich. Sie meint, immerhin sei die Oberin anscheinend eine sehr nette Frau, und sie läßt meine Schwesterntracht in einer Näherei anfertigen und zahlt einen Aufschlag, damit es schneller geht.

Helens Mutter lädt mich ein, ein paar Tage bei ihnen zu verbringen, bevor ich gemeinsam mit Helen ans St. Cuthbert-Krankenhaus gehe.

Die winzigen Zimmer im Haus von Helens Mutter sind sonnendurchflutet. Leuchtend gelbe Vorhänge flattern leicht vor den offenen Fenstern. Der Garten ist voller Sommerblumen: Rosen, Lupinen, hell- und dunkelblauer Rittersporn. Die Blumenspaliere an der Vorderseite des Hauses sind mit einer Art Glyzinie bedeckt, die in der Abenddämmerung einen süßen Duft verströmt.

Helens Mutter ist klein und still und freundlich. Sie ist ängstlich und macht sich über alles mögliche Gedanken. Sie mischt Abführmittel in die Nachspeisen, die sie macht.

Ich mag das Haus und den Garten von Helens Familie; es ist friedlich dort, und ich würde mich gerne die ganze Zeit dort aufhalten, aber Helen hat andere Dinge im Kopf. Sie ist schrecklich verliebt in einen Jungen namens David. In diesen paar Tagen dreht sich alles um David. Wir verbringen unsere Zeit vor einer Milchbar an einer Straßenecke in der Nähe des Hauses, in dem David wohnt, oder wir spazieren stundenlang durch Straßen, auf denen wir ihn treffen könnten. Niemand außer mir weiß von dieser großen Liebe. Weil ich zu Besuch bin, versuche ich mich anzupassen. Und ich bemühe mich, Helens eindringliche Blicke, ihr geheimnisvolles Stirnrunzeln, ihre hochgezogenen Augenbrauen, ihr Kopschütteln oder Nicken und ihre aufgeregten Änderungen von Verabredungen so gut ich kann zu deuten.

»Ich weiß gar nicht, was mit Helen los ist«, sagt Mrs. Ferguson eines Abends, nachdem Helen beim ersten Klingeln des Telefons aus dem Zimmer gerannt ist, um als erste am Apparat zu sein, falls es David ist. Wir hängen die von Mrs. Ferguson geschickt angefertigten Verdunklungsvorhänge auf, die in Zukunft jeden Abend hinter den fröhlichen gelben Gardinen zugezogen werden. »Vermutlich ist sie aufgeregt wegen ihrer beruflichen Zukunft«, sagt sie mit leiser Stimme und richtet einen Beistelltisch wieder auf, der Helen im Weg stand.

Allen liegt sehr viel an unserer beruflichen Zukunft. Im Internat hat Mr. Jackson immer Briefe von seinen ehemaligen Schülern und Schülerinnen vorgelesen, die beruflich erfolgreich sind und Geflügelfarmen besitzen, Jugendclubs leiten, oder mit der Arbeitslosigkeit liebäugeln. Ihm gefiel es, wenn Briefpapier und Umschlag zueinander paßten, sagte er, und manchmal hielt er beides hoch, um es uns zu zeigen.

Helen will David vor unserer Abfahrt unbedingt noch sehen. Wir gehen zu allen Gottesdiensten in der Kirche seiner Mutter und zu ihren Bibelstunden, wo sie uns auffordert, den alten Leuten während des Lichtbildvortrags Teller mit Rosinenkeksen zu reichen. Aber David taucht nicht auf. Helen schreibt ihm eine Postkarte mit einer lächerlichen, leidenschaftlichen Liebeserklärung. Nachts heult sie unaufhörlich und sagt, daß es schrecklich ist, so furchtbar verliebt zu sein, und daß ich so tun soll, als hätte ich die Postkarte geschrieben. Natürlich weigere ich mich. Sie bettelt und bettelt und sagt, sie wird auch in Zukunft in diesem Viertel leben müssen, und alle hier kennen sie und werden über sie reden. Ihr Schluchzen wird lauter, und ich habe Angst, daß Mrs. Ferguson aufwacht, und schließlich sage ich: »Also gut, wenn du unbedingt willst.«

Am nächsten Morgen schreibe ich eine zweite Karte, auf der steht, daß mir die dumme Karte, die ich geschickt habe, leid tut, und ich zeige sie Helen und sage: »Wir müssen uns noch die Haare waschen, ehe wir losfahren.«

»Ich gehe zuerst ins Bad«, sagt sie. Während sie oben ist und das ganze heiße Wasser aufbraucht, füge ich dem Text auf der Postkarte noch ein paar Worte hinzu, eine lächerliche, leidenschaftliche Liebeserklärung, und ich unterschreibe mit Helens Namen, denn ich bin nach der unruhigen Nacht müde und verwirrt. Ich bringe die Karte zum Briefkasten, ehe Helen, wie immer ein Handtuch kunstvoll um den Kopf geschlungen, die Treppe herunterkommt.

Schließlich reisen wir ab. Mrs. Ferguson begleitet uns bis nach London. Helen muß zweimal zurück ins Haus laufen, das erste Mal, um ihren Fotoapparat und das zweite Mal, um ihren Regenmantel zu holen. Ich warte mit Mrs. Ferguson an der Straßenecke, und sie zeigt mir das Fenster des Zimmers im Kreiskrankenhaus, in dem vor einem Jahr ihr Mann gestorben ist. Ihre blauen Augen sind die traurigsten Augen, die ich je gesehen habe. Ich drücke ihr mein Beileid über den Tod von Mr. Ferguson aus, aber mir ist bewußt, daß mich ihre Trauer wegen der Unwägbarkeiten und des

Ziels unserer Fahrt nicht wirklich berührt. Beschämt wende ich mich von ihr ab.

Helen kommt den Hügel hochgerannt. Sie hat die Haustür zugeschlagen, sagt sie, aber vergessen, daß sie den Schlüssel auf den Küchentisch gelegt hat, und wird ihre Mutter es schaffen, im Dunkeln durch das Fenster der Speisekammer zu klettern, und worauf warten wir noch, der Zug fährt schließlich in wenigen Minuten ab.

Der unsichtbare David wird weiter sein unsichtbares Leben in der kleinen Vorstadt voller schmaler Straßen und Häuser führen. Helen vergißt ihn anscheinend ohne Schwierigkeiten auf der Stelle.

Kaum haben wir uns zum Mittagessen hingesetzt, heulen die Sirenen los. Wir finden es furchtbar, unser Essen, das uns gerade erst serviert wurde, auf dem Tisch stehen zu lassen. Mrs. Ferguson hat ein paar Papiertüten in ihrer Handtasche.

»Mutter! Das geht doch nicht!« Helens Gesicht ist zornrot. Mrs. Ferguson beachtet sie nicht und schiebt die Salate und die Butterbrote in die Tüten. Wir müssen zwei Stunden lang in einem Keller stehen. Auf der Straße ist es sehr laut, sagt der Luftschutzwart, und er läßt uns nicht hinaus. Wir stehen zu dicht gedrängt, um dort etwas essen zu können, und man bringt sowieso keinen Bissen herunter, wenn man Angst hat.

Später, im nächsten Zug, müssen wir während der ganzen Fahrt stehen, weil alle Waggons voller Soldaten sind. Wohin man auch schaut, überall sieht man massige Körper, feiste rote Gesichter, dicke grobe Überzieher, Seesäcke, Stiefel und Zigarettenqualm. Wir stehen schwankend im Gang und werden von den Leuten, die immer noch nach einem Sitzplatz suchen, gestoßen und gequetscht. Auch dort können wir nichts essen. Wir werfen die jämmerlichen Tüten, die von den roten Beeten aufgeweicht sind, auf die Schienen.

Kurz nachdem wir die Eingangshalle vom St. Cuthbert betreten haben, wird mir übel. Es liegt an dem Krankenhausgeruch und dem Geruch der Butterbrote, die wir in der Schwesternkantine zu essen versuchen. Helen will uns jeder eine Tasse Tee einschenken, aber der Tee ist alle. Die Teekanne verströmt einen bitteren Geruch von Leere.

Oben, in Helens Zimmer auf dem Friedensflur, wie er genannt wird, weil er über der Kapelle liegt, ziehen wir unsere Schwesterntrachten an. Sobald Helen mich mit der Haube auf dem Kopf sieht, bricht sie in schallendes Gelächter aus.

»Oh, du siehst genauso aus wie damals in der Schule.« Sie kann nicht aufhören zu lachen. Wie kann sie nur lachen, wo wir doch sowieso schon zu spät kommen werden. Wegen kriegsbedingter Sicherheitsmaßnahmen sind alle Bahnhofsschilder abmontiert worden, und obwohl wir mitgezählt haben, sind wir eine Station zu weit gefahren und mußten auf einen Bus warten, der uns zurückbrachte.

»Leih' mir bitte eine Sicherheitsnadel«, sage ich. »Einer meiner Knöpfe ist durchgebrochen.« Helen, die lauter Haarklemmen zwischen den Lippen hat und mit ihrer Haube beschäftigt ist, schüttelt den Kopf. Ich gehe durch den Flur zurück in mein eigenes Zimmer, wo es trübselig und dunkel ist, weil der Verdunklungsstoff vor dem Fenster nur an einer Stelle ein Stück hochgebunden ist. Ich schaue hinaus, aber auch das herbstliche Licht der Nachmittagssonne bietet einen traurigen Anblick. Lange schräge Schatten liegen auf den unvertrauten Feldern und den Straßen, die in unbekannte Gegenden führen.

Mein Schulkoffer, der in meinem Zimmer vor mir steht, läßt mich im Stich. Als ich ihn öffne, purzeln Bücher und Schuhe und Kleidungsstücke heraus. Einige meiner gepreßten Wiesenblumen sind herausgefallen. Ich schiebe sie wieder zwischen die Seiten und denke dabei an die duftenden feuchten Wiesen in der Nähe des Internats, zu denen wir gingen, um Blumen sammeln. Ich sehe deutlich vor mir, wie lange glänzende Finger Stengel abbrechen und Sträuße halten. Milzkraut, Feuernelke, Kuckucksnelke, Wicke, Vogelmilch, Walderdbeere, Sauerampfer. Rasch ordne ich die

Blumen – Veilchen, Butterblume, Hahnenfuß, Schlüsselblume, Huflattich, Buschwindröschen, Hirtentäschel, Frauenschuh, dreiblättrige Zeichenwurz, Zaunrübe …

»Im Dienst bitte keine Vornamen«, sagt Schwester Sharpe, was Helen und mich, nach sechs Jahren im gleichen Schlafsaal, einige Mühe kostet. Ferguson – Wright, Wright – Ferguson.

»Brauchen Sie den Wischmop noch – Ferguson?«

»Oh, bitte nach Ihnen – Wright.«

»Oh! Nein! Auf keinen Fall, nehmen Sie ihn zuerst, Ferguson.«

»Nein, Sie zuerst, Wright.«

Schwester Sharpe rollt die Augen soweit nach oben, daß nur noch das Weiße zu sehen ist. Sie legt ihre Uhr auf die Fensterbank und sagt: »In einer Viertelstunde sind die Wannen, Waschbecken und Toiletten blitzblank geputzt und der Fußboden gewischt. Also Beeilung!«

»Im Dienst keine Vornamen«, ermahnen wir uns gegenseitig.

Wir schlafen nie in den Zimmern auf dem Friedensflur. Jede Nacht müssen wir unsere Bettdecken in den Keller tragen und auf Strohmatratzen schlafen. Angeblich sind wir dort bei Luftangriffen in Sicherheit. Die Luft ist stickig, und die Wasserleitungen rauschen die ganze Nacht ohne Unterbrechung. Kaum ist es mir gelungen einzuschlafen, schlägt die leitende Nachtschwester Bean mit ihrer Taschenlampe gegen ein Rohr und sagt: »Halb sechs, meine Damen, halb sechs.« Und wieder ist es an der Zeit, unsere Bettdecken zu nehmen und nach oben in unsere Zimmer zu bringen. Ich arbeite zusammen mit Helen auf der Kinderstation. Weil die Hälfte des Krankenhauses für Soldaten gebraucht wird, ist die Station überfüllt. Es liegen sechzig Kinder dort. Ständig lacht oder weint eines von ihnen. Ich bin zu langsam. Meine Ärmel sind immer dann hochgerollt, wenn sie heruntergerollt und bis zu den Manschetten zugeknöpft sein sollten. Wenn meine Ärmel heruntergerollt und zugeknöpft sind, müssen sie, wie mir scheint, jedesmal sofort wieder hochgerollt werden. Und ich schaffe es nicht, mir zu merken, wie die einzelnen Kinder heißen und was ihnen fehlt.

Die Wochen vergehen, und ich spiele, genauso wie damals im Internat, mein heimliches Vergleichspiel. Auf dem Friedensflur wohnen ein paar sehr hübsche Krankenschwestern. Sie waschen sich immer gegenseitig die Haare und hängen ihre hauchdünne Unterwäsche zum Trocknen im Badezimmer auf. In diesem dunstigen Raum, in dem es nach Parfüm duftet, muß ich zwangsläufig unsere Kleidung und unsere Gesichter und Körper miteinander vergleichen.

Ich schneide immer am schlechtesten ab. Jede von ihnen sieht sehr viel anmutiger in ihrer Tracht aus als ich, und vor allem stehen ihnen die Hauben gut. Sogar ihre Fingernägel sind gepflegter als meine.

»Schwester Wright!« Nachtschwester Bean ruft beim Frühstück meinen Namen.

»Ja, Oberschwester.« Ich stehe auf, da ich es bei anderen so gesehen habe.

»Neun Uhr, Büro der Oberin«, sagt sie und ruft dann weiter die Anwesenheitsliste auf.

Ich mache mir Sorgen wegen des Termins bei der Oberin. Irgendetwas muß vorgefallen sein.

»Was wollte die Oberin von dir?« Helen erwartet mich auf der Station. Ich hole meine Gasmaske und meinen Helm ab. Ich habe Angst, diese beiden Dinge zu verlieren, denn ich bin für sie verantwortlich und werde sie zurückgeben müssen, wenn ich das Krankenhaus verlasse oder der Krieg zu Ende gehen sollte.

»Was wollte die Oberin von dir?« Ferguson wiederholt ihre Frage, und ich habe genug Zeit, mir eine Antwort zu überlegen.

»Oh, nichts besonderes«, sage ich.

»Na komm schon! Warum hat sie dich zu sich bestellt? Gab es Ärger?« fragt sie mit hoffnungsvollem Unterton.

»Ach nein, sie wollte nichts besonderes.« Ich schwenke meine Gasmaske. »Wenn du es unbedingt wissen willst: sie hat mir gesagt, wie zufrieden sie mit meiner Arbeit ist, und daß sie sehr überrascht wäre, wenn mir nicht das goldene Abzeichen verliehen wird.« Ferguson starrt mich mit offenem Mund an, während ich meine sauberen Schürzen heraussuche. Sie bemerkt nicht, daß eine der Schürzen ihr gehört. Dadurch werde ich für diese Woche eine mehr haben. Ich gehe ins Stationszimmer und sage der Stationsleiterin, daß ich in den Operationssaal versetzt worden bin.

Hätt ich die bestickten Himmelstücher
von goldenem und silbernem Licht durchwirkt,

OP-Schwester O'Connor singt. Sie hat einen irischen Akzent und eine weiche Stimme. Ich würde ihr gerne sagen, daß auch ich dieses Gedicht kenne.

Die blauen und die fahlen und die dunklen Tücher,
von Nacht und Licht und Dämmerung.

Im OP geht es sehr persönlich zu. Die Aussprache und der Tonfall der anderen sind sehr vornehm. Sie sehen gesund aus, haben eine tadellose Haltung und bewegen sich mit der eleganten Leichtigkeit, die ein Anzeichen vornehmer Erziehung ist. Sie sind ein kleiner Kreis, zu dem ich nicht gehöre. Ich versuche es gar nicht erst. Dennoch wünsche ich mir jeden Tag, sie würden mich an ihren Anspielungen und Scherzen teilhaben lassen.

Im Nebel des Unverständlichen und Geheimnisvollen bemühe ich mich, einfältiger als ich je in meinem Leben war, die Wünsche der leitenden OP-Schwester zu erahnen, deren kleine unnachgiebige Augen mich über ihrem weißen Baumwoll-Mundschutz anfunkeln. Hektisch suche ich den Jaconet-Verbandstoff.

»Warum haben Sie nicht auf den Tisch geschaut?« Ich reime mir ihr wütendes Mundschutz-verzerrtes Zischen zusammen, während ich neben ihr stehe und die vorsichtig geöffnete sterile

Trommel in der Hand halte. Ein ängstlicher Blick auf den OP-Tisch verrät mir, daß sie nach Katgut verlangt hat.

»Der Wagen muß in den Steri.« Die achtlose Anweisung der sanften irischen Stimme schwebt am Ende eines langen Vormittags zu mir herüber. Der Instrumentenwagen quillt über.

»Warum haben Sie denn die Arztseife vorher nicht zurück auf das Waschbecken gelegt?« In den Operationssaal ergießt sich kochend heißes Seifenwasser. Schwester O'Connor bringt trotz ihrer trägen Belustigung ein gewisses Maß an Verachtung auf. »Und«, sagt sie, »was zum Teufel ist das!« Sie fischt eine Weste in Puppengröße aus dem Sterilisator. Sie hält sie mit einer langen Tupferzange hoch. »Das gibt Ärger«, warnt sie mich. »Lassen Sie das bloß nicht die Oberschwester sehen.« Es ist eine Wollweste der Firma Jaeger. Sie gehört dem Chefarzt. Er trägt sie beim Operieren. Er besitzt nur zwei davon und ist mit ihnen sehr eigen. Mir ist aufgefallen, daß die leitende OP-Schwester Angst vor dem Chefarzt hat, demzufolge muß ich Angst vor ihr haben. Der Geruch nach gekochter Seife und Wolle ist schrecklich, und ich brauche den ganzen Nachmittag, um sauberzumachen.

Die leitende OP-Schwester und Schwester O'Connor, die im OP immer einen Mundschutz tragen, verständigen sich ohne Schwierigkeiten durch Blicke. Wenn sie keinen Mundschutz tragen, sprechen sie mit lauter Stimme oder lachen. Sie reden häufig über Pferde und Hunde und über Mummy und Daddy. Ihr Mummy- und Daddy-Gerede ist ziemlich offenherzig.

Die Röntgen-Assistentinnen sind sogar noch vornehmer. Sie tragen nie ihre Tracht, und sie singen und lachen und kommen in der Kleidung in den OP, die sie zufällig gerade anhaben – in rükkenfreien Abendkleidern, Tennisshorts oder Nachthemden. Auf ihren Gesichtern liegt ständig ein schläfriger, beneidenswerter Ausdruck: eine Mischung aus nachlässigem Charme und Tüchtigkeit. Die kriegsbedingte Knappheit an Schokolade und anderen Lebensmitteln und die Einschränkung der Bewegungsfreiheit, zum Beispiel das Verbot, abends nach London zu fahren, berühren sie anscheinend nicht. Sie werden immer mit Spitznamen angesprochen, Juwel und Rauhbein. Juwel ist die Hübsche, sie hat einen wuscheligen Lockenkopf, kleine weiße Zähne und einen winzigen Mund, der wie eine Rosenknospe aussieht. Rauhbein hat ein Pferdegesicht. Sie trägt Hosen und kurze gelbe Westen. An ihrer Unterlippe klebt immer eine Zigarette.

Ich kann mich mit diesen Menschen überhaupt nicht vergleichen. Sie sprechen mich nur an, um mich aufzufordern, etwas zu holen. Sogar Mr. Potter, der Anästhesist, der freundlich wirkt und eine väterliche Stimme hat, schaut nie in meine Richtung. Er streckt mir eine Spritze entgegen, sagt: »Evipan« oder »Pentothal« und redet dann mit den anderen. Etwas an seiner Stimme erinnert mich tagtäglich an eine Eigenart der Stimme meines Vaters, und wenn ich sie höre, wäre ich gerne wieder zu Hause. Die Hoffnung, ein Mensch könne tatsächlich einem anderen entsprechen und ihn ersetzen, hat etwas Hoffnungsloses. Das ist nicht möglich.

Manchmal erzählt Mr. Potter den anderen einen Witz, und ich bin mir nicht sicher, ob ich in das Lachen einstimmen soll oder nicht.

Mir gefällt, wie Rauhbein sich anzieht, und ich hätte auch gerne solche Sachen. Ich besitze einen dreiviertellangen beigen Mantel mit wattierten Schultern und goldfarbenen Knöpfen, der nach Meinung meiner Mutter elegant ist und außerdem praktisch, weil er zu allem paßt. Er ist so häßlich, daß es nicht darauf ankommt, was ich dazu trage. Mein blauer Rock ist zu lang, er ist aus schwerem Stoff, sitzt schlecht, und ich habe ihn satt.

»Auf keinen Fall mit braunen Schuhen!« Ferguson schüttelt den Kopf.

Es ist mein freier Tag, und ich bin in ihrem Zimmer. Die Einsamkeit des leeren Tages tut sich vor mir auf. Es stimmt, daß der blaue Rock und die braunen Schuhe, etwas anderes besitze ich nicht, zusammen gräßlich aussehen.

Ferguson und ihre neue Freundin, Carson, wollen ausgehen,

um ein paar Soldaten zu treffen und mit ihnen eine sogenannte Kneipentour zu machen. Von Ferguson weiß ich, daß sie noch nie im Leben etwas stärkeres als Ingwerbier getrunken hat. Ich beobachte, wie sie sich zurechtmacht. Sie hat ihre Haare kraus in ihre runde Babystirn gezupft. Unwillkürlich muß ich sie bewundern; der glänzende Lippenstift verändert sie vollständig.

Carson kommt herein. Sie balanciert auf sehr hochhackigen Schuhen, trägt einen flachen Hut mit runder Krempe und einem kessen kleinen Schleier und Seidenstrümpfe in leuchtendem Rosa.

»Was für hübsche rosa Strümpfe!« sage ich, um ihr zu schmeicheln.

»Lachsfarben, bitte«, sagt Carson hochnäsig. Ihre Haare sind ebenfalls gelockt, und sie ist mit unzähligen Ketten, Ringen und Broschen geschmückt. Ihr Lippenstift hat eine andere Farbe als der von Ferguson. Ferguson wirkt neben ihr farblos und pummelig und schulmädchenhaft.

Die beiden wollen aufbrechen, und ich spüre, daß ich es nicht ertragen kann, den ganzen Tag allein zu sein.

»Ich habe heute auch meinen freien Tag«, sage ich, »und ich weiß nicht, was ich machen soll.«

Ferguson bleibt in der Tür stehen.

»Na, dann komm doch mit«, sagt Carson. Sie schauen mich beide an.

»Das Problem ist, Wright«, sagt Carson freundlich, »das Problem ist, daß du keinen Sex-Appeal hast.«

Nachdem sie gegangen sind, bleibe ich noch lange Zeit in Fergusons Zimmer sitzen und starre mich im Spiegel an, um herauszufinden, ob es sehr auffällt, daß ich keinen Sex-Appeal habe.

Ich träume, daß mein Name Chevalier lautet, und ich suche meinen Namen auf der getippten Liste, die auf der mit grünem Filz bezogenen Anschlagtafel hängt. Die Prüfungsergebnisse werden bekanntgegeben. Ich suche meinen Namen in der Mitte der Liste und finde ihn erst später an oberster Stelle.

Mein eigener Name, nicht der Name Chevalier aus dem Traum, steht bei Veröffentlichung der Ergebnisse an oberster Stelle. In meiner dienstfreien Zeit gehe ich gewissenhaft meine Notizen aus den Vorlesungen durch oder arbeite an den Aufsätzen »Der Pflegebericht«, »Aufstiegsmöglichkeiten einer Krankenschwester«, »Ein kurzer Abriß der Geschichte der Krankenpflege« und »Die Krankenschwester und ihr Patient«.

Der Aufsatz über den Pflegebericht gefällt mir am besten. Während ich ihn schreibe, werde ich mit den Kolleginnen und den Patienten und den Stationen langsam vertraut, und ich begreife allmählich, was ich in diesem Krankenhaus zu erreichen versuche. Ich schreibe den Aufsatz mehrmals um und fasse alle Tätigkeiten, die auf einer Krankenstation verrichtet werden, auf zwei Seiten zusammen. Er wird den anderen Schwestern laut vorgelesen, und Ferguson starrt mich dabei an und wendet ihre Augen auch während der folgenden Krankenpflege-Vorlesung keine Sekunde von mir ab.

Ich lerne alles über Knochen, Muskeln, die Muskelansätze und die Funktionen der Organe des Körpers. Ich begreife allmählich die zerstörerischen Wirkungen von Krankheiten und die Methoden der Heilung. Ich stelle fest, daß ich beim Sprechen oder Schreiben plötzlich Formulierungen finde, die eine korrekte Antwort darstellen. Genaue Bezeichnungen für Verdauung, Atmung oder die Wirkung von Medikamenten. Ausdrücke wie Gasaustausch oder Inhalationstrauma fließen mir aus der Feder, und mein Name steht auch weiterhin an der Spitze der Liste.

»Glaub ja nicht, daß du auch in Schonkost die beste sein wirst!« sagt Ferguson und erinnert mich an die helle Sauce, die ich im Internat gemacht habe und die angeblich zwei Tage lang die Abflußrohre verstopft hat. Sie erinnert mich auch daran, daß ausgerechnet mein Kuchenbrett, das ich zum Trocknen gegen das Fenster gelehnt hatte, der Frau des Direktors, die gerade im Garten Unkraut jätete, auf den Kopf fiel und ihre Brille zerbrach und ihre Nase für immer verformte.

Meine Möhren-Schonkost sieht von allen Gerichten am appetitlichsten aus. Die Prüferin gibt mir die beste Note.

»Aber es ist noch nicht einmal gar!« Ferguson ist wütend, nachdem sie mein Gericht probiert hat. Sie sagt mir, die Soße schmeckt ekelhaft.

»Na ja, du kannst von der Prüferin doch nicht erwarten, daß sie alles, was sie beurteilen muß, wirklich probiert«, sage ich.

Ferguson hat sich den Magen verdorben. Ihr ist den ganzen Abend schlecht, denn sie hat, vor lauter Gier, fast die ganze Möhren-Schonkost aufgegessen.

Im St. Cuthbert ist es offenbar üblich, die Schwestern von einem Flur auf einen anderen zu verlegen. Ich bekomme ein größeres Zimmer auf einem Flur, der Wirtschaft heißt. Er liegt über dem Küchentrakt, und es ist laut dort und riecht nach angebrannten Saucen. Das Zimmer hat ein hohes Fenster. Ich schiebe mein Bett unter das Fenster, ziehe meinen Schulpullover über, strecke mich auf dem Bett aus und versuche, so lange wie möglich die frische kalte Luft auf dem Gesicht zu spüren, ehe ich in den Keller gehe, um dort die Nacht zu verbringen. An manchen Abenden falle ich in einen tiefen, erfrischenden Schlaf und wache gehorsam auf, wenn der Befehl ertönt, sich nach unten in die zweifelhafte Sicherheit zu begeben.

Ich gehe jeden Tag nach den Operationen mit einem Eimer heißer Seifenlauge durch den OP und putze ihn. Von der gelassenen Stille des hellerleuchteten Raums geht eine wohlgeordnete Friedlichkeit aus, die anscheinend jeden Nachmittag auf den anstrengenden, blutigen Vormittag folgt.

In meinem neuen Zimmer schreibe ich meine Vorlesungs-Notizen ab.

... Entzündungen gehen den Weg des geringsten Widerstands ...

und lese in dem Gedichtbuch aus meiner Schulzeit.

Durch das dichte Korn lugt scharlachroter Mohn,
Und um grüne Wurzeln und gelbe Stengel sehe ich
Blaßrosa Winden rankend kriechen;
Und luftige Linden verströmen
ihren Duft …

Ungewollt sehe ich im Geiste die Augen eines Mannes, der schläft, aber nicht in der Lage ist, seine Augen zu schließen. Der Geruch eitriger Wunden verfolgt mich bis in mein Zimmer,und ich höre unablässig die Geräusche der Knochenchirurgie und die unruhige Atmung der Patienten während der lang andauernden Vollnarkose …

Oft hast du reich sie ausgestattet
Mit Blumen – den zarten, weißen Anemonen,
Tiefblauen Glocken, durchtränkt vom sommerlichen Abendtau
Und violettem Knabenkraut …

… auf der postoperativen Überwachungsstation liegen fünfzehn Amputationen, sieben über und acht unter dem Knie. Die Bettdekken sind so gefaltet, daß die Schwestern die Stümpfe beobachten können. Jeder Patient hat eine eigene Klingel und eine eigene Blutdruckmanschette …

St. Cuthbert ist nur ein Tropfen auf dem heißen Stein; Schwester O'Connor hat diese Bemerkung nicht an mich gerichtet. Ich habe sie mitangehört.

Neben meinem Zimmer ist ein großer Raum, aus dem ein Badezimmer gemacht worden ist. Die dünne Zwischenwand ist aus Holz. Das Wasser fließt geräuschvoll durch die Leitungen, und die Leute singen dort häufig, meistens irgendwelche Opernarien.

Eines Nachts wache ich aus meinem abendlichen, geraubten Schlaf auf, weil ich im Badezimmer zwei Stimmen höre. In meinem

Zimmer ist es dunkel; nur durch ein Astloch hoch oben in der Trennwand dringt etwas Licht aus dem Badezimmer herein. Die Stimmen gehören Juwel und Rauhbein. Das ist merkwürdig, denn sie wohnen irgendwo außerhalb des Krankenhauses und haben es nicht nötig, dieses Badezimmer zu benutzen. Es ist dort überhaupt nicht gemütlich, sondern sehr kalt, und eine klobige alte Badewanne steht mitten auf dem rauhen Fußboden.

Juwel und Rauhbein singen und machen eine Menge Krach. Ihr Lachen und Kreischen wird vom Rauschen des Wassers begleitet.

Sie singen:

Reich mir die Hand, mein Leben,
la la la la la la la
Ach, soll ich es wohl wagen?

Gelächter erklingt, und die riesige Wanne wird offenbar bis zum Rand gefüllt.

Glück soll uns stets umgeben
tra la la la la la
tra la la la la la

tum pi ti tum

tum pi ti tum

»Das war vielleicht eine Party!«

»Du sagst es!« Ihre vollen Stimmen klingen durch das Rauschen des Wassers noch voller.

Ich stelle mich auf mein Bett und spähe durch das Loch, das etwa die Größe von einem Hühnerei hat. Ich habe noch nie zuvor hindurchgeschaut, obwohl ich schon eine Menge Bäder und Arien mitangehört habe. Aber Juwel und Rauhbein, falls sie es sind, habe ich noch nie dort gehört.

Es sind Juwel und Rauhbein, und sie sind natürlich vollkommen nackt. Ihre Körper sehen nicht ungewöhnlich aus. Ihre Kleidung, Abendkleider und Unterwäsche, ist über den Fußboden verstreut. Sie, die Frauen, nicht die Kleidungsstücke, halten sich an den Händen. Ihre Arme sind graziös ausgestreckt. Sie schreiten aufeinander zu und dann wieder zurück. Sie haben aufgehört zu singen; sie nicken und lächeln und drehen sich nach links und nach rechts, und dann hüpfen sie mit kleinen gemessenen Schritten langsam im Kreis herum. Sie tanzen, ein kleines Menuett für zwei Personen, einen fremdartigen graziösen, ausgefallenen Tanz. Die nackten Körper in dem Wasserdampf gleichen zwei Seevögeln bei einem Balzritual. Sie tauchen auf und verschwinden, als befänden sie sich im dichten Küstennebel an einem entlegenen Strand.

Der Tanz wird schneller. Es ist den beiden jetzt ernster. Sie ziehen sich gegenseitig mit immer heftigeren Bewegungen zu sich heran, lösen sich abrupt voneinander, lachen auf und verstummen wieder. Sie tanzen immer weiter, mal ernsthaft, mal belustigt. Hin und her, zusammen, zurück und vor und zusammen und im Kreis herum, hüpfen und tanzen sie. Dann lassen sie mit einem Mal die Hände sinken und schließen sich in die Arme, wie in einem Ballsaal, und wirbeln in einem schnellen Foxtrott durch das Badezimmer.

Es ist kein häßlicher Tanz, er ist rhythmisch und lächerlich. Ihre Schenkel und Pobacken wackeln und zittern und Rauhbeins Haar hat sich gelöst und hängt in dünnen Strähnen über ihren großen roten Ohren.

Der Tanz ist vorbei, die beiden klettern in die hohe, bis zum Rand mit heißem Wasser gefüllte Badewanne und waschen sich liebevoll gegenseitig.

Der kleine Tanz, der Badezimmer-Tanz, verschafft mir einen völlig neuen Blickwinkel. Ich kann es kaum erwarten, Juwel und Rauhbein wiederzusehen. Beim Frühstück betrachte ich alle, außer Ferguson natürlich (ich weiß alles über ihr Leben), mit neuerwachtem Interesse.

Später stehe ich neben einem Patienten im Anästhesieraum und warte auf Mr. Potter. Da schiebt sich Rauhbein durch die Schwingtüren. Sie latscht durch den Raum und zieht ihre alte Cricket-Tasche hinter sich her:

und löste am Strand die Schnüre seiner Bündel

sagt sie, wie immer, während sie die Tasche nach ihren weißen Gummistiefeln durchwühlt. Ich würde Rauhbein gerne erzählen, daß ich dieses Gedicht auch kenne, aber ich mache es nie.

Ich schaue Rauhbein mit festem Blick an. Auch jetzt ist ihr Haar nicht ordentlich gekämmt. Ihr OP-Kittel hat hinten keine Bänder, daher hängt er lose und schief an ihrem Körper herab. In dem Moment, in dem Mr. Potter hereinkommt, hat sie nur einen Stiefel an. Mir wird bewußt, wie ungerecht das Leben ist. Warum muß ich immer vollständig und adrett angezogen sein? Warum reden die anderen nur dann mit mir, wenn ich etwas holen oder wegnehmen soll? Plötzlich sage ich zu Rauhbein: »*Minuet du Salle de la Bain*«, mit meinem schauderhaften Akzent. Ich wundere mich über mich selbst. Sie hüpft gerade, mit einem Gummistiefel in der Hand, auf einem Fuß herum. Sie bleibt für einen Augenblick stehen.

»*de la salle de bain* wohl eher«, korrigiert sie mich mit perfekter Aussprache und einem wohlerzogenen Lächeln. »Und es wird alles klein geschrieben«, sagt sie. »Keine Großbuchstaben. Das verändert die Betonung.«

»Ach ja, natürlich«, murmele ich hastig. Eine Entschuldigung.

»Pentothal.« Mr. Potter thront auf seinem Hocker am Kopf des Patienten und hält die Spritze vage in meine Richtung.

NACHTSPRINGER

NACHTSCHWESTER PERCY liegt im Sterben. Es ist meine erste Nacht als Nachtspringer im St. Cuthbert. Die leitende Nachtschwester Bean ruft nervös grummelnd die Anwesenheitsliste auf, und ganz zum Schluß ruft sie meinen Namen.

»Schwester Wright.«

»Ja, Oberschwester?« antworte ich und stehe halb von meinem Stuhl auf, wie ich es bei den anderen gesehen habe. Im Eßzimmer der Putzfrauen, wo wir essen, ist es zu eng, um etwas anderes zu tun.

»Nachtspringer«, sagt sie, und ich setze mich wieder. Der Gedanke, Nachtspringer zu sein, ist erschreckend. Schwester Dixon ist lange Nachtspringer gewesen. Die ganze Zeit über hatte ich gehofft, daß mir dieser verantwortungsvolle Posten erspart bleiben würde, das geschäftige Hin- und Herhetzen, um auf verschiedenen Stationen auszuhelfen; und jede Nacht neue und schwierige Aufgaben.

Wer Nachtspringer ist, muß auch die beiden Mahlzeiten für die Nachtschwestern zubereiten – eine kleine Gruppe um Mitternacht und eine weitere um Viertel vor eins – und natürlich hinterher aufräumen und abwaschen.

Nacht für Nacht bewundere ich Schwester Dixon, wenn wir ohne Rücksicht auf Rang und Stellung dicht nebeneinander in der kleinen, engen Küche sitzen, umgeben vom heißen Duft des aufgewärmten Fisch- oder Hackfleischgerichts und den Geräuschen der Kannen mit starkem schwarzen Kaffee, die zum Warmhalten in zwei schwarzen Töpfen mit kochendem Wasser stehen. In dieser traulichen Atmosphäre, mit den beiden heißen, zischenden und blubbernden Töpfen hinter uns, essen wir unsere Mahlzeit. Der Kaffee in den kaum halbvollen Kannen sieht dick und dunkel aus, und ich frage mich, wie er wohl gemacht wird. Heute nacht werde ich es herausfinden und ihn fertig haben müssen, wenn die erste kleine Gruppe von Schwestern erscheint.

Ich melde mich bei Nachschwester Bean im Büro, und sie schickt mich los, um eine Flasche Sauerstoff zu holen.

»Gehen Sie rauf in die Isolierstation und holen Sie Sauerstoff«, sagt sie, ohne von ihrer Schreibarbeit aufzublicken. Ich stehe vor ihrem Schreibtisch. Ich bin ihr noch nie so nahe gewesen, jedenfalls nicht in einer Position, in der ich sie von oben betrachten konnte. Sie riecht nach Kleiderstärke und ist geheimnisvoll verhüllt in köstlich strenge Falten weißer, gefleckter Baumwolle. Sie ist eine Hexe im himmlisch blauen Gewand der Madonna; eine runzelige, raschelnde, duftige, wissende, Madonnen-farbene Zauberin; eine Aufseherin und eine Hüterin. Sie ist ein Engel, der über das Leben und über den Tod waltet. Ihre prächtige weiße Haube schwebt wie eine bizarre Blume, die in den dunklen Fluren der Nacht für immer blüht, nickend und wippend unter mir. Man sagt von ihr, sie besäße gewisse Fähigkeiten, magische Kräfte, die über die Kräfte gewöhnlicher Menschen hinausgehen. Jedenfalls macht sie schon seit mehr als dreißig Jahren Nachtdienst in diesem Krankenhaus. Jetzt, da ich vor ihr stehe, wird mir bewußt, daß ich sie überhaupt nicht kenne und daß ich mich vor ihr fürchte.

»Na los«, sagt sie, »stehen Sie nicht wie angewurzelt da. Gehen Sie rauf zur Isolierstation, holen Sie den Sauerstoff und bringen Sie ihn unverzüglich auf den Wirtschaftsflur.«

»Jawohl, Oberschwester«, sage ich und laufe so schnell ich kann. Jeder Teil des Krankenhauses hat einen eigenen Namen. Jungs und Mädchen, Obere, Untere und Mittlere Station, Seitenflügel, Wirtschaftsflur, Friedensflur, Kapelle und Säuglingsstation. Ich habe ein Zimmer auf dem Friedensflur, der so heißt, weil er über der Kapelle und neben dem Trakt der Oberin liegt.

Der Wirtschaftsflur liegt über den Küchen. Dort gibt es ebenfalls Schwesternzimmer. Aus diesen Zimmern dringen oft angenehme Kochgeräusche und Essensgerüche. Dort ist auch das Schwesternlazarett, und dorthin soll ich den Sauerstoff bringen.

Ich fürchte mich hier draußen.

Zum einen wird die Isolierstation nie benutzt. Sie liegt, wie der Name schon sagt, abgeschieden. Man erreicht sie durch einen langen, engen, überdachten Weg, der leicht ansteigend durch von Bomben lädiertes Strauchwerk führt, vorbei an den vielen Mülltonnen. Weil draußen kein Licht zu sehen sein darf, ist es dort stockfinster. Sobald ich in die Dunkelheit hinaustrete, steigt mir der Geruch von faulenden Armen und Beinen in die Nase, die aus dem Operationssaal stammen und nicht ordentlich in den Tonnen verstaut worden sind. Ich raffe meine Schürze eng um mich zusammen, damit ich nicht von einer herausragenden, verstümmelten Hand erwischt werde.

Ich knipse für einen Augenblick meine Taschenlampe an und lasse den Lichtstrahl schnell über die Mülltonnen schweifen. Sie sehen sauber und unschuldig aus, und die Deckel sind fest geschlossen. Im Licht der Taschenlampe verschwindet der Geruch.

Der Himmel am Ende des überdachten Ganges ist mit dem blassen Fächer umherschweifender Suchscheinwerfer überzogen. Die Lichtkegel werden vom Geräusch dröhnender Motoren begleitet. Der Fliegeralarm kann jeden Moment losgehen. In der Aufregung, so unerwartet als Nachtspringer eingeteilt worden zu sein, habe ich vergessen, meine Stahlkappe und die Gasmaske aus dem Eßzimmer mitzunehmen.

Ich mache mir Sorgen wegen der Gasmaske und der Stahlkappe. Ich habe mit meiner Unterschrift bestätigt, sie erhalten zu haben, als ich im Krankenhaus ankam, und ich bin voll und ganz für sie verantwortlich. Ich muß sie zurückgeben, wenn ich das Krankenhaus verlasse, oder wenn dieser Krieg zu Ende geht. Normalerweise habe ich die Kappe und die Maske immer bei mir. Ich habe sie mit einer dicken Schnur zusammengebunden. Bei den Mahlzeiten lege ich sie unter meinen Stuhl, und sonst hänge ich sie in den Schrank der Schwestern auf der Station, auf der ich arbeite.

Der Sauerstoff ist nicht leicht zu finden. Im Lichtkegel der Taschenlampe erkenne ich Stapel von Kopfkissen, Regale voller grauer Decken, zusammengerollte wasserabweisende Bettlaken, und mehrere Keksdosen, die mit der Aufschrift »Notverbände« und einem Datum versehen sind. Es gibt zwei Teekisten, die mit Dosen und Flaschen gefüllt sind. Auf den Kisten steht in roter Farbe »Notfälle«, »Eisenrationen«, »Nur für Ärzte«. Für Schwestern oder Patienten scheint es keine Kisten zu geben.

Schließlich finde ich die Sauerstoffflasche und laufe eilig mit dem kleinen Rollwagen hinauf zum Wirtschaftsflur.

Schwester Percy liegt im Sterben. Sie ist die Stellvertreterin von Nachtschwester Bean, und sie ist sehr dick. Sie liegt schwer atmend auf Kissen gestützt im Bett, eine bläuliche Forelle mit hervortretenden Augen, umgeben von den geblümten Wandschirmen, die die Mutter der Oberin für kranke Schwestern gemacht hat.

Ich sehe zum erstenmal einen Menschen, der stirbt. Nachtschwester Bean ist bei ihr, und der diensthabende Internist und die Aufsichtsschwester. Sie nehmen den Sauerstoff in Empfang, und Schwester Bean sagt mir, daß ich nicht zu bleiben brauche. Sie zieht die Wandschirme enger um Schwester Percys Bett zusammen.

Im Keller des Krankenhauses beschäftige ich mich mit den Geheimnissen des Kaffeekochens und muß darauf achten, daß die Kannen nur bis zu einer bestimmten Höhe gefüllt sind.

Später erscheint Nachtschwester Bean und fragt, warum ich das Gas nicht angezündet habe, was, wenn man es recht bedenkt, eine gute Frage ist, denn die Schwestern werden ihre Kartoffeln und ihr Hackfleisch ganz bestimmt nicht kalt essen wollen. Bevor sie wieder geht, muß ich auf den Knien hinter den Ofenrohren die Kakerlaken verjagen. Nachtschwester Bean gibt mir dafür eine stählerne Stricknadel, kniet sich ebenfalls hin, und wir beide klopfen und kratzen und klappern und scheuchen sie weg, die ekelhaften Viecher, und dann verstreuen wir ein weißes Pulver, das die Kakerlaken, so erklärt sie mir, mit Begeisterung fressen, ohne zu wissen, daß es absolut tödlich für sie ist.

Das ist eine Besonderheit des Nachtdienstes, diese kleine Mahlzeit mitten in der Nacht, bei der alle zusammensitzen und zu der sogar Nachtschwester Bean persönlich erscheint. Trotz der geheimnisvollen Dinge, die man sich über sie zuraunt, wirkt sie bei diesen Mahlzeiten beinahe menschlich. Manchmal beschwert sie sich sogar darüber, wie eintönig sie sind. Sie sagt, eins wird der Krieg nicht schaffen, und zwar, dieses Essen noch schlimmer zu machen, als es ohnehin schon ist. Es sei Nacht für Nacht die reine Qual. Ich denke darüber nach, und mir wird klar, daß sie schon seit Jahren Hackfleischeintopf und Fischpastete ißt, und ich wünsche, ich könnte etwas daran ändern.

In dieser ersten Nacht brauche ich lange, um den kleinen Anrichteraum wieder sauberzumachen. Sobald ich fertig bin, schickt mich Nachtschwester Bean auf die Untere Station, um dort auszuhelfen. Im Aufwachraum findet gerade eine Wirbelsäulenoperation statt, sagt sie, und wenn der Patient zurück auf die Station kommt, wird eine zusätzliche Schwester gebraucht.

Auf dem Weg zur Unteren Station wünsche ich mir, ich könnte mit Schwester Ramsden zusammenarbeiten.

»Ich werde etwas für Sie spielen«, hat sie einmal zu mir gesagt, als ich alleine und den Tränen nahe in dem kahlen, unbenutzten Raum saß, der als Aufenthaltsraum für die Schwestern dient.

Sie ließ ihre Finger über die Tasten gleiten. »Ich spiele Mussorgsky«, sagte sie. »Es heißt Gopak, eine Art kleiner Tanz«, erklärte sie. Sie fing an zu spielen, und dann drehte sie den Kopf in meine Richtung, nickte mir zu und lächelte dabei. »Gefällt es Ihnen?« fragte sie mit lächelnden Augen. Nicht jeder hat das Glück, Mussorgsky vorgespielt zu bekommen; dieser Gedanke gibt mir neuen Mut, während ich eilig den unbeleuchteten Gang zur Station entlanglaufe.

Ein Lichtkreis fällt durch die vorhanglosen Fenster des Stationszimmers in der Mitte des Krankensaals. Ich sehe dort einen Kopf, der andächtig über den Schreibtisch gebeugt ist. Ich habe das Gefühl, einen Gnadenengel anzuschauen, der still darauf wartet, hilflosen Patienten beizustehen.

Schwester Sharpe sitzt im Stationszimmer und hat eine Armeedecke sittsam um ihren Unterrock gewickelt. Ihre Schwesterntracht liegt ausgebreitet auf ihrem Schoß. Sie erklärt, daß sie nur schnell den Rock ein Stück kürzer macht, und würde ich bitte die Butterbrote schmieren. Auf dem Weg in die Küche komme ich an der Wäschekammer vorbei und sehe die zweite Nachtschwester zusammengerollt zwischen einem Haufen Decken liegen. Sie schläft. Es ist meine Freundin Ferguson.

Ich versenke mich ganz in das Brotschneiden. Es ist eine ruhige, behagliche Tätigkeit. Beim Schneiden und Schmieren esse ich eine Menge von dem weichen frischen Brot und frage mich, was Sharpe sich dabei denkt, ihre Schwesterntracht kürzer zu machen. Die Oberin legt großen Wert darauf, daß unsere Röcke lang sind; sie sollen bis fünfundzwanzig Zentimeter über dem Boden reichen, damit unser Anblick die Soldaten nicht in zu große Aufregung versetzt.

Sharpe kommt schon nach kurzer Zeit herein. Sie wirkt verärgert, weil ich noch nicht fertig bin. Sie legt ihre Armbanduhr auf den Tisch und sagt, in einer Viertelstunde muß alles fertig sein: die Frühstückstabletts geputzt und vorbereitet, Butterbrote für sechzig Mann. Daraufhin beeile ich mich, und kaum bin ich fertig, bringen sie den frisch operierten Patienten herein, und ich muß mich zu ihm in das kleine Krankenzimmer setzen. Ich hoffe, Ferguson zu sehen, aber Schwester Sharpe hat sie losgeschickt, um überall die Wasserkrüge auszuwechseln.

Mühelos verfalle ich in meinen Traum von Ferguson. Sie schuldet mir sechs Shilling sieben. Ich habe es auf der Rückseite meines

Schreibblocks notiert. Ich werde mit ihr ausgehen und mir zwei Shilling sechs leihen.

»Oje!« werde ich sagen, »meine Mutter hat Geburtstag, und ich habe kein einziges Geschenk für sie, und jetzt habe ich auch noch mein Portemonnaie vergessen. Sag mal, kannst du mir zwei Shilling sechs leihen?« Und dann lasse ich sie einen Kaffee und ein Brötchen für mich bezahlen, das wird die Summe auf drei Shillinge bringen, und ich werde es nicht zurückzahlen und mir auf diese Weise einen Teil der sechs Shilling sieben wiederholen.

»Ich will tot umfallen, wenn ich mir mein Geld nicht zurückhole«, sage ich zu mir selber und nehme mir fest vor, mich in Fergusons Zimmer zu setzen, sobald mein Dienst zu Ende ist. Ich werde solange dort sitzenbleiben, bis sie mir das Geld gibt. Ich bleibe einfach sitzen, bis ihr ein Licht aufgeht und sie begreift, warum ich da bin.

Der Patient, der leblos daliegt, als sei er tot, bewegt sich plötzlich, greift nach dem Wasser und trinkt einen Schluck. Er übergibt sich und wirft die Schale durch das Zimmer. Er scheint allmählich aus der Narkose zu erwachen. Ich schiebe meine Hand tastend unter die Bettdecke. Ich sollte seinen Puls fühlen, aber ich finde sein Handgelenk nicht.

»Oh, ich kann nicht«, stöhnt er, »jetzt nicht, ich kann nicht.«

Er scheint von Kopf bis Fuß in einem Gipsverband zu stecken. Er stöhnt noch einmal und schläft dann ein. Nervös warte ich einen Augenblick, bevor ich erneut versuche, eine Stelle an seinem Körper zu finden, an der ich seinen Puls fühlen kann.

Oben an der Wand im Speisezimmer hängt ein Rundfunkempfänger. Daraus sprudelt und gurgelt den ganzen Tag die blecherne Unterhaltungsmusik des ›Workers' play time‹-Programms und Vera Lynns Stimme, die wehmütig verkündet: ›There'll always be an England‹. Manchmal, frühmorgens, wenn wir beim Essen sind, spielen sie eine andere Art von Musik. Manchmal ist sie imposant, erhaben und tragend. »Wright!« ruft Schwester Ramsden über die vollbesetzten Tische hinweg. »Pseudo Morris? Was meinen Sie?« Sie winkt mit einer langfingerigen Hand.

»Nein«, ich schüttele den Kopf, »nicht Pseudo Morris, es ist Beethoven.« Sie lacht. Sie weiß, daß es nicht Beethoven ist. Es ist nur ein Scherz von uns beiden. Es ist der einzige Scherz, den ich überhaupt mit jemandem mache. Vielleicht geht es Ramsden genauso. Sie hat einen dünnen Oberlippenbart, und in ihrem Zimmer ist mir ein schwerer Geruch aufgefallen, der zu älteren Frauen paßt; vielleicht kommt er von der parfümierten Seife, die sie benutzt, und von dem Stoff der teuren Unterwäsche. An ihren Schuhen und Strümpfen, ihren Kostümen und Blusen und Hüten haftet der Duft ausgezeichneter Qualität. Ramsden hat mich einmal nach dem Geigenkasten gefragt, den ich bei mir trug. Sie hat zu mir gesagt, ich solle mir eines von den zahlreichen Büchern in ihrem Zimmer aussuchen, als Geschenk von ihr. Tag für Tag denke ich insgeheim daran, wie sehr ich Ramsden bewundere. Ich liebe sie. Vielleicht. Ich glaube, ich werde ihr eines Tages die Wahrheit über den Geigenkasten sagen.

Wenn man nachts arbeitet, ist es ein besonderes Erlebnis, am Morgen ins Freie zu treten, die frische Luft und die Sonne, die trotz ihrer Helligkeit kaum wärmt, auf dem Gesicht zu spüren.

Wir fahren auf unseren Fahrrädern. Ramsden ist nicht dabei. Es führt ein Treidelpfad am Fluß entlang. Ich bin noch nie hier gewesen und mag den Geruch des Flusses, die schlammigen Ufer und das von Vieh flachgetrampelte Gras. Aufgescheuchte Wasservögel erheben sich lärmend in die Luft. Unsere Stimmen hallen.

Obgleich wir erst vor kurzem gegessen haben, wollen wir frühstücken. Ferguson hat kein Geld dabei. Queen auch nicht. Ferguson sagt, sie will es sich von Queen leihen, wenn Queen es sich für sie beide von mir leiht. Wir einigen uns darauf, und ich bezahle. Und auf dem Rückweg überlege ich die ganze Zeit, wieviel zu den ausstehenden sechs Shilling sieben dazugekommen ist.

Ich setze mich in Fergusons Zimmer, das aussieht, als hätte dort eine Bombe eingeschlagen. Ihre Kleidungsstücke, und auch ein paar von meinen, sind überall verstreut. Auf dem staubigen Frisiertisch liegt ein Zettel von der Aufsichtsschwester. Ich lese die Nachricht. Die Schwester fordert Ferguson auf, ihre Haarbürste zu reinigen.

Gelangweilt und schläfrig lese ich die Nachricht mehrmals durch, und füge »Kein Borger sei und auch Verleiher nicht« in einer Handschrift hinzu, die der Schrift der Aufsichtsschwester so sehr gleicht, daß es mir schier den Atem verschlägt.

Ich suche nach Fergusons Briefpapier. Es ist von hervorragender Quälität und sehr gut geeignet. Ich schreibe ein paar kurze Nachrichten in der neu erlernten Handschrift auf und stecke die Zettel vorsichtig in die Tasche. Dann warte ich weiter auf Ferguson. Ich bin kaum noch in der Lage, die Augen offenzuhalten.

Vielleicht wäre ich an diesem Tag gar nicht mehr zum Schlafen gekommen, wenn mir nicht doch noch eingefallen wäre, daß Ferguson ein paar Nächte frei hat und nach Hause gefahren ist.

Aus Angst, gesehen zu werden, knipse ich die Taschenlampe nicht an. Ich taste im Dunkeln in der tiefen Teekiste herum, greife nach irgendetwas und laufe dann hastig durch den überdachten Gang zurück.

Nachtschwester Bean sagt, ich soll auf der Unteren Station aushelfen, und ich sage »Jawohl, Oberschwester« und gehe rückwärts aus ihrem Büro hinaus, mit schleifenden Schritten und gekrümmtem Oberkörper, als verbeuge ich mich leicht. Hinter meinem Rücken halte ich ein riesiges Glas fest, das mir beinahe aus den Händen rutscht.

Es sind ausgerechnet eingemachte Kiwifrüchte, und ich setze eine davon auf jeden der Bratäpfel und verteile den würzigen Sirup großzügig darüber. Nachtschwester Bean lächelt, ihre gestärkte Schürze knistert, und sie sagt, die Bratäpfel haben einen pikanten

Geschmack. So einen köstlichen Bratapfel hat sie seit dreißig Jahren nicht gegessen. »Pikant!« sagt sie.

Schwester Sharpe sitzt die ganze Nacht mit Schwesternhelferin Queen im Stationszimmer. Queen hat OP-Socken über ihre Schuhe gezogen, damit sie nicht friert. Sharpe und Queen sind beide in Armeedecken eingewickelt. Sharpe muß den Saum ihres Kleides auslassen. Schwester Bean hat sie nach dem Frühstück noch einen Augenblick dabehalten.

Sobald ich wieder ins Stationszimmer komme, sagt Sharpe: »Bringen Sie diese Tabletten an Bett zwölf«, oder: »Putzen Sie die Toiletten«, und: »Es wird Zeit, die Butterbrote zu machen – und hinterlassen Sie die Tabletts nicht wieder so schmierig wie gestern.«

Ich ziehe die Wäschewagen am Ende der Station ein Stück nach vorne und verschiebe auch die leeren Sauerstoffflaschen und die Eimer mit Wasser und Sand zum Feuerlöschen. Ich rücke einfach alles ein bißchen vom üblichen Platz ab. Sharpe und Queen kommen später dort vorbei, um ins Badezimmer zu gehen, und sie fallen über diese Gegenstände und stoßen dabei zusammen. Das macht den lautesten Krach, der je nachts in einem Krankenhaus zu hören war. Nachtschwester Bean kommt den ganzen Weg von ihrem Büro in der Haupthalle heraufgerannt. Sie ist wütend und bestellt Sharpe und Queen für neun Uhr morgens ins Büro der Oberin. Sie sieht, daß ich mit meiner kleinen Taschenlampe am anderen Ende der Station still damit beschäftigt bin, das wohlriechende Mundwasser in Gläser zu gießen und für den Morgen bereitzustellen.

Die Tomatensoße bietet unendlich viele Möglichkeiten. Von den eingelegten Krabben habe ich so wenig, daß mir nichts anderes übrigbleibt, als einen winzigen Löffel davon auf jede Portion Kartoffelbrei zu geben. Nachtschwester Bean weiß das zu schätzen und meint, der Geschmack dringt ganz durch. Meine erfahrenen Hände finden mühelos eingemachte Blaubeeren, Selleriesuppe und Puddingpulver.

Ich sehe Schwester Ramsden nicht sehr oft. Sie hat mich noch nicht in ihr Zimmer gebeten, um das Buch auszusuchen. Vielleicht hat sie es sich anders überlegt. Sie nimmt immerhin einen höheren Rang ein als ich.

Es gibt Zeiten, in denen eine unaussprechliche Einsamkeit meine einzige Begleiterin in der Kälte des frühen Morgens ist. Die Fahrten mit dem Fahrrad über die Heide oder am Fluß entlang gehen zu schnell vorbei und sind daher ohne Bedeutung. Ich habe ein Gefühl unerklärlichen Verlustes. Meine freie Zeit scheint sich vor mir ins Leere zu erstrecken. Ich gehe zu früh ins Bett und schlafe schlecht.

Ich freue mich über Fergusons Rückkehr; ich bin richtig froh darüber. Im Anrichtezimmer mache ich eine große Dose auf, die größte, die ich bisher aus der Kiste geholt habe. Ich sage »Hallo« zu Ferguson, die sich gerade mit den anderen Schwestern an den Tisch setzt; sie schwatzen und lachen miteinander. Ich mache weiter mit meiner Arbeit.

»Du hast wirklich das gewisse Etwas«, sage ich zu Ferguson. »Massenweise S.A. Weißt du, was das ist? Sex-Appeal, die Worte sind dir förmlich auf den Leib geschrieben.« Aus dem Augenwinkel sehe ich Nachtschwester Bean hereinkommen, und ich rede weiter, als hätte ich sie nicht bemerkt.

»Wie machst du das bloß, Fergie«, sage ich. »Wie schaffst du es, daß alle Männer von dir sprechen? Du mußt ihre Phantasie ganz schön angeheizt haben. Sie himmeln dich förmlich an. Corporal Smith ist völlig verrückt nach dir, ehrlich!« Unbekümmert kratze ich mit dem Öffner am Rand der Dose entlang. »Er konnte gestern abend überhaupt nicht einschlafen. Sharpe mußte ihm heimlich einen kleinen k.o.-Drink mixen. Er wartet auf einen weiteren Brief von dir, und ich glaube, er schickt dir das Gedicht, das du haben wolltest. Wer um alles in der Welt ist euer Bote?« So rede ich munter daher und kratze am Rand der Dose entlang.

Ich weiß, warum hinter mir Schweigen herrscht. Ich drehe mich um.

»Ach, da sind Sie ja, Oberschwester«, sage ich zu Nachtschwester Bean. Fergusons Gesicht hat eine stumpfe rote Farbe, wirklich ein Jammer, sie sah so gut erholt aus nach ihren freien Nächten.

»Das Essen ist fertig, Oberschwester«, sage ich, »es gibt heute Fasanenflügel in Aspik. Möchten Sie die Fischpastete dazu?« Ich trage die Teller einzeln auf. Der Kaffee zischt und spritzt hinter uns.

»Neun Uhr, Büro der Oberin«, sagt Nachtschwester Bean zu Ferguson.

»Jawohl, Oberschwester.«

Ferguson wird für den Rest der Nacht auf die Mädchenstation geschickt, und ich soll wie immer auf der Unteren aushelfen. Ich wecke Corporal Smith um vier Uhr morgens und beschwöre ihn, Ferguson zu schreiben. »Tag für Tag wartet sie auf einen Brief«, sage ich zu ihm, »sie ißt kaum etwas und wird noch krank werden, wenn Sie ihr nicht bald schreiben.« Schwester Sharpe sieht mich an seinem Bett stehen und befiehlt mir, die Wände im Badezimmer zu schrubben.

»Und wischen Sie auch die Schränke aus«, sagt sie. »Und trödeln Sie nicht.«

Am Morgen sehe ich Sharpe in der langen Schlange vor der Poststelle stehen, und ich laufe hastig zum Friedensflur hinauf und gehe in ihr Zimmer. Ich stopfe die Gardine in ihre schmierige, nasse Seifenschale und hinterlasse einen von meinen sorgfältig gefalteten Zetteln auf ihrem Frisiertisch.

Lassen Sie die Gardinen nicht in die Seifenschale hängen. Die Aufsichtsschwester.

Mit Kirschmarmelade läßt sich nicht sehr viel anfangen. Ich reiche sie als süß-saure Soße zu dem Hackfleisch. Sie gehört zu den Lieblingsspeisen der königlichen Familie, erzähle ich ihnen, aber es ist klar, daß ich bald wieder einen Beutezug in mein geheimes Lager riskieren muß.

In der folgenden Nacht greife ich tief in beide Kisten hinein und bepacke mich mit Tomatensuppe, einem Hühnchen in der Dose, Sardinen und zwei Dosen Birnen.

Schwester Dixon ist verblüfft. Ihre Augen sehen mich fragend an.

»Woher haben Sie das alles ...« Ihre Lippen formen geflüsterte Worte.

»Keine Zeit zum Plaudern, tut mir leid«, sage ich. Ich bereite eilig ein kleines Tablett für Nachtschwester Bean vor. Ich habe mir angewöhnt, eine extra Tasse Kaffee für sie mit hinaufzunehmen, wenn ich in ihr Büro gehe. Das scheint mir die beste Art zu sein, die Dose Mürbekekse aufzubrauchen. Mit dem Tablett in der Hand renne ich die dunkle Treppe hinauf und den Flur entlang zu Nachtschwester Beans Büro.

»Untere Station«, sagt Nachtschwester Bean ohne aufzublikken. Schon wieder bin ich Sharpes Launen ausgeliefert.

»Waschen Sie die Wände in der Küche ab«, sagt sie, »und wischen Sie alle Regale und Schränke aus, und trödeln Sie nicht – und dann waschen Sie die bettlägerigen Patienten.« Sie gibt mir eine Liste der besonders unangenehmen Männer und sagt, ich soll auch die Unterlaken auswechseln. Ich muß die härteste Arbeit machen, während Schwesternhelferin Queen, die wieder auf dieser Station ist, und Sharpe selber gemütlich mit einer Kanne heißem Kaffee vor sich auf dem Schreibtisch im Stationszimmer sitzen und rauchen.

Ich gehe in den kleinen Krankensaal und drücke dreimal auf die Notglocke, so daß Nachtschwester Bean auf der Station erscheint, bevor Sharpe und Queen mitbekommen, was los ist.

»Etwa ein Luftangriff?« fragt Queen ängstlich.

»Eine Schwester sollte wissen, warum sie klingelt, Schwester«, sagt Nachtschwester Bean, und sie geht mit den beiden von Bett zu Bett und läßt sich bei jedem einzelnen Patienten im Flüsterton Diagnose und Therapie erklären. Nachtschwester Bean raschelt mißmutig und nervös mit ihren Röcken und stößt Verwünschungen aus, während sie alle Männer aufweckt, um herauszufinden, wer von ihnen dreimal geläutet hat.

»Irgend jemand muß Blutungen haben«, sagt sie, »finden Sie heraus, wer es ist.«

Anschließend späht Nachtschwester Bean arglistig in die Küche und sieht mich mit meinem kleinen Eimer voll Seifenwasser friedlich auf der Trittleiter stehen. Die feuchten Wände schimmern blaßgelb, wie frisch gestrichen. Sharpe und Queen müssen sich um neun im Büro der Oberin melden, weil sie im Dienst geraucht haben.

Sharpe steht wieder einmal in der Postschlange. Ich nehme den überquellenden Aschenbecher aus der Eingangshalle und verstreue den Inhalt in ihrem Zimmer.

Ihr Zimmer sieht abscheulich aus. Nehmen Sie heißes Wasser und Desinfektionsmittel und machen Sie gründlich sauber. Die Aufsichtsschwester

Der Zettel liegt ordentlich gefaltet auf ihrem Frisiertisch.

Ich versuche, Beethoven zu hören, aber die Musik verdeutlicht mir nur meine Einsamkeit. Ich wünschte, Corporal Smith würde mir schreiben. Ich wünschte, irgendjemand würde mir schreiben. Ferguson geht zum Kaffeetrinken in den »Old Green Room«. Sie ist beliebt, sie geht ständig aus.

In meinem Zimmer habe ich eine Liste.

1. Beethoven hören.
2. Das Fenster weit geöffnet lassen. Wenn es kalt ist, nachts den Schulpullover tragen.
3. Fahrradfahren für den Teint. (zur Pflege)
4. Schreiben und Nachdenken.

»Ich kann nicht mitkommen«, sage ich zu Ferguson. »Ich höre gerade Beethoven«, sage ich und sehe darüber hinweg, daß sie mich gar nicht gefragt hat, ob ich mitkommen will.

»Es ist doch immer dieselbe Platte«, sagt sie, »du hast ja nur eine einzige Platte.«

»Trotzdem ist es Beethoven.« Ich wippe leise im Takt und setze meinen abwesenden Gesichtsausdruck auf.

Ferguson geht, und ich füge unter Schwierigkeiten Nummer 5 zu meiner Liste hinzu. Der Zettel klemmt hinter dem Frisierspiegel, und es ist mühsam, auf der unebenen Oberfläche zu schreiben.

5. N.S.B.s Wesen erforschen und das genaue Ausmaß ihrer Macht herausfinden.

Ich nehme mein großes Stück weiße Windsor-Seife mit ins Badezimmer und fülle ein Waschbecken mit heißem Wasser, um die Seife aufzuweichen. Dann mache ich mich mit Nagelfeile und Schere an die Arbeit. Heute nacht werde ich die Taschenlampe mitnehmen, denke ich, eine Dose Trockenmilch könnte ich gut gebrauchen. Wenn man sie aufschlägt, ergibt sie ausgezeichnete Sahne; köstlich zu den Bratäpfeln.

Die Ähnlichkeit ist verblüffend. Die unverwechselbare Gestalt und die Neigung der Haube kommen in der kleinen Figur deutlich zum Vorschein. Ich arbeite lange Zeit geduldig daran. Ich werde das Abbild in zwei Hälften teilen und die eine Hälfte quälen, während ich die andere Hälfte zur Kontrolle aufbewahre, wie bei einem wissenschaftlichen Experiment, und dann werde ich die Auswirkungen auf die lebende Person beobachten.

Die Idee ist so ungeheuerlich, daß mir plötzlich ganz schwindlig wird. Im Geiste sehe ich schon erste Ergebnisse: die aufrechte, schneidige kleine weiß-blaue Bean taumelt über den Flur; ihr versagen die Kräfte, und sie ruft um Hilfe.

»Schwester Wright! Helfen Sie mir hoch, meine Liebe. Was für ein gutes Kind Sie sind, und so behutsam. Helfen Sie mir einfach auf den Stuhl dort, danke, mein Kind. Danke!«

Auf dem Friedensflur ist es ganz still. Eine weitere angenehme Nebenerscheinung der Nachtschicht ist, daß wir tagsüber in unseren Betten schlafen dürfen. Jeden Morgen sehne ich mich nach diesem Schlaf. Bis vor kurzem mußte ich, wie die anderen, wegen des Fliegeralarms jeden Abend mein Bettzeug in den Luftschutzraum im Keller hinuntertragen. Im Keller gibt es keine Betten, nur ein paar Strohsäcke, die als Matratzen dienen. Und es gibt dort kaum Luft.

Ich mag den Geruch der sauberen weißen Windsor-Seife. Vorsichtig arbeite ich mit der Feile an meiner Skulptur. Die Ähnlichkeit ist wirklich vollkommen. Meine Hände sind von der Seifenlauge ganz glitschig und schrumpelig, und ich kann nicht verhindern, daß sie zittern. Ich habe plötzlich das Gefühl, eine bisher unentdeckte aber starke Kraft zu besitzen, weil ich in der Lage bin, dieses – dieses Abbild zu erschaffen.

Und dann, ganz unvermittelt, steht Nachtschwester Bean in der Badezimmertür und will sehen, welche von den Schwestern noch nicht im Bett liegt, obwohl es schon nach zwölf Uhr mittags ist. Ich denke gerade an den Augenblick, in dem ich die Figur in zwei Hälften teilen werde, und überlege, welches Werkzeug dafür am geeignetsten ist; daher ist das plötzliche Erscheinen von Schwester Bean, gelinde gesagt, verwirrend.

Ich tauche schnell meinen Kopf ins Wasser, zusammen mit ihr, die ich so sorgfältig gestaltet habe, und sage: »Oh, ich kriege die Seife einfach nicht aus meinen Haaren heraus!« Ich bin hocherfreut über den gelungen gequälten Tonfall meiner Stimme.

Sie sagt, ich soll immer daran denken, zum Spülen heißeres Wasser zu nehmen als zum Waschen. »So heiß Sie es ertragen können«, sagt sie.

»Danke, Oberschwester.«

Raschelnd und murmelnd macht sie sich im Badezimmer zu schaffen, stöbert herum, wirft einen schnellen Blick in alle Toilettenkabinen, und sagt im Hinausgehen: »Übrigens ist es besser, vorher die Haube abzunehmen.«

Da stehe ich nun mit meiner durchnäßten, schlappen, über und über mit Seifenschaum bedeckten Haube auf dem Kopf. Sie ist immer noch mit einem eisernen Geflecht aus Haarklemmen festgesteckt, und für heute abend nicht mehr zu gebrauchen. Mein Kunstwerk ist ebenfalls ruiniert. Das Wasser hat die Umrisse verwischt und es zerstört, noch bevor es vollendet war. Mit einem feierlichen Gefühl des Verstehens wird mir bewußt, daß sie aus der Entfernung, genaugenommen von der Tür aus, in der Lage war, nicht nur mein Vorhaben zu vereiteln, sondern mir auch noch einen weiteren Schaden zuzufügen, indem sie dafür sorgte, daß ich meine Haube ruiniere.

Mir tut das Kreuz weh, weil ich so lange in gebückter Stellung über dem blöden Waschbecken verharrt habe. Ich bekomme in letzter Zeit nicht genug Schlaf. Obwohl ich sehr müde bin, gehe ich hinunter zu der Rampe, wo die Milchkannen auf- und abgeladen werden. An diesem Ort treffen die abgeschlossene Welt des Krankenhauses und die Außenwelt aufeinander. Dort stehen auch, sorgfältig aufgestapelt, die Kisten mit sauberer Wäsche. Glücklicherweise steht Fergusons Kiste am Rand. Ich öffne sie und nehme eine von ihren frischgewaschenen Hauben heraus. Meine Kiste ist auch da, aber ich will keine von meinen Hauben nehmen, denn dann wird mir am Ende der Woche eine fehlen.

Die Trockenmilch ist in der Teekiste, wie ich gehofft hatte. Es gibt mehrere Dosen davon; und auch echter Bohnenkaffee ist da. Außerdem finde ich noch ein paar Dosensuppen: Champignoncreme, Spargelcreme, Hühnersuppe, Gemüsesuppe und Minestrone. Ich bin sehr leichtsinnig mit meiner Taschenlampe. Es ist bald Weihnachten, also nehme ich eine kleine Ladung interessanter Dosen mit.

Ich finde heraus, daß Nachtschwester Bean eine Schwäche für heiße Brühe hat, und ich versuche, jede Nacht eine Tasse in ihr Büro zu schmuggeln, zu Beginn meines Dienstes, bevor ich irgendetwas anderes mache.

Verschiedene Dinge gehen mir im Kopf herum, hauptsächlich Kleinigkeiten. Seit einer Weile habe ich Corporal Smiths Liebesbrief an Ferguson, sechzehn Seiten lang, in meiner Tasche. Der Umschlag ist nicht zugeklebt, und ihr Name wird an keiner Stelle erwähnt. Der Brief ist zu lang für eine Person, daher teile ich ihn in zwei Teile und addressiere in Corporal Smiths Handschrift zwei Umschläge, einen an Sharpe und einen an Ferguson. Ich lasse sie unverschlossen fallen, den einen neben dem Schreibtisch im Büro von Nachtschwester Bean, und den anderen in dem kleinen Flur vor dem Zimmer der Oberin. Es ist uns nicht gestattet, private Beziehungen zu den Patienten aufzunehmen, und ich bin sicher, Corporal Smith ist ein verheirateter Mann, aber mir geht etwas ganz anderes im Kopf herum; und zwar, ob eine Schwester der Oberin eine Weihnachtskarte schreiben sollte. In solchen Dingen habe ich keine Erfahrung.

Schließlich kaufe ich eine Karte, eine große, teure Karte, mit einem Gemälde darauf, einem holländischen Interieur. Sie kostet einen Shilling neun. Ich sitze den ganzen Morgen davor und überlege, was ich schreiben könnte.

Frohe Weihnachten wünscht der Oberin Schwester Wright

Schwester Wright klingt vermessen. Ich habe mein Examen noch nicht gemacht. Sie betrachtet mich vielleicht nicht als Schwester.

Frohe festliche Tage ... nein, ganz falsch.

Frohe Weihnachten von Sie wissen schon wem. Das könnte sie albern finden.

Fröhliche Weihnachten. Vera. Zu persönlich. *Veronica.* Ich konnte meinen Namen noch nie leiden.

Ein frohes Fest wünscht der Oberin eine Angehörige des Pflegepersonals und ganz klein darunter *Schw. V. Wright.*

Ich denke immer wieder darüber nach, ob die anderen der Oberin wohl auch eine Weihnachtskarte schreiben. Das ist eine Frage, die man niemandem stellen kann. Außerdem will ich Ferguson nicht auf den Gedanken bringen. Von selber wird sie bestimmt nicht darauf kommen. Und wenn ich sie nicht fragen kann, wen dann?

Ich lege die Karte in das Fach der Oberin. Die Karte ist so groß, daß ich sie am Rand knicken muß, damit sie hineinpaßt. Ich habe Angst, jemand könnte vorbeikommen und mich sehen.

Schon wieder helfe ich auf der Unteren Station aus. Immer werde ich auf die Untere Station geschickt. Diesmal muß ich auf den Knien herumrutschen und die Betträder putzen.

»Und machen Sie keinen Krach dabei«, sagt Sharpe, »Schwester Queen und ich wollen nicht, daß alle aufwachen!«

Ich mache mir Sorgen wegen der Karte. Ich werde sie morgen früh wieder herausholen. Die Botschaft ist völlig unpassend.

Eine Angehörige des Pflegepersonals! Ich mag gar nicht daran denken.

Am Morgen ist die Karte noch da. Geknickt, unsicher und wie entschuldigend liegt sie in dem Fach. Ich will sie an mich nehmen, aber es sind Leute in der Nähe, und an Post darf man sich nicht vergreifen.

Während des Tages ziehe ich mich zweimal an und schleiche hohläugig und bleich wie ein Gespenst vom Friedensflur nach unten. Nachtschwestern sind tagsüber auf den Stationen völlig fehl am Platze. Ich komme mir auffällig vor, und mir wird beinah schlecht, während ich hier in der Halle herumstehe und auf eine Gelegenheit warte, unbeobachtet die ordinäre Karte mit dem albernen Text wegzunehmen. Sie liegt immer noch geknickt in dem kleinen Fach.

Endlich sind keine Leute mehr in der Halle, aber zwei Schwestern stehen noch neben der Eingangstür und unterhalten sich. Warum haben sie sich bloß diesen ungemütlichen Ort ausgesucht, um ein Schwätzchen zu halten. Ich gebe schließlich auf und lege mich wieder ins Bett. Mir ist so kalt, daß ich nicht einschlafen kann. Ferguson hat wegen ihrer Zahnschmerzen meine Wärmflasche. Ich werde wohl nie mit ihr quitt sein. Nie.

Am Abend gehen wir zum Frühstück ins Eßzimmer der Putzfrauen hinunter, und ich sehe, daß die Karte immer noch da ist. Ich bekomme kaum einen Bissen herunter, denn ich überlege die ganze Zeit, wie ich mir die Karte zurückholen kann.

Nachtschwester Bean ist mit der Anwesenheitsliste durch.

»Schwester Wright.«

»Ja, Oberschwester? Ich erhebe mich halb von meinem Stuhl, so wie es in diesem engen Raum alle machen.

»Morgen neun Uhr, Büro der Oberin.«

»Jawohl, Oberschwester.« Ich setze mich wieder hin. Sie kann sich unmöglich für die Karte bedanken wollen, denn sie hat sie ja noch gar nicht erhalten. Eine Reihe anderer Gründe kommt mir in den Sinn. Zum einen sind da die beiden tiefen, dunklen Löcher; vielleicht sind sie entdeckt worden …

Obwohl ich Schlimmes ahne, mache ich mich mit der Taschenlampe unter der Schürze auf den Weg durch den langen überdachten Gang. Ich brauche noch mehr Trockenmilch. Der Weg kommt mir endlos vor. Der Nachthimmel bietet das gewohnte unheilvolle Bild. Motoren dröhnen, begleitet vom Krachen der Flakgeschütze, und dem An- und Abschwellen des Sirenengeheuls. Die schwachen Suchscheinwerfer bewegen sich langsam. Sie machen kein Geräusch und sind völlig unwirksam. Ich fühle mich schutzlos und taste mit der Hand in der Leere der nächststehenden Teekiste herum. Ich erwische eine Dose Trockenmilch und laufe hastig zurück nach unten, vorbei an den mit faulenden Körperteilen gefüllten Tonnen, und weiter hinunter in die ewige Weite des Unbekannten.

Durch ein Mißgeschick, an dem ich nicht allein schuld bin, habe ich im Zug einen Eckplatz bekommen. Die Frau, die auf diesem Platz sitzt, fragt mich, ob ich glaube, daß sie noch Zeit hat, sich eine Tasse Tee zu holen. Ich sehe gleich, daß ihr sehr viel daran liegt, und damit sie nicht auf ihren Tee verzichten muß, bestätige ich ihr, daß die Zeit zwar knapp ist, sie es aber schaffen kann. Also geht sie hinaus, und jetzt sehe ich sie mit einem Gesichtsausdruck, der ihre Gefühle genau verrät, aus dem Bahnhofsbüfett kommen.

Sie umklammert ihren Tee, und ich setze mich auf ihren reservierten Platz, denn es wäre doch dumm, nachdem der Zug angefahren ist, im Gang stehenzubleiben und mich von Armeemänteln, Seesäcken und Stiefeln zerquetschen zu lassen und dabei den leeren Platz in dieser gemütlichen Ecke anzustarren.

Ich habe ein bißchen Milchpulver für meine Mutter mitgenommen, das kann man in diesen Zeiten, wo alles rationiert ist, immer gut gebrauchen. Ich habe auch das Huhn in der Dose dabei. Im letzten Moment wußte ich nicht, was ich damit machen sollte, denn Nachtschwester Bean wird erst heute abend bestimmen, wer nach mir Nachtspringer werden soll, und weil ich nicht mehr da bin, weiß ich natürlich nicht, welche Schwester es sein wird, und kann daher weder die Milch noch das Huhn an sie weitergeben.

Zudem ist es möglich, daß meine Freundin Ferguson neuer Nachtspringer wird, und es kommt auf keinen Fall in Frage, ihr so einen Gefallen zu tun.

Dies ist mein erster Urlaub, seit ich im St. Cuthbert bin. Meine freien Nächte und zehn Tage Urlaub: Dreizehn Tage frei.

»Soll ich meine Blechkappe, ich meine den Helm, und meine Gasmaske mitnehmen?« frage ich die Oberin.

»Aber ja doch, wenn Sie möchten«, sagt sie und wünscht mir einen schönen Urlaub und frohe Weihnachten.

Die Blechkappe und die Gasmaske habe ich an meinen Koffer gebunden. Meine kleine Schwester wird sich dafür interessieren.

Meinem Vater wird seine Weihnachtskarte gefallen. Er hat die genaue Darstellung und die warmen Farben von holländischen Interieurs schon immer gemocht. Der durchgestrichene Text auf der Innenseite wird ihn nicht stören. Die Karte wird bestimmt wieder glatt, wenn ich sie über Nacht im Lexikon presse.

Aus irgendeinem Grund denke ich an Schwester Ramsden. Gestern nacht bin ich an der Tür zum Eßzimmer der Putzfrauen zur Seite getreten, um sie vorzulassen.

»Danke schön«, sagte sie, und dann fragte sie mich, wie ich mit Vornamen heiße.

»Mit Vornamen?«

»Ja, wie lautet Ihr Vorname?« Ihre Stimme, die sowieso immer leise ist, war noch leiser als sonst. Als wäre sie schüchtern.

Ich hatte keine Gelegenheit, ihr zu antworten. Wir mußten uns schnell zu unseren Tischen durchschlängeln, denn Nachtschwester Bean rief bereits die Anwesenheitsliste auf.

Wenn Ramsden mich auf dem Bahnsteig am Ende dieser Reise abholen würde, könnte ich ihre Frage beantworten. Vielleicht könnte ich ihr auch die Sache mit dem Geigenkasten erklären. Ich würde Ramsden gerne sehen, ich würde gerne zu ihr fahren. Während ich jetzt an sie denke und im Geiste ihr Gesicht vor mir sehe, wie sie damals den Kopf zu mir umwandte und mich anlächelte, als sie auf dem Klavier im Aufenthaltsraum der Schwestern Mussorgsky spielte, kommt mir der Gedanke, daß es äußerst wahrscheinlich ist, obwohl nie jemand darüber spricht, daß Nachtschwester Bean ihre langjährige Freundin Nachtschwester Percy sehr vermißt. Daß sie sie ganz unerträglich vermißt.

LOIS

DAS IST ein Klavierkonzert, Lois. Hör doch, Lois! Hör dir an, wie das Klavier machtvoll einsetzt. Es ist das Klavierkonzert Nummer 5, Lois. Es ist doch nicht schwierig, zuzuhören, oder? Aber Lois, warte. Hör zu. Trotzdem. Hör es dir an.

Ashes of Roses, so heißt das Parfüm. Nein, kein echtes Parfüm, Lois. Es ist nur ein Duftwasser. Eine kleine Flasche Duftwasser fürs Internat. Ashes of Roses fürs Krankenhaus.

Lois, du wirst es nicht glauben. Ich war anfangs schrecklich unglücklich im Internat. Meine Mutter tränkte mein Taschentuch mit Duftwasser, damit ich beim Einschlafen daran riechen konnte.

Es ist albern, aber wahr. Der Duft gefällt dir doch, Lois, oder? Du hast gesagt, der Duft gefällt dir. Du hast mir erzählt, du magst diesen Duft. Du riechst gut, das hast du einmal zu mir gesagt. Es ist Ashes of Roses, habe ich gesagt. Das ist es: Ashes of Roses.

Jetzt der Tango Bolero. Nicht das Klavierkonzert. Der Tango. Ich bin froh, daß du vorgeschlagen hast, mit mir zusammenzuziehen, Lois, als wir die Möglichkeit hatten, die Zimmer zu wechseln.

Wenn man an diesem Fenster hier oben steht, liegt die Welt da draußen. Die Bäume. Du könntest die Bäume malen, Lois. Der Park ist auf der rechten Seite, und auf dieser Seite sind die Bahngeleise und der Kanal. Hast du heute abend bemerkt, Lois, wie das Wasser glitzert, wenn alles andere dunkel wird? Und letzte Woche, Lois, hast du da gesehen, wie bei Mondschein das Wasser die ganze Nacht glitzert? Hast du das gesehen? Man kann keinen Verdunklungsvorhang über dem Kanal spannen, stimmt's? All die Gebäude da draußen, all die Lagerhäuser, die Eisenbahn und die dunklen Straßen. Alles ist dunkel, alles liegt im Dunkeln. Die Menschen in den Häusern wissen nicht, wer ihre Dächer und ihre Dachfenster sehen kann.

Tango. Tango Bolero. Lois. Hör doch! Da kommt jemand!

»Was ist das für ein Krach? Schwester? Woher kommt dieser fürchterliche Krach?«

»Es ist Musik, Schwester. Es ist der Tango Bolero.«

»Tango. Fango. Schalten Sie es augenblicklich ab! Ich habe noch nie im Leben einen solchen Krach gehört. Wissen Sie, wie spät es ist?«

»Nein, Schwester. Tut mir leid, Schwester.«

»Es ist fast Mitternacht! Woher kommt die Musik? Um Himmels willen! Woher kommt sie?«

»Sie kommt aus dem Schrank, Schwester. Ich werde sie abschalten.«

»Und Schwester! Wo ist Ihr Nachthemd? Sie haben ja gar nichts an! Warum haben Sie Ihr Nachthemd nicht an?«

»Ich, äh, mir war zu warm, Schwester.«

»Aber Kind! Dann machen Sie doch um Himmels willen das Fenster auf. Und machen Sie die Verdunklung wieder vor. Wenn Sie klug sind, schieben Sie Ihre Hand hinter den Vorhang und beschweren ihn mit einem Buch oder etwas anderem, damit er unten bleibt.«

»Ja, Schwester. Danke, Schwester.«

»Warum sind Sie nicht im Dienst, Schwester?«

»Wir, ich meine, ich habe meine freien Nächte, Schwester.«

»Ich verstehe! Ich habe in meinem ganzen Leben noch nicht so ein unordentliches Zimmer gesehen. Es ist eine Schande, wie es in ihrem Zimmer aussieht. Und die Betten! Ist das Ihr Kopfkissen? Ziehen Sie das Kopfkissen heraus und legen Sie es wieder an seinen Platz. Und denken Sie in Zukunft daran, daß die anderen ihren

Schlaf brauchen. Und noch etwas, Schwester, es ist ungesund, ohne Nachthemd zu schlafen. Ziehen Sie es sofort wieder an.«

»Jawohl, Schwester. Danke, Schwester.«

»Ist sie weg? Die alte Hexe?«

»Ja. Das war knapp. Ja, sie ist weg.«

»Ich bin fast erstickt unter dem ganzen Zeug. Wer war es?«

»Die Aufsichtsschwester.«

»Klar, das weiß ich. Aber wer? Welche von den Hexen?«

»Morton.«

»Die kannst du vergessen! Laß uns den Tango nochmal auflegen. Zieh dein Nachthemd nicht an. Hier, stopf das Handtuch in das Grammophon und leg die Decke drüber, und mach diesmal die Schranktür zu.«

»Und hör mal! Laß uns das Fenster aufmachen und die Verdunklung abnehmen, dann kann sie das Licht nicht anknipsen, wenn sie nochmal wiederkommt.«

»Gute Idee. Und stell den Stuhl vor die Tür.«

Ashes of Roses. Tango Bolero. Ja, so. Leg deine Arme um mich. Ja, so. Tango.

Natürlich weiß ich, daß es nicht richtig ist, in einem solchen Augenblick an jemanden zu denken. Ich meine, gerade jetzt tatsächlich an jemand anders zu denken. Aber die Sache ist die, daß diese Hexe Morton schon wieder auf dem Weg nach oben sein könnte. Und das Schlimme ist, wenn ich weiter an jemand anders denke, dann könnte Schwester Bean vielleicht mit ihr heraufkommen.

JAGD

DIE FRÜHE MORGENSONNE scheint durch die Sträucher vor meinem Fenster und wirft zittrige Muster aus Licht und Schatten auf die Wand gegenüber. Dieses matte Licht und die tanzenden Schatten lassen das Zimmer heiter und friedvoll erscheinen. Ich versuche, diesen Frieden noch für eine Weile zu bewahren, indem ich alle unruhigen Gedanken vermeide. Manchmal verspüre ich den Wunsch, so lange in das Blattwerk und die dünnen Zweige da draußen zu starren, bis ich in sie eintauche und ganz mit ihnen verschmelze. Einmal sah ich eine Hand zwischen den Blättern. Sie schien nach mir zu greifen; es war meine eigene Hand. Ich strecke neuerdings oft meine Hand aus, um diese verlockende Spiegelung zu sehen. Und ich verspüre häufig den Wunsch, besonders am Abend, nach einem Elixier, einer Mixtur aus uralter Zeit mit magischer Wirkung. Einem Trank, der Kraft und Erkenntnis spendet.

◆

Os innominatum Ilium Ischium Acetabulum und *die Symphysis Pubica*, die Poesie der Anatomie. Es klingt wie Poesie, würde ich am liebsten zu ihnen sagen, die Anatomie, diese Zweckmäßigkeit des Beckens. Wir lernen gemeinsam in dem Zimmer, das ich mit Lois teile, für unser Examen. *Das Ilium hat zwei Oberflächen, die äußere und die innere, einen Kamm, zwei Stachel, den hinteren und den vorderen, und eine Gelenkverbindung zum Kreuzbein.* Ich möchte ihnen, Trent und Ferguson, erzählen, daß ich zu einer

Party im Haus von Dr. Metcalf gehe. Lois ist gerade hereingekommen, daher kann ich nichts sagen. Dr. Metcalf hat mir heute morgen auf der Station die Einladung gegeben, von Martha mit purpurner Tinte geschrieben. Ich habe die Gelegenheit verpaßt. Jetzt kann ich es ihnen nicht erzählen.

»Habt ihr Glimmstengel?« fragt Lois. Sie weiß, daß keine von uns raucht, und sie weiß auch, daß ich extra für sie immer eine Schachtel State Express 333 habe. State Express ist ihre Lieblingsmarke. Ferguson mag Lois nicht. Lois nimmt kaum Notiz von Ferguson.

»Der Darmbeinkamm ist gerundet und ragt über den Knochen hinaus, hier sind sie«, sage ich schnell. Die Spitze meines Bleistifts schwebt über der Abbildung des Knochens. Und mit der anderen Hand ziehe ich das Geschenk für Lois aus der Tasche und stecke es ihr zu. Trent zieht die Augenbrauen hoch.

»Du bist für mich ein offenes Buch«, sagt sie aus den Mundwinkeln zu mir. »So schwer zu durchschauen«, sagt sie, »wie eine Fensterscheibe.« Ich muß lachen.

Ich sage nichts von der Einladung. Ich werde sehr spät zurückkommen. Ich werde mich ins Buch eintragen und den Nachtpförtner bitten müssen, für mich aufzuschließen. Ich frage mich, welchen Namen ich benutzen soll. Fergusons oder Trents? Wenn ein Name zu oft in dem Buch erscheint, wird er auf Nachtschwester Beans Liste gesetzt, und die Person wird um neun Uhr morgens ins Büro der Oberin bestellt. Ich würde niemals Lois' Namen benutzen. Ich hege Gefühle für sie, die ich nicht genau beschreiben kann. Ich freue mich, wenn sie das Zimmer betritt. Mit Genuß betrachte ich ihre Kleidung. Ich habe oft den starken Wunsch, sie zu beschützen und ihr etwas Gutes zu tun. Ich mache ihr gern kleine Geschenke und genieße es, wenn sie sich darüber freut. Ich beschließe, während Lois uns in eine Qualmwolke hüllt, Helen Ferguson in das Buch zu schreiben. Es ist Sonntag. Mein freier Tag. Ich bin nicht ausgegangen, wegen der Party heute abend, und wegen des bevorstehenden Examens. Ich wollte außerdem noch etwas schlafen, auf meinem Bett, in diesem Zimmer, das ich mit Lois teile. Wir schlafen jetzt nur noch im Keller, wenn es Luftalarm gibt. Gestern nacht gab es einen langandauernden Alarm.

Der Nachtpförtner wird eine Aushilfe sein, da es Sonntag ist. Er wird mich nicht kennen. Für ihn könnte ich H. Ferguson sein.

»Beschreibe das Acetabulum«, sagt Trent, »und zwar ohne ins Buch zu schauen.«

»Eine tiefe, pfannenförmige Wölbung, die durch das Verschmelzen von drei Knochen geformt wird ...« Helen Fergusons Stimme erinnert mich an unsere ersten Tage und Wochen im Krankenhaus, an den ersten Sonntag hier ...

An meinem ersten Sonntag hatte ich abends frei. Ich wollte mich auf mein Bett legen. Das Bett war noch nicht mal gemacht. Das Bettzeug war ordentlich aufgerollt und lag bereit, um später in den Keller getragen zu werden. Es war spät am Nachmittag, gegen Ende des Sommers. Ein dünner Strahl Sonnenlicht fiel durch den Spalt unter dem Verdunklungsvorhang, der umgeschlagen und hochgebunden war. Es war sehr still, und dann spielte jemand in der Kapelle unter mir auf der Orgel. Mir gefiel die Musik, und ich versuchte, nicht einzuschlafen. Ich wollte der Orgelmusik zuhören, aber ich konnte kaum die Augen offenhalten. Bilder, eins nach dem anderen, durchzogen im wohlbekannten Zeremoniell des nahenden Schlafes meine Gedanken. Eindrücke von der Kinderstation: der Lärm, die großen schwarzen Tabletts, auf denen wir kleine Blechteller mit Hackfleisch und Kartoffeln herumtragen, und die Bratäpfel in gelber Soße, auf denen Kristalle von braunem Zucker glitzern. »Gutes Essen«, erklärte mir Schwester Sharpe, die mich einwies, »spielt eine entscheidende Rolle bei der Behandlung. Sie müssen darauf achten, daß jedes Kind sein Mittagessen ißt.« Eindrücke von der Kinderstation: die Beschäftigungstherapeutin, die wie ein wandelnder Nähkorb langsam zwischen den Gitterbetten herumgeht. Zweimal am selben Morgen schnitt einer der Jungen ihre Schere ab, und sie mußte sich eine neue Schnur dafür suchen. Schwester Sharpe erklärte mir, sie habe die Schere immer an ihrem Kittel festgebunden. Mit ihrem weißen Haar sah sie wie eine ältere Frau aus, aber Sharpe sagte, nein, das käme nur daher, daß ihr Haar über Nacht weiß geworden war, als ihre ganze Familie bei einem Bombenangriff ums Leben kam. In dem Lärm, dem Geschrei, dem Weinen und dem Scheppern zu Boden fallender Blechteller oder Tassen und dem Johlen der Jungs, die sich mit Kastanienwerfen die Zeit vertrieben, spielte die Therapeutin auf dem Klavier in der Mitte des Krankensaals, und einige von den Kleinen rollten die Köpfe hin und her und sangen mit.

The good ship sails on the anny anny O
The anny anny O
The good ship sails on the anny anny O …

Wir haben für ein paar Minuten aufgehört zu lernen, weil Trent in der kleinen Küche am Ende des Korridors Toast und Kakao macht. Lois fragt, ob ich noch etwas von dem Kuchen habe.

Die Kinder auf der Station können beim Singen nur ihre Köpfe hin und herrollen, weil sie an den Bettgittern festgeschnallt sind. Mrs. Dor, die Stationsputzfrau, die weder lesen noch schreiben kann, wirft die Blechteller, laut Sharpe sind sie aus Aluminium, ins Waschbecken. Ich beneide Mrs. Dor. Sie sagt, sie geht freitags mit ihrem Alten ins Kino. Ich beneide sie, weil sie abends nach Hause gehen darf. Sie reinigt die Böden und wäscht ab und kommt und geht durch den Hintereingang. Sie sagt uns unverblümt, was sie von uns hält. Sie nennt das ›uns gründlich die Meinung sagen‹.

Und die ganze Zeit, während der Arbeit, während des ganzen furchtbaren Krachs und der Hektik, tönt Vera Lynns Stimme aus dem Rundfunkempfänger. Sie singt »There'll always be an England« und etwas, das klingt wie »There'll be blue birds over the white cliffs of Dover«. Ich mag die Therapeutin, aber wir haben keine Veranlassung, miteinander zu reden, und ich weiß weder wie sie heißt noch wo sie wohnt.

In den ersten paar Tagen hatte ich den Eindruck, daß ein Geruch von Krankheit in der Luft lag, von Tuberkulose, und als ich Schwester Sharpe danach fragte, in einem Moment, als sie ansprechbar zu sein schien, sagte sie, nein, die Krankheit hat keinen Geruch. Sie meinte, es müßte an den kleinen Wollschals liegen, die alle Kinder trugen, die müßten wahrscheinlich gewaschen werden und das könnte ich am ersten warmen Tag erledigen.

Als ich an diesem ersten Sonntagabend auf meinem Bett lag, lief jemand durch den Friedensflur, klopfte an alle Türen, machte sie auf und wieder zu. Ich höre das Tap tap der Absätze auf den Dielen, klopf klopf Tür auf klick Tür zu klick den ganzen Flur entlang.

Jetzt ist meine Tür an der Reihe. Ich lasse die Augen geschlossen. Ich hoffe, wer immer es ist, wird wieder gehen. Es ist mein erster Sonntag hier, und ich bin müde. Ich war noch nie so müde. Meine Hände und Arme sind bis zu den Ellbogen aufgesprungen und wund. Meine Füße tun weh. Ich würde von hier weggehen, wenn ich nur wüßte wie.

»Zeit für die Andacht, Schwester!« Es ist Oberschwester Bean. Warum liegt sie nicht im Bett? Sie ist die leitende Nachtschwester. »Zeit für die Andacht, Schwester!« Wie aufgezogen. Sie schließt die Tür, und ich höre, wie sie weitergeht: Tap tap klopf klopf bis ans Ende des Trakts und zurück tap klopf auf klick zu klick überall auf der anderen Flurseite. Und dann tap tap wieder an meiner Tür klopf auf klick.

»Zeit für die Andacht Schwester!«

»Ich bin Quäkerin, Schwester.«

»Zeit für die Andacht, Schwester!«

Bei Kerzenlicht und Weihrauch und Orgelmusik gehen Pastor Bailey, der korpulente, und Pastor Reynold, der hungrige mit der roten Nase, in ihren Talaren zwischen den Reihen hübscher Krankenschwestern hin und her und auf und ab. Alle tragen frische, saubere Hauben und Schürzen. Alle haben andächtig den Kopf geneigt und wiederholen *Ich glaube*. Man nennt es das Glaubensbekenntnis. Ich habe es noch nie gehört. An der Tür habe ich ein ungewohntes kleines Buch bekommen. Es sieht hübsch aus; es ist in Leder gebunden, und die Seiten sind goldumrandet. Ich würde es gerne behalten. Vor mir liegt ein kleines festes Kissen zum Niederknien. Wir knien nieder und setzen uns wieder und stehen auf und setzen uns. Wenn wir uns alle auf einmal bewegen, entsteht ein Rascheln, das an fallende Herbstblätter erinnert. Alle murmeln in monotonem Singsang das Glaubensbekenntnis. Ich weiß nicht genau, woran ich glaube, und nur wenn ich in dem kleinen Buch nachlese (sofern ich die richtige Seite finde), kann ich den Text mitsprechen. In der Schule haben wir still gebetet, in unseren Herzen, mit unseren eigenen Worten. Ich erkenne zwei Schwestern, zwei, mit denen ich zusammengearbeitet habe; sie sind sehr fromm.

Auf ihren Frisiertischen stehen Fotografien in silbernen Rahmen, und ihre Gespräche, in wohlerzogenem Tonfall, plätschern Tag für Tag durch den Friedensflur.

»O, Mandy, meine Liebe, hast du etwas von Derek gehört?«

»Ja, meine Liebe, heute morgen kam ein ganz reizender Brief.«

»Wie wundervoll, Liebes! Ich schwärme für seine großen Ohren.«

»Barrington, Liebes, hast *du* denn von Rojji Rogère gehört?«

»Mhm, ja Liebes, heute morgen. Er ist jetzt auf einem leichten Schützenpanzer.«

»Das ist ja große Klasse!«

Schwester Mandy hält jeden Morgen die weinenden Kinder, die kleinen Jungen, unter den eiskalten Wasserstrahl im Waschraum, um sie zu bestrafen, weil sie ins Bett gemacht haben. Sie weinen und weinen, sie sind ganz heiser vom Weinen. Jetzt sagt Schwester Mandy das *»Ich glaube«* auf, sie glaubt an eine ganze Reihe von Dingen, und ich muß mich anstrengen, die Augen offenzuhalten ...

»Was ist das *Acetabular fossa*?« Fergusons Frage – sie ist mit Fragen dran, nachdem sie richtig geantwortet hat – ist an mich gerichtet.

»Fett«, sage ich. Sie lachen, aber es ist richtig.

»Was und wo«, ich bin dran, Trent eine Frage zu stellen, »was und wo ist das *Ligamentum teres*?«

Es ist unmöglich, einen Vergleich anzustellen, dieses Zimmer, das Dr. Metcalf gehört, mit einem der Zimmer meiner Mutter zu vergleichen. Meine Mutter hat im Erdgeschoß das hintere Zimmer und das vordere Zimmer und die Küche. Wieviele Zimmer es in diesem Haus, das Dr. Metcalf gehört, gibt, weiß ich beim besten Willen nicht; einen Teil des Hauses kenne ich gar nicht. Dennoch stelle ich Vergleiche an. Bei Dr. Metcalf liegen Teppiche; zu Hause haben wir Linoleum und einen kleinen Läufer, in Schwarz, falls die Kohlen Funken spucken. Wir haben ein paar Bücher zu Hause, hier sind die Wände mit Bücherregalen vollgestellt. Dieses Zimmer ist Dr. Metcalfs Arbeitszimmer. Es ist nicht sehr hell. Es gibt eine Leselampe mit Schirm. Zu Hause hängt in der Mitte des Zimmers eine Glühbirne von der Decke. Mein Vater mag helles Licht.

»Lies nicht bei schlechtem Licht«, das sagt er ständig, »du wirst dir deine hübschen Augen verderben. Paß auf, daß du dir nicht deine hübschen Augen verdirbst.«

Dieses Haus ist viel größer, viel vornehmer, es hat viel mehr Zimmer als unseres. Vielleicht hätte ich nach Hause fahren sollen, anstatt hierher zu kommen. Seit der Party ist eine ganze Woche vergangen. Dr. Metcalf mußte an dem Abend unerwartet weg, denn er wurde im Krankenhaus gebraucht. Ich wollte mich ebenfalls verabschieden und mit ihm fahren, aber Magda wollte nichts davon hören.

»Aber Kindchen, bleib doch noch!« rief sie quer durch das Zimmer. »Du darfst einfach noch nicht gehen. Ich setze dich später in ein Taxi.« Und dann bat sie mich, an meinem nächsten freien Abend wieder zu kommen, denn sie würde eine Weile wegfahren, »und Jonty braucht unbedingt ein bißchen nette Gesellschaft«, sagte sie. »Er will dir eine Platte vorspielen, die *Jagd* heißt«, sagte sie. Ich sagte ihr, daß mir das gut gefallen würde, und alle Gäste fanden das sehr komisch.

»Oh, ist sie nicht goldig«, rief Magda. »Komm her, meine Süße!« Sie erklärte, sie würde mich am liebsten die ganze Zeit umarmen und küssen.

Heute abend, auf dem Weg zu den Metcalfs, hoffe ich, daß Dr. Metcalf selber an die Tür kommen wird. Ich mag Mrs. Privett, die Haushälterin, nicht. Ich glaube, ich habe Angst vor ihr. Magda nennt sie Mrs. P. Eigentlich ist es eher so, daß Mrs. P mich nicht mag. Magda unterstützt Mrs. Ps Mißbilligung von allem und jedem, denn sie meint, wenn Mrs. P Haßgefühle hat, dann arbeitet sie besonders hart und bringt alles auf Hochglanz und schrubbt die Bratpfannen. Ob mir nicht aufgefallen ist, wie blank sie sind?

Mrs. P ist schließlich doch diejenige, die mich hereinläßt, und sie öffnet die Tür nur ein Stückchen, so daß ich mich seitwärts hindurchschieben muß.

»Dr. Metcalf erwartet mich«, sage ich. Meine Stimme klingt albern und zittrig, weil ich so nervös bin. Ich muß ziemlich lange auf ihn warten, und ich mache mir Sorgen darüber, ob ihm mein Besuch überhaupt recht ist, oder ob er womöglich vergessen hat, daß ich ihn besuchen wollte. Ich probiere auszurechnen, wieviele Pfund, Shillinge und Pence die Vorhänge und Sesselbezüge wohl gekostet haben mögen. Ich betrachte die Wände von oben bis unten, und die Bücher und die Möbel, während ich addiere und substrahiere.

Schließlich kommt Dr. Metcalf. Er ist sehr nett und hilft mir freundlich aus dem Mantel. Er zieht das Grammophon auf und legt die Platte auf den Teller. Aber irgendetwas ist nicht in Ordnung. Die Musik ist kaum zu hören. Ich habe das Gefühl, ich sollte sagen, daß es schön klingt, aber wir wissen beide, daß irgendetwas nicht in Ordnung ist. Er stellt das Grammophon ab und nimmt die Platte herunter. Er erklärt, es ist ein Streichquartett von Mozart und heißt *Jagd*. Er entschuldigt sich dafür, daß es ein Reinfall war, und ich sage, das macht doch nichts. Dann entsteht eine Pause, und ich habe das Gefühl, etwas sagen zu müssen.

Ich gehe in die Knie und lasse den Blick über die Bücherregale schweifen, in der Hoffnung, einen Titel wiederzuerkennen und irgendeine intelligente Bemerkung machen zu können, aber die Bücher sind mir alle fremd. Ich lese ein paar Titel laut vor. Dr. Metcalf wirkt belustigt.

»Welches würden Sie gerne lesen?« fragt er nach einem kurzen Schweigen. Ich sage ihm, ich fürchte, ich weiß es nicht. Er beugt sich herunter und nimmt ein Buch in die Hand.

»Versuchen Sie es mit diesem hier«, sagt er und kniet sich neben mich.

Mein unförmiger Rock schlingt sich um meine Beine, während ich unbeholfen aufstehe. Das Buch heißt *»Die Fahrt hinaus«* und ist von jemandem namens Virginia Woolf.

»Oh, eine Schriftstellerin«, sage ich und schäme mich, etwas so Dummes gesagt zu haben. »Danke«, sage ich. Er gibt mir das Buch. Seine Hand, die mich berührt, fühlt sich angenehm an. Ich sage ihm, ich fürchte, es könnte zu schwierig für mich sein.

»Versuchen Sie es«, sagt er und steht auf. Er sagt, Mrs. P wird wahrscheinlich ausgehen, aber sie hat uns etwas zum Abendessen vorbereitet, und wenn ich möchte, können wir in seinem Arbeitszimmer am Kamin essen. Ob ich das möchte, fragt er.

»Ja«, sage ich, froh darüber, daß Mrs. P ausgeht, »das wäre schön.«

Ein Patient hat Dr. Metcalf einige Stangen Rhabarber geschenkt. Er zeigt sie mir in der Küche, und ich biete ihm an, sie für ihn zu kochen. Er sitzt auf der Tischkante, während ich den Rhabarber wasche und kleinschneide. Ich versuche, es gut zu machen, und nicht zu viel abzuziehen. Er braucht viel Zucker, erkläre ich Dr. Metcalf. Ich genieße meine Autorität auf diesem Gebiet. Aber dann stellen wir fest, daß kein Zucker da ist. Mrs. P muß den ganzen Zucker für ihren Tee verbraucht haben, sagt er, und ich wünschte, ich hätte meine Ration mitgebracht, aber ich wußte ja nichts von dem Rhabarber.

Die Küche ist wie verwandelt, so drückt es Dr. Metcalf aus,

durch den Duft des gedünsteten Rhabarbers. Er wird ihn, sagt er, zum Frühstück essen. Er trägt unser Abendessen hinüber ins Arbeitszimmer.

Wir essen nicht viel. Es verunsichert mich, ihm mit einem Tablett zwischen uns gegenüberzusitzen. Ich achte kaum darauf, was es zu essen gibt. Irgendeinen Salat mit Birnen. Ich habe das Gefühl, dumme Bemerkungen über seine Bücher gemacht zu haben. Weil er schweigt, rede ich und habe die ganze Zeit das Gefühl, zuviel zu reden.

»Es müssen ungefähr zehn Kilometer sein, ich fahre immer mit dem Fahrrad hin. Ich mag die Strecke, sie führt über Land. Auf beiden Seiten der Straße stehen Weißdorn und Hagebutten. Die wilden Rosen sind sehr hübsch, wenn sie blühen. Ihr Haus steht mitten auf einer Wiese. Hühner, sie hat Hühner.« Ich erzähle Dr. Metcalf von Gertrude. »Ich könnte«, sage ich zu ihm, »ein paar Eier für Magda mitbringen. Vielleicht nächstesmal«, sage ich. »Ich fahre immer an meinen freien Tagen hin, und wenn ich nicht hinfahre, fährt meine Mutter mit dem Bus hin.«

Vermutlich ist Dr. Metcalf immer schweigsam; seine Schweigsamkeit fällt nur nicht so sehr auf, wenn Magda und die anderen da sind. In einem Augenblick des Schweigens hören wir, wie Mrs. P zurückkommt. Dr. Metcalf sagt, sie ist früher zurück als normalerweise. Nach einem weiteren Augenblick des Schweigens sage ich, ich glaube, es wird Zeit für mich, ins Krankenhaus zurückzufahren. Nachdem ich das gesagt habe, sagt Dr. Metcalf, er wird mich begleiten. Und ich sage, oh nein, das würde ich nicht im Traum erwarten. Er sagt, ein Spaziergang wäre nicht schlecht. Er hat Lust auf einen Spaziergang. Sollen wir zu Fuß zum Krankenhaus gehen? Oder möchte ich lieber den Bus nehmen?

»Oh, ein Spaziergang wäre schön«, sage ich.

Draußen vor der Tür herrscht zu unserer Überraschung dichter Nebel. Man kann kaum einen Schritt weit sehen. Es ist, als sei direkt vor uns eine kalte, feuchte Wand. Langsam gehen wir den Bürgersteig entlang. Ich taste mit beiden Händen nach der Mauer.

Wir können der Mauer folgen, sage ich, aber Dr. Metcalf erinnert mich daran, daß die Mauer an der nächsten Ecke aufhört. Wir erreichen das Ende der Mauer. Ich fühle mich vollständig eingehüllt. Mein Schal, mein Mantel und meine Handschuhe sind naß. Ich versuche, umzukehren. Ich taste nach der Mauer, kann sie aber nicht finden. Mir stockt der Atem. Ich stolpere die unsichtbare Bordsteinkante hinunter. Es herrscht eine so furchtbare Stille, daß man glauben könnte, die Welt habe aufgehört zu existieren. Ich habe Angst und rufe nach Dr. Metcalf. Ich stelle fest, daß er dicht neben mir ist. Er legt den Arm um mich und sagt, es hat keinen Zweck, wir müssen den Weg zum Haus zurück finden, und es wird das beste sein, wenn ich dort übernachte und erst am nächsten Morgen ins Krankenhaus gehe.

Mrs. Privett ist schon zu Bett gegangen, aber Dr. Metcalf klopft an ihre Tür und fragt, ob ich in ihrem Wohnzimmer schlafen kann. Er erzählt ihr von dem Nebel und sagt, daß wir unsere nassen Sachen in der Küche gelassen haben. Er bringt die Matratze von einem der Gästebetten aus dem ersten Stock herunter und legt sie in ihrem Wohnzimmer auf den Fußboden. Mrs. P, die mit Morgenrock und Lockenwicklern noch mißmutiger aussieht als sonst, gibt mir zwei Bettlaken. Dr. Metcalf bringt einen Armvoll Decken herunter. Er wünscht Mrs. P und mir äußerst förmlich eine gute Nacht. Ich kann es kaum ertragen. Am liebsten würde ich die Laken fallen lassen, den Flur hinunter in die Diele rennen und ihm die große Treppe hinauf folgen. Ich möchte oben in seinem Teil des Hauses sein, auch wenn er dort alleine ist. Ich will kein ungebetener Gast in Mrs. Privetts Wohnzimmer sein.

»Könnte ich bitte ein Glas Wasser haben?« frage ich Mrs. P. Sie bringt mir ein halbes Glas und streckt es mir um die Tür herum entgegen, bevor sie die Tür zumacht. Ich bereite mir eine Art Bett auf dem Fußboden.

Mrs. Privetts Wohnzimmer ist mit allen möglichen Sachen vollgestellt. Zwischen den Sesseln und dem Tisch und dem Büffet ist gerade genug Platz für die Matratze. Auf dem Tisch liegt eine dunkelrote Plüschdecke mit einer breiten Fransenkante. Auf dem Kaminsims stehen ein Schäfer und eine Schäferin aus Porzellan und zwei ausgestopfte Vögel in Glaskästen. Darüber hängt ein Spiegel und eine ganze Reihe elfenbeingerahmter Fotografien. Von einem Meßkännchen auf dem Büffet starrt mich ein bedrohlich aussehendes Gesicht an. Ich betrachte das Zimmer eingehend, um mein Unbehagen und den Wunsch, bei Dr. Metcalf zu sein, zu überwinden. Draußen im Nebel war er mir ganz nah. Unsere Körper waren dicht beieinander, und er hatte den Arm um mich gelegt und führte mich. Ich versuche, wieder seinen Arm um mich zu spüren. Will Dr. Metcalf plötzlich nichts mehr von mir wissen? Ich frage mich, ob er schon im Bett liegt, oder ob er noch einmal herunterkommen wird. Ich öffne die Tür einen Spalt, aber alles ist dunkel und still. In einem der hübschen Zimmer im oberen Stock wäre ich in seiner Nähe. Die Zeit vergeht langsam. Ich friere. Ich würde das Licht am liebsten anlassen. Oh, bitte komm noch einmal herunter.

Ich habe das Gefühl, keine Luft zu bekommen, wenn das Licht aus ist. Ich bin zu nah am Fußboden. Mrs. Ps mürrisches Gesicht scheint bedrohlich im Raum zu schweben, wenn das Licht aus ist. Mühsam rappele ich mich auf und knipse das Licht wieder an. Ich überprüfe den Verdunklungsvorhang und stoße hinter dem Vorhang etwas um. Vielleicht eine Topfpflanze. Ich traue mich nicht, den Vorhang beiseite zu schieben, um nachzusehen. Als ich wieder in den Schlauch aus Bettzeug kriechen will, stoße ich das Wasser um, und es macht einen nassen Fleck auf dem Teppich und sickert in den Rand der Matratze. Es wird immer kälter im Zimmer.

Ich schlafe nicht ein, und obwohl ich fast alle meine Kleider anbehalten habe, ist mir kalt. Mein ganzer Körper ist kalt. Ich wünsche, ich wäre zu Hause, und nicht hier. Wäre ich doch nach Hause gefahren. Und noch etwas: ich weiß nicht, wo Mrs. Ps Badezimmer ist. Ich sehne mich nach meiner Mutter. Dieses Gefühl ist so ungewöhnlich, daß ich aus Verzweiflung ein bißchen weine. Es ist erst Viertel vor zwei. Noch viele Stunden bis zum Morgen. Meine Mutter würde die Metcalfs nicht mögen. Ich wünschte, mir wäre warm. Dr. Metcalf mag mich offenbar nicht besonders gerne.

Die Gegend, in der ich aufgewachsen bin, ist eine Gegend mit kleinen gewöhnlichen Reihenhäusern in kleinen gewöhnlichen Straßen. Überall sind Grubenaufschüttungen, manche noch schwarz von der frischen Schlacke aus den Minen, andere mit struppigen Grasbüscheln und dem gelben Unkraut, das man Huflattich nennt, bedeckt. Dazwischen liegen kleine Fetzen Weideland, auf denen halb verfallene Scheunen und Bauernkaten stehen. Hin und wieder sieht man ein paar Kühe und Hühner. Die Fabrik, in der Knochenleim hergestellt wird, ist nicht weit weg, und am Ende der Straße, in der wir früher gewohnt haben, stehen die Backstein-Trockenöfen.

Eines Abends, als ich mit meiner Mutter nach Hause gehe, hören wir vor uns in der Dunkelheit jemanden weinen. Die schmale Straße wird von dunklen Schlackenbergen gesäumt, und in der Luft liegt, wie um den ewigen Geruch nach Knochenleim abzumildern, der frische Duft der Holunderbüsche, die am Straßenrand stehen.

»Wer ist da?« ruft meine Mutter mit ihrer sanften Stimme. Aber niemand antwortet. »Wer weint da?« ruft meine Mutter wieder. Ihre Stimme klingt durch die Nacht wie Flötenmusik. »Wer bist du? Warum weinst du? Hab keine Angst. Sag mir, was passiert ist.« Meine Mutter, die mich an der Hand hält, steht mitten auf der Straße. Nach einer Weile tritt ein Mädchen aus dem dunklen Schatten des Holundergebüschs hervor. Sie weint immer noch. Sie erzählt meiner Mutter, daß sie Sylvia Bradley heißt und ihr Vater sie ohne einen Shilling vor die Tür gesetzt hat. Wir gehen zusammen langsam weiter, während das Mädchen mit meiner Mutter spricht. Den Duft der abgebrochenen, zerzausten Holunderbüsche lassen wir hinter uns, und der Geruch nach Knochenleim wird deutlicher. Spuckend und donnernd öffnet sich der Hochofen am anderen Ende der Stadt, und der Himmel wird von dem wohlbekannten roten Glühen erfüllt. Wir hören, wie die Räder über dem Minenschacht sich drehen, während ein Förderkorb mit Männern heraufkommt, und ein anderer Förderkorb hinunterfährt. »Wo soll ich denn hin«, heult Sylvia Bradley, »ich weiß nicht, wo ich hingehen soll.«

Meine Mutter läßt uns nicht mit den Bradley-Mädchen spielen. Es sind sieben Schwestern, und sie tragen keine Schlüpfer. Emily Bradley, die Zweitälteste, kennt einen Laden, wo die Frau Rum-Butter-Karamellen macht. Wenn man sie ißt, wird man betrunken, erzählt sie uns.

Ich muß eingeschlafen sein, oder beinahe eingeschlafen. Sylvia Bradley. Sie war das Mädchen, das an jenem Abend so sehr geweint hat. Den ganzen Weg versuchte meine Mutter, sie zu trösten und sie zu überreden, wieder nach Hause zu gehen. »Wenn dein Baby erst geboren ist«, sagte sie zu Sylvia Bradley, »werden deine Mutter und dein Vater dein Baby ganz bestimmt liebhaben. Du wirst sehen, sie werden dich nicht hinauswerfen. Geh wieder zu ihnen nach Hause.«

Ich wünsche, ich hätte meine Haarbürste dabei. Mühsam stehe ich auf. Es ist im Zimmer jetzt noch kälter als vorher. Ein Luftzug weht über den Boden. Mein Rücken schmerzt. Ich muß auf die Toilette. Ich habe keine Ahnung, wo in Mrs. Ps Teil des Hauses das Badezimmer ist. So leise wie möglich mache ich mich auf den Weg. Ich taste mich durch den Flur zu der Tür, die in die geräumige Diele führt. Vor dem halbkreisförmigen Oberlicht über der Haustür ist kein Verdunklungsvorhang angebracht, und ein schwacher Lichtschein fällt herein. Vielleicht erzeugt der Nebel das geheimnisvolle trübe Licht. Es muß bald Morgen sein. Ich ertaste den Weg zur Treppe und gehe so leise ich kann hinauf. Dort, wo die Treppe um die Ecke führt, ist ein Absatz. Von diesem Treppenabsatz führt eine reich verzierte Buntglastür zur Toilette. Magda hat mir einmal erklärt, daß die Toilette sich an dieser Stelle befindet, weil sie nachträglich eingebaut wurde.

Ich gehe, nachdem ich wieder herausgekommen bin, nicht nach unten, sondern weiter nach oben, den mit dicken Teppichen ausgelegten Flur entlang. Der Duft von Magdas Parfüm hängt im Flur. Es ist dunkel, und alle Türen sind geschlossen. Durch die geschlossene Tür von Dr. Metcalfs Zimmer dringt kein Laut. Ich gehe wieder zum oberen Treppenabsatz und mache mich auf den Weg zurück in das Wohnzimmer von Mrs. Privett. Dort ist es stickig und noch kälter als zuvor. Ich nehme an, Mrs. P benutzt das Zimmer kaum, und ich bin sicher, sie macht dort nie Feuer. Ich krieche wieder zwischen die kalten, klammen Bettlaken. Der Nebel scheint durch die Wände hereinzusickern. Es ist noch nicht mal drei Uhr. Mein Haar muß gebürstet werden. Ich wünschte, ich hätte meine Haarbürste dabei. Ich bürste sonst immer mein Haar, bevor ich zu Bett gehe. Ich habe mir auch nicht die Zähne putzen können. Es ist scheußlich, angezogen schlafen zu müssen. Ich bin müde, und die Gedanken an alles, was ich morgen tun muß, stürmen auf mich ein. Ich werde den Tag nicht durchstehen. Weil mein Verlangen nach meiner Haarbürste und meiner Mutter so kindisch ist, muß ich erneut ein bißchen weinen.

Ich habe Angst einzuschlafen. Ich fürchte mich davor, zu schlafen, wenn Mrs. Privett morgen früh hereinkommt. Ich will nicht, daß sie in ihr Wohnzimmer kommt und mich schlafend vorfindet.

Von allen Mädchen aus dem Internat, abgesehen von Ferguson natürlich, erinnere ich mich am besten an Beule. Nicht, daß ich ständig an meine Schulzeit denke, aber wenn ich es tue, dann erinnere ich mich unweigerlich an Beule.

Ich habe Beule nur ein einziges Mal etwas Gutes getan, und zwar bei meinem Besuch im Krankenhaus in Oxford, nach ihrer Blinddarmoperation. Ich bin dort hingebracht worden, weil mein Ohr untersucht und versorgt und verbunden werden muß. Beule liegt zurückgelehnt in den Kissen. Neben ihr steht die Waschschüssel, denn sie sollte sich das Gesicht waschen. Es ist keine Besuchszeit, aber ich darf zu ihr, weil ich in der Ambulanz behandelt worden bin. Beule ist das einzige Schulmädchen auf der Frauenstation. Ihre Puppe und ihre Puppenkleidung liegen auf dem Schränkchen neben ihrem Bett. Die anderen Patientinnen scheinen Beule zu mögen. Sogar die Schwestern scheinen sie zu mögen, und sie scherzen sogar mit ihr. Sie nennen sie alle Muriel. Niemand außer mir kennt den Namen Beule. Auch sie selber kennt ihn nicht.

Die Station ist lang und schmal. Das Bettzeug liegt auf den Stühlen, und die Patientinnen waschen sich über Schüsseln, die genauso aussehen wie die von Beule. Sie sieht verändert aus. Ihr Gesicht wirkt rein und bleich, wie Wachs, und sie scheint keine Pickel mehr zu haben. Sie sieht müde aus, und ohne ihre Brille wirkt sie kindlicher. Ihr Gesicht, das ist mir vorher nie aufgefallen, ihr Gesicht ist rund. Ihr Haar ist aus dem Gesicht gebürstet, und dadurch sieht sie ganz anders aus. Sie wirkt fast hübsch.

»Bist du damit fertig?« Ich zeige auf die Schüssel, und sie sagt ja, würde ich sie bitte zu den anderen auf den hohen metallenen Rollwagen stellen. Als ich die Schüssel hochhebe, spritzt das Wasser in alle Richtungen. Ich habe sie zu heftig angehoben. Nach ihrem Aussehen hielt ich die Schüssel für schwer, aber sie ist leicht, viel leichter als ich angenommen hatte. Ich habe die Schüssel mit zu viel Kraft hochgehoben, sagt eine Schwester im Vorbeigehen. Ich bin verwirrt und schäme mich, und die Schwester sagt, ihr ist es vor Jahren ebenso ergangen, denn sie wußte auch nicht, daß die Schüsseln so leicht sind.

»Ich habe dir etwas zum Lesen mitgebracht«, sage ich zu Beule und lege *Treacle geht ihren Weg* auf das Bett. »Hier«, sage ich, »ich dachte, du würdest es vielleicht gerne lesen.«

»Oh Klasse! Und ob! Wie ist es?« Beule richtet sich ein Stückchen auf. Erwartungsvoll und kurzsichtig schaut sie das Buch an.

»Ich habe es noch nicht ganz gelesen.«

»Ach so. Dann lies es doch erst zu Ende. Schließlich haben Mummy und Chris es dir geschenkt. Als sie uns damals im Internat besuchten, haben sie es für dich mitgebracht.«

»Ja, ich weiß, aber es sind doch deine Eltern. Und du liegst im Krankenhaus. Ich lese das Buch zu Ende, wenn du damit durch bist. Es sind doch deine Eltern – es war ausgesprochen nett von ihnen, mir ein Geschenk mitzubringen. Schließlich sind es deine Eltern.«

»Nur halb. Chris ist Mummys Freund, das weißt du doch.«

»Ja, ich weiß. Aber lies es ruhig als erste. Na komm schon.« Ich schiebe das Buch über Treacles Abenteuer im Internat über die Bettdecke, obwohl ich darauf brenne, es zu lesen.

Ich sehe, daß Beule sich freut. Sie nimmt das Buch in die Hand und lächelt.

Es ist das erste und einzige Mal, daß ich Beule etwas Gutes getan habe …

Ich zittere. Ich falte die Decken und Laken zusammen. Ich trete durch die Vordertür aus dem Haus der Metcalfs nach draußen. Es ist noch nicht hell, aber der Nebel hat sich gehoben. Ich mache mich auf den Weg zum Krankenhaus. Es ist immer noch dunkel, während ich den Hügel zum Personaleingang hinaufsteige. Der Nachtpförtner wird dort irgendwo sein. Er hat den Schlüssel zu einer bestimmten Tür im Keller. Von da unten führt ein Gang in den Teil des Krankenhauses, wo die Zimmer der Schwestern liegen.

Der Nachtpförtner glaubt mir die Geschichte mit dem Nebel. Er sagt, ich brauche mich nicht ins Buch einzutragen. Er sagt, der Nebel ist der beste Schutz gegen Luftangriffe, den es gibt.

»Heute sind keine Bomben gefallen«, sagt er. Seine Frau ist nachts immer unruhig, wegen der Luftangriffe, aber heute wird sie bestimmt gut geschlafen haben. Ich habe nie darüber nachgedacht, daß die Nachtpförtner, oder auch die anderen Pförtner, Frauen und vielleicht Kinder zu Hause haben. Ich schäme mich plötzlich, denn während ich nach ihm suchte, dachte ich nur daran, daß ich keine Haarnadeln, keine Haarnetze und keinen einzigen Schürzenknopf mehr habe. Ich überlegte, daß Lois, und auch einige von den anderen, allen voran Ferguson, sich aus meinen Reserven bedient haben mußten. Die Verknappungen, wie man das nennt, scheinen wichtiger zu sein als der Kriegsverlauf. Selbst dieser Ausdruck, der Kriegsverlauf, den die Leute andauernd gebrauchen, scheint keine Bedeutung mehr zu haben. Während ich dicht hinter dem Nachtpförtner herlaufe, schäme ich mich für meine engstirnigen, selbstsüchtigen Überlegungen. Seine Frau ist wahrscheinlich jede Nacht allein und ängstigt sich zu Tode. Und ich habe wegen meiner Haarbürste geheult und mir dann Gedanken über eine Haarnadel gemacht.

Wir fahren mit dem Aufzug nach unten ins Kellergeschoß. Als wir an den Glastüren der Strahlentherapie-Station vorbeikommen, erblicke ich Schwester Ramsden. Sie sitzt im Stationszimmer, neben einer kleinen abgedunkelten Lampe. Sie beugt sich über den Schreibtisch und schreibt etwas, vermutlich einen Teil des Nachtberichts. Sie muß erst kürzlich hierher versetzt worden sein. Ich wünschte, sie würde hochschauen, mich sehen und mir zulächeln. Ich muß mich beeilen, um mit dem Pförtner Schritt zu halten.

»Ramsden«, könnte ich sagen, wenn ich jetzt mit ihr sprechen könnte. »Ramsden, kennen Sie die *Jagd*?« Und beim Gedanken an die Musik würde ein Leuchten in Ramsdens Augen treten, und sie würde sagen: »Ah, ja! Mozart, das Streichquartett, *Jagd*. KV 458 in B-dur.«

Da es ein Quartett ist, wäre es, wenn alle vier Instrumente zusammen einsetzen, zu schwierig für sie, die ersten Takte zu singen. Nach dem zu urteilen, was ich hören konnte, als Dr. Metcalf die Platte ausprobiert hat, halte ich es für unmöglich, daß die menschliche Stimme alleine diese Töne hervorbringen kann. Wenn ich jetzt mit Ramsden sprechen könnte, würde sie mir genau das erklären, da bin ich ganz sicher. Ich würde jetzt gerne mit Ramsden darüber sprechen, wie die Musiker bei einem Quartett einander zuspielen, wie sie sich vorbeugen, als wollten sie bestimmte Abschnitte der Musik betonen, und wie sie dann pausieren, sich zurücklehnen und den anderen Instrumenten gestatten, sich abzuwechseln, zu treffen und zu vereinigen, die Musik anschwellen und in Kaskaden herabstürzen zu lassen. Ich würde mich freuen, wenn sie mir zustimmte und sagte, daß sie ebenfalls den ernsten Gesichtsausdruck der Musiker beim Spielen kennt, und daß sie ebenfalls bemerkt hat, wie sie ihre Handgelenke hängen lassen, so daß ihre verletzlichen weißen Handrücken zu sehen sind.

Der Pförtner hat den Schlüssel in die Tür gesteckt und wartet auf mich.

»Du kennst doch Roberts«, sagt Lois beim Frühstück.

»Roberts? Roberts?« sage ich und stelle meinen Teller mit Bratkartoffeln auf den Tisch. Ich habe Hunger.

»Ja, Roberts. Roberts – Schwester Roberts.« Lois steckt sich eine Zigarette an. Sie ißt nie etwas zum Frühstück. Ich schiebe ihre Teetasse näher an ihren Ellbogen heran. »Also, weißt du was!« sagt Lois. »Roberts. Sie muß sich andauernd übergeben. Behält rein gar nichts bei sich. Ausgerechnet in der Diätküche. Stell dir mal vor! Es liegt an dem Trockenei. Schon beim Anblick der Schachtel muß sie sich übergeben. Und sie ist schon zweimal bei der Anwesenheitskontrolle ohnmächtig geworden.« Nach einem tiefen Atemzug stößt Lois eine Qualmwolke aus. Sie schnippt ihre Zigarette aus, indem sie sie schnell mit Daumen und Zeigefinger zusammendrückt, denn Schwester Bean marschiert, die Listen an ihre steife weiße Schürze gepreßt, durch den Raum.

»Abbott Abrahams Ackerman Allwood ...« Aus verschiedenen Teilen des großen Raumes antworten Schwestern auf das kurze Bellen ihres Namens. Einige erheben sich halb von ihren Plätzen am Tisch. »Arrington und Attwood ...«

»Schwester Arrington!«

»Ja, Oberschwester.«

»Neun Uhr, Büro der Oberin.«

»Jawohl, Oberschwester.«

»Schwestern Baker Barrington Beam Beamish Beckett ...«

»Wie dem auch sei«, sagt Lois und schaut mich an, »lange nicht gesehen, wo warst du eigentlich letzte Nacht?«

»Schwestern Birch Bowman D. Bowman E. Broadhurst Brown Burchall ...«

BEI GERTRUDE

Beim Anblick der Krankenpflegerin, die auf der anderen Straßenseite über die hellerleuchtete Veranda eines Hauses geht, sehe ich unwillkürlich vor mir, wie damals die Gemeindeschwester in ihrer marineblauen Tracht vom Fahrrad stieg. Sie bahnte sich langsam einen Weg durch das hohe Gras und Unkraut hinauf zu einem kleinen Haus mitten auf einer Wiese, wo etliche Hühner offenbar unbeaufsichtigt herumliefen.

An dem Tag beobachtete ich die Schwester von einer Stelle weiter oben auf dem Hügel. Erschöpft gegen mein Fahrrad gelehnt, rief ich mir ins Gedächtnis, daß andere Frauen, zum Beispiel Madame Curie, bis kurz vor der Niederkunft unbesorgt Fahrrad gefahren waren. Während sich die Krankenschwester langsam dem Haus näherte, dachte ich an die Kranke, die dort lag. Ich könnte hinuntergehen und erklären, daß ich alles tun könnte, was getan werden mußte. »Ich kann hierbleiben. Sagen Sie mir, was ich tun soll. Ich werde alles tun, was nötig ist.« Das wäre ganz leicht für mich.

Die Krankenschwester ging nicht sofort wieder. Nach kurzer Zeit sah ich Rauch aus dem Schornstein aufsteigen; sie machte bestimmt Feuer, weil sie heißes Wasser brauchte. Mir fällt ein, daß ich mich damals fragte, ob die Krankenschwester daran denken würde, die Hühner über Nacht in den Stall zu sperren. Während ich auf das Haus hinunterblickte, dachte ich an die Füchse.

◆

Mir fällt auf einmal alles Mögliche wieder ein. Nur eine unbedeutende Kleinigkeit, der Anblick einer unbekannten Krankenpflegerin, die auf der anderen Straßenseite zu einem unbekannten Patienten geht, reicht aus, um Erinnerungen lebendig werden zu lassen, die auf geheimnisvolle Weise im Gedächtnis gespeichert sind und so frisch und vollständig erscheinen, als stammten sie aus der unmittelbaren Vergangenheit, als seien sie höchstens ein oder zwei Tage alt ... so zum Beispiel die Erinnerungen an das Vergleichspiel, das ich im Internat und auch später immer wieder gespielt habe. Still und aufmerksam beobachtete ich meine Kameradinnen, achtete auf ihre Frisuren, ihren Teint, ihre Fingernägel, ihre Trachten – besonders auf den Zustand der gestärkten Hauben und Kragen –, und die ganze Zeit über ordnete ich mich nach einem Maßstab, den ich für annehmbar hielt, über oder unter ihnen ein. Wenn ich in der Schlange vor der Poststelle stand, bemerkte ich die dicken Bäuche und unförmigen Taillen einiger der Schwestern und wie sich die Schürzen über den Rundungen spannten. Der Stoff meiner eigenen Schürze fiel, zu der Zeit, glatt und gerade herab, und die Erinnerung an die plötzliche Erkenntnis, daß dies nicht immer so bleiben würde, die mich eines Morgens traf, ist in diesem Augenblick so intensiv, daß ich die unvertraute Übelkeit deutlich empfinde, die mit diesem Gedanken einherging.

In schneller Abfolge tauchen weitere Erinnerungen auf: der Hochzeitsring, der Sixpence kostete, die Art, wie ich erfuhr, was mit Dr. Metcalf geschehen war, die Versuche, die ich unternahm, einen von mir geschriebenen Brief zurückzubekommen. An dem Tag sah ich in der Dunkelheit Schwester Roberts klein und füllig in ihrem Wintermantel allein mit ihrem Koffer an der Bushaltestelle stehen. Und dann wurde viel über die Gründe geflüstert, warum sie weggelaufen war. Es gab immer viel Geflüster.

An dem Abend, als ich die Gemeindeschwester dabei beobachtete, wie sie ihr Fahrrad den steilen Hügel hochschob, schwand das Tageslicht rasch, und bald danach wich die Dämmerung der Nacht. Über die Wiese hinweg sah ich das erleuchtete Fenster des kleinen Wohnzimmers, und ich wünschte die vielen Stunden zurück, in denen ich in dem Zimmer neben dem Ofen gesessen hatte. Ich dachte voller Sehnsucht an die Zeit, die ich dort verbracht hatte, und daran, daß ich schon lange nicht mehr dort gewesen war. Ich stand stundenlang unentschlossen in der feuchten Kälte. Ich ging an dem Abend nicht zu dem Haus hinunter, und wegen dem, was in meinem Leben passierte, kam ich nie dorthin zurück.

Eines Abends, während ich auf den Fahrstuhl warte, fährt er ohne anzuhalten an mir vorbei nach oben, und ich erkenne Schwester Ramsden durch das kleine Glasfenster in der Fahrstuhltür. In Wirklichkeit sehe ich nur ihre blankgeputzten Schuhe, aber ich weiß, daß sie es ist. Ihre Schuhe sind von besserer Qualität als die der anderen Schwestern, und sie hat ganz schmale Füße, mit schmalen Fersen, und die Schuhe passen ihr wie angegossen, als wären sie nach Maß gearbeitet.

Niemals höre ich, daß jemand Krankenschwester Ramsden »Penicillin-Peggy« nennt, obwohl sie oft für die Spritzen und Kanülen zuständig ist, sie reinigt und sterilisiert und alle drei Stunden die Injektionen verabreicht. Alle Ärzte, und selbst einige der Patienten, nennen Ramsden Miss Ramsden. Weil sie Fremdsprachen beherrscht, wird sie oft hinzugezogen, um für Gefangene oder auch für polnische Offiziere, die manchmal Deutsch können, zu übersetzen. Heute vormittag sehe ich während der chirurgischen Visite, wie sie über den Scherz eines deutschen Kriegsgefangenen lacht. Er schaut sie mit bewunderndem Blick an und wiederholt sorgfältig ein paar Worte, und sie lacht von neuem in ihrer sanften zurückhaltenden Art und übersetzt die Worte für Mr. Bowen, den Chirurgen, und er lacht ebenfalls. Ramsden ist in Anwesenheit von Mr. Bowen überhaupt nicht nervös. Sie beugt sich hinunter, um den Verband und die Gaze zu entfernen, und der Gefangene schließt die Augen und klammert sich so fest an die Stange des Kopfteils seines Bettes, daß seine Knöchel hervortreten.

Ramsden liest Rilke im Original. Ich habe gehört, wie sie Gedichte von ihm vorlas. Vielleicht ist das der Grund, warum ich sie einlade.

»Ramsden«, sage ich, »meine Leute«, eigentlich ist es nicht meine Art, so zu reden, »meine Leute würden sich sehr über einen Besuch von Ihnen freuen, wissen Sie, wenn Sie wollen, kommen Sie doch einmal für ein paar Tage zu uns.«

Ramsden sagt, daß sie große Lust dazu hätte, und sie bedankt sich für die Einladung.

Meine Mutter würde bestimmt gerne jemanden zu Besuch haben, der Rilke in ihrer Muttersprache liest. Ich überlege andauernd, wie ich meiner Mutter eine Freude machen kann, und habe das Gefühl, mit Ramsden könnte mir das gelingen.

»Und jetzt alle im Chor: Entzündungen gehen den Weg des geringsten Widerstands«, sagt Trent. »Ein Ulcus ist ein Geschwür, das an jeder beliebigen Stelle des Verdauungstrakts auftreten kann – los, sprecht mir nach – ein Ulcus ist ...« Heute abend versuchen wir alle, den Prüfungsstoff zu wiederholen. Trent, die ihre Schwesterntracht aufgeknöpft hat, ist beim Blutkreislauf, Ferguson hat Varizen aufgeschlagen, und Lois will noch einmal durchgehen, welche Vorbereitungen für Brustwickel, Lumbalpunktionen und die Haarwäsche im Bett notwendig sind. Natürlich kann ich ihnen nicht erzählen, daß ich Schwester Ramsden einladen werde, nach dem Examen, wenn wir ein paar Tage Ferien haben, zu mir nach Hause zu kommen. Ich denke ununterbrochen mit einer Mischung aus Aufregung und Sorge an die Einladung. Wo, zum Beispiel, soll Ramsden im Haus meiner Mutter schlafen?

»Also Mädels, Kopf hoch, Brust raus.« Trent macht das Fenster auf. »Denk an die Verdunklung«, sagt jemand. Man kann nicht lernen, wenn Trent im Zimmer ist. Sie macht sich über alles lustig. Sie singt und tanzt und verkleidet sich mit Badetüchern. Sie tut so, als würde sie unsichtbaren Patienten ausführliche intime Behandlungen angedeihen lassen. Sie tut so, als habe sie furchtbare Fehler begangen und wirft sich vor einer unsichtbaren Oberschwester auf die Knie ...

Wir haben uns angewöhnt, jeden Morgen ein kaltes Bad zu nehmen. Trent nimmt auch eines, aber wir haben alle den Wasserdampf gesehen, der unter der Trennwand hervorquillt ...

Lois erzählt mir später, daß sie mit Trent auf derselben Station gearbeitet hat, und wenn sie, Lois, jemals krank würde, wäre es ihr am liebsten, wenn Trent sie pflegen würde. Das wird als die größte Anerkennung betrachtet, die eine Krankenschwester einer anderen zollen kann.

Wegen des Krieges sind einige Stationen stark überbelegt, damit auf anderen genügend Betten frei bleiben, die wir für die Aufnahme von Verwundeten herrichten können. Es ist unmöglich, sich ein Leben ohne Krieg vorzustellen.

»Natürlich konnten wir nich' ins Bett oder so gehen – die hatten Leitern, lange Dinger, die bis an unsre Fenster reichten, un' wir ham uns unterm Bett versteckt, ham keine Kerze angezündet, weil wir Angst hatten, die könnten das Licht un' unsre Schatten auf den Vorhängen sehen, un' überall aufm Kaminsims hatten wir diese großen Farbdosen voll mit rostigen Nägeln gestellt, um Lärm zu machen und damit zu werfen, wenn einer von denen hochgeklettert un' durchs Fenster reingesprungen wär.«

Ich bin bei Gertrude zu Hause. Gertrude erzählt mir von den Plünderungen, wie sie es nennt, als sie klein war. Sie lebte damals, erzählt sie mir, in einem Ort namens Netherton, oder irgendwo in der Nähe etwas außerhalb, wo die Kettenschmieden waren und Frauen (ihre Mutter gehörte zu ihnen) mit dicken starken Muskeln die Vorschlaghämmer schwangen und Ketten schmiedeten. Gertrude mußte ihren kleinen Bruder, der noch die Brust bekam, zum Stillen dorthin bringen. Sie sagt: »Die Frauen lehnten sich alle gemütlich gegen die Wand, um die Lütten zu stillen, und wir Mädels spielten Seilspringen und Himmel un' Hölle un' Tonmurmeln und so, bis es Zeit war, die Lütten nach Hause zu bringen und die Kartoffeln aufzusetzen.« Die Frauen, erzählt sie mir, trugen weite Kittelkleider und machten sich nicht die Mühe, Schlüpfer anzuziehen. Ihre Mutter, sagt sie, arbeitete von früh bis spät in der Kettenschmiede. Und es gab verschiedene Verbrecherbanden, erklärt sie mir, die jede Nacht auf Raubzug gingen. Sie sagt, jetzt, wo sie wegen des Luftalarms jede Nacht schwarzen Stoff vor ihre Fenster hängen muß, fühlt sie sich an die Zeit erinnert, als sie klein war und sie sich zu Hause nicht trauten, Licht anzumachen. »Ich dachte«, sagt sie, »daß hier draußen mit dem Dickicht rundherum das Licht nicht zu sehen ist, aber sie, die Leute vom Luftschutzbund, sind ein paarmal hier gewesen und haben gesagt, man sieht Licht in meinen Fenstern. Sie kommen hierher, verstehst du ... erinnert mich an die Banden damals ...«

Ich bin bei Gertrude zu Hause. Sie wohnt auf dem Land. Ich bin mit dem Fahrrad hier. Ich habe frei. Zwei Tage frei. »Ich komme morgen wieder«, sage ich. Sie freut sich darüber. Sie hofft immer, daß ich sie besuche. Sie schreibt mir in ihrer großen Handschrift Briefe auf dem Papier, das sie zum Einwickeln von Suppenhühnern benutzt. An einigen Stellen reißt der Bleistift das Papier ein.

> ... Wenn es geht, komm Di oder Mi ... dann bin ich zu Hause. Wenn du zu erschöpft zum radfahren bist, nimm den Bus um elf, fahr bis Holly Bush und lauf dann am Dickicht entlang. Es sind eineinhalb Kilometer, aber es kommt einem kürzer vor, und du kannst dich hier schön ausruhen ... Ich habe Eier für dich ...

Bei der hektischen Arbeit auf den Krankenstationen denke ich immer an Gertrudes Haus und nehme mir vor, daß ich an meinem freien Tag gleich morgens dorthin fahren werde.

Ich habe einen Streifen Tapete mit Rosenknospen-Muster zurechtgeschnitten, und wir haben ihn wie ein Fries an die hintere Küchenwand geklebt. Das Rot und Weiß sieht zu der blauen Temperafarbe hübsch aus. Gertrude sagt, sie freue sich darüber. Ich sehe am Glänzen ihrer Augen, daß sie sich freut. Sie ist sonnengebräunt und wirkt alt, und sie sieht immer sauber aus, obwohl sie sich nur mit einem Lappen waschen kann, den sie in einer Schüssel heißem Wasser ausspült. Sie hat kein Badezimmer. In dem einen Zimmer steht ein Billardtisch und die Brutapparate und ein Harmonium, auf dem sie sich begleitet, wenn sie Kirchenlieder singt. Sie und ihr Mann gehen nachts nicht ins Bett, erklärt sie mir bei einem meiner Besuche. Sie sitzen beide neben dem Ofen, auf dem der pfeifende Kessel steht. Sie bleiben die ganze Nacht dort sitzen und schlafen. Gertrude lacht, während sie es erzählt, und sie sagt, daß das Wasser in dem Kessel auf die Weise morgens immer schon kochend heiß ist. Eine große Öllampe hängt an drei Ketten über dem Wohnzimmertisch. Der Tisch ist mit lauter Dingen übersät, die sie nie dort weggeräumt hat und die inzwischen, wie sie sagt, nur noch Müll sind. Sie macht eine Ecke des Tisches frei, damit ich das Ei essen kann, das sie für mich gekocht hat. Sie schneidet auf einer zusammengefalteten Zeitung von einem Laib Weißbrot mehrere Scheiben ab, bestreicht sie dick mit echter Butter und gibt sie mir.

»Das ist bestimmt deine ganze Butter-Ration«, sage ich.

»Wo die herkommt, gibt's noch viel mehr«, sagt sie. Und ich beschreibe die kleinen Einkaufsnetze, die alle Krankenschwestern bei sich tragen: »Ein kleines Glas für Zucker, eins für Butter und eins für Marmelade.« Ich erzähle ihr von den Zinnwannen voll Marmelade, die im Krankenhaus gekocht und dann in unsere Gläser abgefüllt wird. Sie kann sich kaum vorstellen, sagt sie, daß wir alle einmal in der Woche Schlange stehen müssen. Ich erzähle ihr von den Brettern, die wir wegen der Verdunklung schon nachmittags vor den hohen Fenstern der Stationen anbringen müssen, und die das Sonnenlicht und die frische Luft aussperren. In zwei Wochen, erzähle ich ihr, machen wir Examen. Sie sagt, schaffe ich noch ein zweites Ei, wenn sie jetzt eins aufsetzt, und ich sage, ja, wenn sie es entbehren kann. Darüber muß sie lachen.

Ich möchte Gertrude von der Eifersucht meiner Freundin Lois

auf meine neue Freundschaft mit Dr. Metcalf und seiner Frau erzählen. Ich möchte ihr erzählen, daß ich Lois ein hübsches Nachthemd gekauft habe, damit sie sich nicht ärgert, wenn ich zu Magda Metcalfs Partys gehe, Lois das Nachthemd aber, anstatt es zu tragen, ihrer häßlichen dummen Mutter geschenkt hat, die so gierig ist, daß sie alles annehmen würde. Wenn ich Gertrude erzählte, daß ich Zigaretten für Lois kaufe und mich über die Sache mit dem Nachthemd entsetzlich geärgert habe, könnte sie glauben, daß ich zu sehr an Lois hänge oder etwas in der Art. Wenn ich ihr von den Spielen auf den Partys bei den Metcalfs erzähle, könnte sie glauben, ich befinde mich in, wie sie es nennt, schlechter Gesellschaft. Magda ist sehr großzügig. Sie erzählt jedem, daß ich ihr das Leben gerettet habe, und sie macht mir andauernd teure Geschenke, zum Beispiel die silbernen Armreifen, die ich nicht tragen kann. Aus irgendeinem Grund paßt zu meinen Armen kein Schmuck, und außerdem würden sich alle fragen, woher ich ihn habe. Magda hat mir einige Blusen aus echter Seide geschenkt, die mir auch nicht besonders gut stehen. Ich weiß nicht, was ich dazu anziehen soll; und auch andere Sachen, wie Chiffon-Schals und spitzenbesetzte Taschentücher und einen mit Edelsteinen verzierten Kamm. Abgesehen von all diesen Dingen gibt sie mir noch etwas, über das ich mit Gertrude nicht reden kann. Magda sagt zu mir, ich soll kommen, wann immer ich Zeit habe, weil sie sich freuen, wenn ich bei ihnen bin.

Ich kann Gertrude die merkwürdige Art, wie sie vor ihren Freunden mit mir angeben, nicht genau erklären. Magda nennt mich vor allen Leuten *Liebes*, und Dr. Metcalf hat mich tatsächlich vor ein paar Tagen auf der Station mit meinem Vornamen angesprochen. Ich kann Gertrude unmöglich von diesen Leuten erzählen; sie sind sehr nett, und sie haben mich gerne um sich. Selbstverständlich habe ich Magda nicht das Leben gerettet. Sie wurde eines Nachts in die Notaufnahme eingeliefert, als ich dort aushalf. Sie hatte einen Asthmaanfall, der mir ziemlich beängstigend vorkam, und weil ich nicht wußte, was ich machen sollte, bis der diensthabende Internist eingetroffen war, schleppte ich die schwere Sauerstoffflasche herbei, und bei ihrem Anblick ging es Magda auf der Stelle besser.

»Seit wann«, sagte die Oberschwester später, »seit wann ist Sauerstoff ein Mittel gegen Asthma, Schwester? Und durch welches Wunder kann eine leere Sauerstoffflasche überhaupt jemandem helfen?«

So etwas kann ich unmöglich jemandem erzählen. Und Lois fragt, ob mir klar ist, daß Dr. Metcalf elf Krankenschwestern geschwängert hat, und ob ich vergessen habe, warum Schwester Green von der Lungenstation Selbstmord begangen hat.

Ich glaube, ich liebe Dr. Metcalf. Mit Sicherheit liebe ich Magda; sie ist freundlich und sprüht vor Einfällen. All ihre Freunde lieben sie. Sie machen sich chic und kochen ausgefallene Gerichte und tanzen, und obwohl ich die meiste Zeit nur zuschaue, bin ich schrecklich gerne bei ihnen, besonders dann, wenn Dr. Metcalf mir Bücher leiht oder vorschlägt, daß wir gemeinsam Musik hören. Manchmal sieht er sehr müde aus, und einmal, an einem Abend, schien er mich anzusehen, als liebte er mich, und später brachte er mich zum Bus, und als der Bus kam, griff er rasch nach meiner Hand und küßte schnell meine Finger ...

Gertrude bringt mir das zweite Ei und schaut mir beim Essen zu. Vielleicht werde ich ihr nächstes Mal alles erzählen und danach meinen sogenannten schlechten Umgang aufgeben. Ich schließe aus dem wenigen, was sie sagt, daß sie Lois nicht besonders schätzt. Lois raucht viel und hat nie Geld. Einmal erwähne ich das Finanzielle, und Gertrude sagt daraufhin, daß Lois etwas Geld haben muß. Schließlich zahlt mir das Krankenhaus achtundzwanzig Shilling pro Monat, und sie wird bestimmt genausoviel bekommen.

»Die werden nicht der einen Geld geben und der anderen nicht«, sagt Gertrude. Womit sie natürlich vollkommen recht hat.

Bei Gertrude scheint der Himmel näher zu sein. Er scheint, vom Regen aufgeweicht und angeschwollen, bis zur Kuppe des grasbewachsenen Hügels herabzureichen, der direkt hinter den

Wohnzimmerfenstern ansteigt, und die Wolken sind an den Rändern rosa und schimmern, als wären sie von Perlen durchsetzt. Das Gefühl zu haben, daß ich nur die Arme auszustrecken brauche, um den Himmel mit beiden Händen ergreifen zu können, ist das Erholsamste, was ich kenne. Ich sitze auf meinem Stuhl und bin mir der Nähe des Himmels bewußt. Ich strecke zwar die Arme nicht aus, bin aber froh über die Möglichkeiten, die ich habe. Diese Möglichkeiten sind auf unbestimmte Weise mit Dr. Metcalf und meinen Gefühlen für ihn verbunden, und dann ist da noch Gertrude, die mir am Tisch gegenübersitzt. Zwei Menschen, die sich nicht kennen, aber durch meine Gefühle für sie verbunden sind.

Die Hühner sehen wie weiße und braune Tupfer auf der Wiese aus. Gertrude hat einen alten Eimer auf der Seite ins Gras gelegt. Sie merkt immer sofort, wenn es anfängt zu regnen, weil die ersten Tropfen deutliche Spritzer auf dem Metall hinterlassen. Ein Hahn stolziert vorbei, und Gertrude sagt, mit ihrem typischen kurzen Lachen, auf den müsse man besonders gut achtgeben. »Laß ihn nie aus den Augen«, sagt sie. »Trau' ihm nicht über den Weg, der geht auf dich los, wenn du es am wenigsten erwartest.« Sie lacht erneut. »Hähne«, sagt sie, »können ganz schön hinterhältig sein!« Später packen wir die Eier ein, die ich mit nach Hause nehmen werde. Herrliche, glatte große Eier. Die Schalen schimmern aprikosenfarben oder sind reinweiß und so durchsichtig, daß sie zerbrechlich wirken. Wir wickeln jeweils drei Eier zusammen in die herausgerissenen Seiten einer Illustrierten. Es sind Schwarzmarkt-Eier, und meine Mutter, die immer ängstlich darauf bedacht ist, genug Vorräte im Haus zu haben, hat mir gesagt, ich soll so viele kaufen, wie Gertrude entbehren kann. Sie gibt mir drei Dutzend. Sie hat auch noch zwei bratfertige Hühner für meine Mutter. Das eine von ihnen hat ein Fuchs erwischt, aber er hat nicht viel abgebissen, nur einen Flügel und ein bißchen von der Brust. Sie hat, sagt sie, das Huhn mit ihrer Stoffschere zurechtgestutzt. »Richte deiner Mutter aus«, sagt sie, »das mit dem alten Rotfuchs tut mir leid.«

Während wir nebeneinander in der Küche stehen, verspüre ich

den starken Wunsch, über Dr. Metcalf zu sprechen und Gertrude von seiner ruhigen Liebenswürdigkeit und seinen braunen Augen zu erzählen. Ich möchte ihr von Magda erzählen, möchte ihr erzählen, wie sehr sie an ihrem wunderschönen Hund hängt, daß der Hund, ein Irish Setter, bei ihr im Bett schläft und daß Magda immer zärtlich mit ihm spricht und ihn streichelt. Ich könnte Gertrude erzählen, daß mir Dr. Metcalf leid tut, daß ich am liebsten ... Gertrude fragt, ob ich Lust habe, Billard oder Karten zu spielen. Ich finde Spiele langweilig, aber ich sage ja, weil ich weiß, daß Gertrude gerne spielt. Wir spielen Streitpatience, Gertrudes Lieblingsspiel, sie nennt es »Attacke«. Wir spielen dreimal, und sie gewinnt jedes Spiel.

Der lange Sommertag geht zu Ende, und die Dunkelheit bricht an. Gertrude begleitet mich durch das feuchte Gras, die Nesseln und den Kerbel bis zur Straße. Ich schiebe mein Fahrrad. Ich sage zu ihr, daß ich am nächsten Tag wiederkommen werde, um, wie üblich, die Hühnerställe auszumisten und zu schrubben. Beinahe sage ich: »Ich kann morgen nicht lange bleiben, weil ich abends auf eine Party gehe«, aber ich bringe die Worte nicht heraus.

»Zwei freie Nächte«, sagt sie. »Hm? Ist das nicht schön!«

Ich rolle den langen Hügel hinab, drehe mich, kurz bevor die Straße eine Biegung macht, um und sehe, wie Gertrude allein dasteht und winkt. Ich winke zurück und schalte die Fahrradlampe ein, dankbar, daß mein Vater darauf bestanden hat, sie mir zu leihen.

Später finde ich zuhause ein Telegramm aus dem Krankenhaus vor, in dem steht, daß ich sofort zurückkommen soll. Die Arbeitszeiten der Schwestern sind geändert worden.

»Vermutlich sind Verwundete eingetroffen«, sage ich zu meiner Mutter. »Ein Konvoi.« Ich spüre von der frischen Luft ein angenehmes Brennen auf dem Gesicht. Meine Mutter ist ganz aufgeregt und packt für mich einen Früchtekuchen und ein paar hartgekochte Eier ein.

»Um zwanzig nach neun fährt ein Zug«, sagt mein Vater, und er sagt, er will mit zum Bahnhof kommen.

Im grauen Zwielicht gehe ich mit meinem Vater auf dem Bahnsteig auf und ab. Er bringt mich jedesmal zum Zug, wenn er es einrichten kann. Er sagt zu mir: »Du tust Gottes Werk. Vergiß nicht«, sagt er: »*Der Herr ist mein Hirte, mir wird nichts mangeln* ... vergiß das nicht«, sagt er; »*The Lord is my shepard ... und ob ich schon wanderte im finstern Tal, fürchte ich kein Unglück; denn du bist bei mir, dein Stecken und Stab trösten mich* ... Vers vier«, sagt er und greift nach meiner Hand.

»Sprich nicht deutsch«, sage ich leise und werfe rasch einen Blick über den Bahnsteig, um zu sehen, ob die anderen Leute, die auf den Zug warten, es bemerkt haben. Für meinen Vater ist Deutsch nicht die Sprache des Feindes, sondern die Sprache der Zärtlichkeit. Ich spüre den Druck seiner Hand, und ich würde am liebsten losheulen und mit ihm zurück nach Hause gehen. Ich habe Angst.

»Ich will nicht fahren«, erkläre ich ihm.

»Es ist Gottes Werk«, sagt er von neuem.

Die Anschlagtafel in der menschenleeren Eingangshalle des Schwesternwohntrakts ist mit sauber ausgefüllten Dienstplänen bedeckt. Mein Dienst beginnt um vier Uhr morgens. Ich gehe hinauf in das Zimmer, das ich mit Lois teile. Ich betrete es ganz leise, weil sie bestimmt schläft. Aber ihr Bett ist leer. Der Verdunklungsvorhang ist nicht zugezogen, und das Fenster ist offen. Wenn ich mich aus dem Fenster hier oben lehnte, wäre ich sofort von der schwarzen Finsternis umgeben, aus der die Außenwelt besteht. Ein schwacher süßer Duft von frischgemähtem Gras hängt in der Luft, als hätte er mich von Gertrudes Haus bis hierher begleitet. Wahrscheinlich kommt er aus dem Park. Ich atme tief ein, aber der Geruch ist verschwunden. Es sind keine Lichter zu sehen, nur der Kanal schimmert im Licht des aufgehenden Mondes. Der Mond und das mondbeschienene Wasser sind unzerstörbar. Weit unter mir bewegen sich zwei winzige gelbe Lichtpunkte, bleiben stehen und setzen sich langsam wieder in Bewegung. Es sind die Scheinwerfer eines Autobusses. Ein schwaches Röhren, wie von einem Atemzug, dringt von den schwarzen, umschatteten Dachspitzen herüber. Ich schließe das Fenster und schließe den Vorhang.

Während ich versuche einzuschlafen, habe ich das friedliche Bild von den Hühnern auf Gertrudes Wiese vor Augen.

»Liebes, du bist einfach goldig!« sagte Magda neulich, als ich, weil ich Spätschicht hatte, als letzte auf ihrer Geburtstagsfeier erschien. »Ist sie nicht einfach goldig«, rief sie aus und drehte mich, vor allen Gästen, mehrmals im Kreis herum. »Ist es nicht reizend, daß sie nach der Arbeit noch gekommen ist. Mein Goldstück!« Sie küßte mich. »Und du trägst immer noch deinen Schulmantel. Ich liebe diesen Mantel, ich wünschte, er würde mir gehören.« Sie vergrub ihr Gesicht in dem dunkelgrünen Stoff. Ich war mir nicht sicher, ob sie lachte oder weinte.

»Ich würde ihn dir gerne schenken«, sagte ich, »aber wie es aussieht, brauche ich ihn noch!«

»Wie es aussieht, braucht sie ihn noch«, kreischte Magda. »Oh, ist sie nicht großartig! Ein wahres Naturtalent! Jonty«, sie rief Dr. Metcalf herbei, »bring dies entzückende Kind irgendwohin und zieh sie aus. Hilf ihr aus diesem Mantel.« Alle lachten.

Wenn ich Gertrude von den Metcalfs erzähle, wird sie erkennen, wie freundlich und großzügig Magda ist. Aber Gertrude wird wahrscheinlich der Meinung sein, daß sie auf den falschen Gebieten großzügig ist. Ich will das Besondere, was sie mir gibt, nicht missen. Gertrude wird mir, da bin ich mir sicher, raten, es nicht anzunehmen.

Ich drehe mich im Bett um. Ich bin besorgt, weil ich nicht einschlafen kann. Dann höre ich das Rumpeln. Ich kenne dieses Geräusch. Ich weiß, was es bedeutet. Eines Morgens habe ich, gemeinsam mit Lois, von unserem Fenster hier oben beobachtet, wie sich ein langer Eisenbahnzug, der aus geheimnisvollen Waggons und Güterwagen bestand, über die Schienen zum nahegelegenen Bahnhof schlängelte. Was ich jetzt höre, klingt genauso. Die Waggons, von denen einige bestimmt mit einem roten Kreuz versehen sind, bringen verwundete Soldaten. Der Zug verlangsamt seine Fahrt, ich höre das Quietschen der Bremsen, und er hält an. Dann setzt er sich mit einem Ruck wieder in Bewegung und hält ein Stück weiter noch einmal, damit die Tragbahren ausgeladen und in die wartenden Krankenwagen geschoben werden können. Kurz darauf höre ich, genau wie damals, an jenem Morgen, wie die ersten Krankenwagen in langsamer Fahrt näherkommen. Sie folgen in regelmäßigen Abständen dicht aufeinander. Die freien Betten, die wir vorbereitet haben, werden sich wieder einmal mit Männern füllen, in deren Augen Furcht und Leid zu erkennen sind. Diese Männer schlafen nicht richtig; sie liegen bloß mit zusammengebissenen Zähnen und geballten Fäusten im Bett und haben die Augen halb geschlossen. Einige von ihnen können auch im Schlaf die Augen nicht schließen.

Ich bekomme Lois und Trent überhaupt nicht mehr zu Gesicht. Wir schreiben uns kurze Nachrichten. Wir arbeiten im Acht-Stunden-Rhythmus, acht Stunden Dienst, acht Stunden frei. Wir haben keine Freizeit. Wir essen und schlafen und arbeiten und essen und schlafen und arbeiten. Einige Schwestern werden krank, und es herrscht Personalknappheit. Die Station, auf der ich arbeite, ist voller Amputierter in den speziell hergerichteten Betten. Jeder Patient hat eine eigene elektrische Klingel und eine eigene Blutdruckmanschette, manche auch zwei.

Gertrude, die auf einen Besuch von mir wartet, schreibt mir. Ich stelle mich bei der Poststelle an und freue mich, sobald ich die schwarze Schrift auf dem Umschlag erkenne:

> Queenie hat Junge bekommen, Du wirst dich freuen kleine dicke Wollknäuel purzeln überall herum, Du wirst begeistert sein. Wenn Du den elf Uhr Bus verpaßt, es gibt noch einen um eins. Wir hätten dann nur etwas weniger Zeit, das ist alles

und

> Hast Du schon mal gesehen, wie ein Schwein gepökelt wird, Du wirst es bei Violet sehen, wenn Du kommst, sie haben da ein Schwein geschlachtet, Du mußt die Schweinefleischpasteten probieren. Ich habe schon eine für Dich eingepackt …

Einem der Männer, er ist eigentlich noch ein Junge, sind nicht nur beide Beine über dem Knie amputiert worden, sondern er hat auch noch eine furchtbare Bauchwunde. Ich versuche, während ich sie versorge, mir nicht anmerken zu lassen, daß ich den Anblick kaum ertragen kann. Eines Tages bittet er mich, das goldene Kreuz, das er um den Hals trägt, in die Wunde zu legen, aber ich sage ihm, das darf ich nicht. Er fleht mich an, und ich sage zu ihm, das darf ich nicht, weil das Kreuz nicht steril ist. Sein Gesicht ist tränenüberströmt. Auch meine Augen füllen sich mit Tränen, und darum sehe ich kaum, was ich tue. Ich fege etwas kleines Weißes vom Bett herunter, das sich wie eine weiche Brotkrume zusammenrollt. Während ich die Wunde austupfe, habe ich den Eindruck, daß sich darin etwas bewegt. Es ist eine Made. Ich hole sie rasch mit meiner Tupferzange heraus, und versuche mir den Schreck nicht anmerken zu lassen. Plötzlich sehe ich überall Maden. Es ist, als würde er bei lebendigem Leibe aufgefressen werden. Sie kriechen unter den anderen Verbänden hervor und auf seinem Hemd und den Laken herum. Ich beuge mich über ihn, um zu verhindern, daß er die Maden sieht und drücke dreimal auf die Klingel. Das Signal für einen Notfall. Das habe ich noch nie zuvor getan. Ich versuche, ihn zuzudecken, aber einige der Maden sind auf den Fußboden gefallen, und er hat sie gesehen. Ich sehe das Entsetzen in seinen Augen.

Die Schichtführerin kommt unverzüglich um den Wandschirm herum ans Bett. »Holen Sie Handfeger und Schaufel, Schwester«, sagt sie zu mir, »und benachrichtigen Sie den diensthabenden

Chirurgen.« Ich mache mich auf den Weg und höre noch, wie sie mit lauter Stimme versucht, ihn zu beruhigen und ihm tröstende Worte zu sagen – daß die Maden absichtlich hineingelegt wurden, daß sie seine Wunden gereinigt haben, und ja, natürlich wird sie sein goldenes Kreuz hinlegen, wo er es haben will – ja, jetzt gleich wird sie es dort hinlegen –

Magda, die schlimme Zahnschmerzen hat, ruft mich auf der Station an. Sie sieht furchtbar aus, sagt sie, die Backe ist dick angeschwollen. Sie will, daß ich mit ihnen zu ihrer kleinen Hütte am Fluß fahre. Die Fahrt dauert nicht lange, erklärt sie, einmal pro Stunde, zur vollen Stunde, fährt ein Bus. Es ist mir peinlich, im Stationszimmer mit ihr zu telefonieren. Ich sage ihr, daß ich keinen Tag frei habe. »Dann eben nächste Woche, Liebes«, sagt sie. »Sobald du es einrichten kannst. Wir werden dort sein. Du brauchst vom gegenüberliegenden Ufer nur laut zu rufen, dann holen wir dich mit dem Stechkahn ab.«

»Wie herrlich!« sage ich und versuche, meine Stimme möglichst ähnlich wie die von Magda klingen zu lassen, damit Ferguson, die kurz ins Zimmer gekommen ist, um die Thermometer zu holen, es mitbekommt. »Wie herrlich!«

Den ganzen Abend hindurch, während ich Schränke abwische und Betten mache und das Abendessen, das aus Suppe und Brot besteht, an die Männer austeile, denke ich an die Hütte am Fluß. Ein Ferienhaus gehört zum Leben reicher Leute dazu. Ich sehe es vor mir, dicht am Ufer des Flusses, der ruhig vorbeifließt; es ist weiß gestrichen und hat eine eigene Anlegestelle, einen schmalen hölzernen Steg. Ich habe solche Hütten schon gesehen. Sie liegen völlig abgeschieden, und das Gras reicht bis an die Mauern heran. Die ganze Nacht hindurch kann man dort das sanfte Plätschern des Wassers hören. Ich kann mir vorstellen, wie schön es ist, auf dem Steg zu sein, dort zu sitzen und die Füße ins Wasser hängen zu lassen, so wie die reichen Leute es machen, die dabei eine Miene aufsetzen, als gehöre dieser Teil des Flusses ihnen, während gewöhnliche Leute in einem Boot vorbeifahren, das ihnen nicht gehört und das sie für eine Vergnügungsfahrt stundenweise gemietet haben ...

Gertrude schreibt mir, um mir zu erzählen, daß sie die Wiese neben ihrem Grundstück für mich gepachtet hat. Ich kann dort meine eigenen Hühner halten, und sie wird sich um sie kümmern, während ich im Krankenhaus bin. Sie hat auch ein paar Ziegelsteine gekauft. Sie fügt ein P.S. hinzu: »Vielleicht könnten wir einen Schweinekoben bauen und gemeinsam ein Schwein halten, eine Sau, wir würden an den Ferkeln eine Menge verdienen. Ich wollte schon immer ein Schwein haben.«

Ich kann nicht schlafen und versuche zu lesen und stoße auf ein Zitat aus einem Brief, den George Eliot an Caroline Bray schrieb, als sie begonnen hatte, mit George Lewes zusammenzuleben. Sie schreibt:

> *Ich sollte wahrhaftig nie wieder über mich selber schreiben; es ist nicht gut, über die eigenen Gefühle und Handlungen nachzusinnen, vielmehr will ich versuchen, jeden neuen Tag vom Glauben und von der Liebe erfüllt zu leben ...*

Mir gefällt dieser Abschnitt, und ich setze mich auf die Bettkante und schreibe einen Brief an Gertrude. Ich erzähle ihr, daß mir der Vorschlag mit der Wiese und dem Schweinestall sehr gut gefällt. Ich will ihr von den Maden schreiben, die ich immer noch vor mir sehe, aber statt dessen schreibe ich über Magda, schreibe alles, was ich von ihr weiß, über den kranken Zahn und die geschwollene Backe, und darüber, daß sie von sich sagt, sie sei kaltherzig, und daß sie, wenn man sie besucht, dicht neben dem Feuer hockt und um den Kamin herum kleine Stapel Unterwäsche zum Anwärmen verteilt hat. Ich schreibe ein paar Seiten darüber, wie aufregend es ist, in das Haus eines Arztes eingeladen zu werden, und daß Magda die Tochter eines bekannten Chirurgen ist, was Dr. Metcalf sehr zugute kommt, das sagen alle. Ich erzähle ihr von den

Partys, die bis zum Morgengrauen dauern, und davon, daß Magda und ihre Freunde mich »Liebes« nennen. Und dann schreibe ich von Dr. Metcalf und erzähle ihr, daß ich glaube, ihn zu lieben. Ich beende meinen Brief damit, daß ich ihr erzähle, ich würde an meinem nächsten freien Tag zu ihr kommen, um die Hühnerställe sauberzumachen und mir meine Wiese anzusehen, und ich schreibe ihr, sie sei der Mensch, der mir von allen am meisten fehlt. Ich versuche ans Ende des Briefes einen Satz des Zitates von George Eliot anzufügen, aber ich kann mich nicht entscheiden, welchen ich nehmen soll.

Am nächsten Morgen adressiere ich den Brief und schicke ihn ab.

◆

Tetanus Typhus Diphtherie und Gasbrand. Verwandte, Mütter und Väter, kommen aus ganz England und erreichen das Krankenhaus zu spät. Sie sitzen in den Gängen und warten auf den Morgen und auf die erste Straßenbahn …

Das Examen wird auf unbestimmte Zeit verschoben.

Endlich habe ich einen Tag frei, und ich schlafe die ganze Nacht, und weil mich niemand aufweckt, schlafe ich auch den ganzen Tag. Da ich diese Stunden nicht zurückholen kann, habe ich das Gefühl, mein ganzes Leben zu vergeuden.

Ich warte in der Schlange vor der Poststelle. Ich bekomme einen Brief von Gertrude, es ist der längste, den ich jemals von irgendwem bekommen habe. Ich lese ihn schnell – neugierig, was sie wohl auf meinen Brief antwortet.

> Ich bin Dir furchtbar dankbar, schreibt sie, für das Putzen des Hühnerstalls, aber ich habe deswegen auch ein schlechtes Gewissen. Ich mache mir große Sorgen um Deine Gesundheit. Offen gesagt, Du bist viel dünner als Du sein solltest, und das gibt

Dir ein »ätherisches Aussehen«, wo Du doch das »kerngesunde Aussehen« haben solltest, anstatt von der Last des Lebens gezeichnet zu sein. Ich fände es gut, wenn Du ein paar Wochen ins Grüne ...

Während ich das lese, kann ich beinahe die kochenden Kartoffeln auf dem Herd in Gertrudes Küche riechen, und mir ist, als höre ich ihre Stimme, die mir erzählt, daß ein Pferd, wenn es überarbeitet ist, zum Ausruhen auf eine grüne Wiese, eine gute fette Weide gebracht wird, auf der es in Sicherheit und vollkommener Freiheit fressen und mit anderen Pferden herumlaufen kann. Sie schreibt:

Es wäre gut, wenn Du für eine Weile allen Kummer und alle Sorgen vergessen könntest. Ich denke sehr oft an Dich und möchte, daß Du herkommst, damit ich Dich ordentlich aufpäppeln kann. Ich könnte das andere Zimmer ausräumen und ein bequemes Bett für Dich herrichten, in dem Du ruhig und friedlich schlafen könntest. Natürlich weiß ich, daß das nur ein Wunsch ist und Du vielleicht nicht ...

Während ich weiterlese, spüre ich die Nähe des grasbewachsenen Hügels vor dem Fenster, und mir ist, als hörte ich Gertrudes Stimme:

Du sollst wissen, daß Du einen Platz in meinen Gedanken und in meinem Herzen hast, den niemand anders je einnehmen wird. Ich bin Dir ja so dankbar, ich finde es so anständig von Dir, von einer jungen Frau wie Dir, die Freundin von jemandem wie mir zu sein. Ich weiß, ich muß auf dieser Seite zum Schluß kommen, und diesen Brief zu beenden, ist fast, wie Dir auf Wiedersehen sagen, wenn ich nicht will, daß Du gehst. Nur eines will ich noch sagen: Ich weiß nicht, ob Du es weißt oder nicht, aber Du hast etwas Vornehmes, Bezauberndes an Dir. Wie echtes Gold oder vielleicht auch wie Diamanten.

Es ist schön, wenn man weiß, daß man geliebt und geachtet wird, und ich möchte Dir sagen, wie glücklich ich bin, weil Du so nett bist und zu mir kommst und Deine Zeit mit mir verbringst und mir schreibst. Ich wünsche Dir alles Liebe und alles Glück der Welt, und mögest Du immer voller Vertrauen in den Einen sein, der Dich liebt. Deine Dich liebende Freundin

Gertrude

Obwohl ich den Brief in der Kantine des Krankenhauses lese, ist mir, als befände ich mich im Dämmerlicht in Gertrudes Wohnzimmer und sie säße mir am Tisch gegenüber und zwischen uns läge das Kartenspiel für die Streitpatience bereit. Ich habe das Gefühl, in der Stille des späten Nachmittag in ihrem Haus zu sein. Ich wäre jetzt gerne bei Gertrude, und ich denke daran, daß ich am Sonnabend, meinem nächsten freien Tag, zu ihr fahren werde. Ich werde früh aufstehen und den ganzen Tag mit ihr verbringen und mir die gepachtete Wiese anschauen und entscheiden, wo der Schweinestall stehen soll. Gertrude hat Magda oder Dr. Metcalf in ihrem Antwortbrief mit keinem Wort erwähnt. Es kommt mir so vor, als gäbe es sie nicht mehr.

»Lange nicht gesehen.« Lois läßt sich auf den Stuhl mir gegenüber plumpsen. Ihr Tee schwappt auf ihre Untertasse. »Wie läuft's denn so?« sagt sie, zündet sich eine Zigarette an und sieht mich durch den Qualm mit zusammengekniffenen Augen an.

Jeden Tag lese ich erneut Gertrudes Brief. Ich trage ihn während der Arbeit in der Tasche meiner Tracht bei mir und spüre, wie dick er ist. Wenn Ramsden uns besucht, wird sie vielleicht gerne mit zu Gertrude kommen, nicht mit dem Fahrrad natürlich, aber wir können den Bus um elf nehmen, bis Holly Bush fahren und dann am Dickicht entlang gehen, es sind, quer über die Wiese, etwa eineinhalb Kilometer. Ramsden wird uns in der nächsten Zeit nicht besuchen. Wenn sie uns besucht, haben wir vielleicht schon das Schwein, und wenn man so ein Tier besitzt, freut man sich, es jemandem zeigen zu können.

Schließlich ist es Freitag und ich habe auch am Abend vor meinem freien Wochenende keinen Dienst. Ich verlasse die Station und Dr. Metcalf erwartet mich am Fahrstuhl. Er erzählt mir, Magda sei zu Besuch bei ihrer Mutter, aber die Einladung in das Wochenendhaus am Fluß bestehe immer noch.

»Wie wär's mit heute abend?« fragt er. »Ich treffe dich in einer halben Stunde an der Bushaltestelle. Wir machen uns morgen einen faulen Tag am Wasser«, sagt er. »Magda kommt später nach«, sagt er.

»Ja«, sage ich zu ihm. »Ja, vielen Dank, das wird bestimmt herrlich.«

Lois ist oben in dem Zimmer, das ich mit ihr teile, sie ist nur halb angezogen, raucht und blättert in einer Illustrierten. Ich ziehe mich um und binde mein Haar zu zwei Büscheln zusammen.

»Was soll denn das?« fragt Lois. »Was sollen die roten Schleifen?«

»Meiner besseren Hälfte«, sage ich, »meiner besseren Hälfte gefällt es, wenn ich das Haar so trage.«

RAMSDEN

DAS PASST zu Ramsden, ich meine, es paßt zu Ramsden, so etwas zu sagen. Sie sagt es nicht zu mir. Sie sagt, Bach müsse eines der Brandenburgischen Konzerte so geschrieben haben, daß es überhaupt nichts ausmacht, wenn ein Schulorchester sich mühsam hindurchschleppt.

Welches der Brandenburgischen Konzerte, möchte ich sie fragen. Aber ich bin nicht an der Unterhaltung beteiligt. Schwester Ramsden spricht mit Schwester Pusey-Hall. Sie laufen ein paar Schritte vor mir, und ich höre und verstehe, was sie sagen. Sie waren offenbar gemeinsam in einem Konzert. Einem Kammer- oder einem Orchester-Konzert.

Bei Bach klingen die Geigen absichtlich schleppend. So etwas kann nur Ramsden sagen. Daher würde es nicht auffallen, und wenn das Schulorchester auch noch so schlecht spielte. Ramsden und Pusey-Hall lachen auf ihre wohlerzogene Art, während sie den Flur entlanglaufen. Genau wie ich sind sie beide in sauberen, frischgestärkten Schürzen auf dem Weg, ihren Dienst anzutreten. Ihre langen, spitzenbesetzten Hauben kommen mir außergewöhnlich fein, weiß und elegant vor. Wir gehen alle zu verschiedenen Stationen, aber das erste Stück haben wir den gleichen Weg. Ihre Stimmen klingen fröhlich und voll, und manchmal auch zärtlich und vertraut. Mir gefällt der Gedanke an die zärtliche Vertrautheit, die in ihren Stimmen liegt. Ich laufe schneller, um mit ihnen Schritt zu halten.

Ramsden arbeitet im Untergeschoß, dort befindet sich eine

chirurgische Station für Männer, für Offiziere und gewöhnliche Soldaten; die Offiziere liegen in den kleinen Krankenzimmern und die Soldaten im großen Krankensaal. Nachts kniet Ramsden im Krankensaal und betet das Vaterunser vor, und die Männer unterbrechen für ein paar Minuten ihr Housey-Housey-Spiel und warten schweigend, während Ramsden das Gebet spricht; dann rufen sie weiter die Zahlen aus. Ich habe noch nie gesehen, wie Ramsden in der Mitte des Raums kniet. Ich habe nur davon gehört, aber ich kann es mir sehr gut vorstellen. Wir sollten das eigentlich alle machen, aber nur wenige der examinierten Schwestern machen es. Bisher war ich nachts noch nie Schichtleiterin, aber ich versuche, das Vaterunser auswendig zu lernen, *Vaterunser, der du bist im Himmel*, damit ich, wenn es soweit ist, für die Männer beten kann.

Vielleicht waren Ramsden und Pusey-Hall bei einer Veranstaltung im Rathaus. Vielleicht beim Sonntagnachmittagskonzert. Jenseits meiner Möglichkeiten. Was habe ich am Sonntag gemacht? Natürlich, jetzt fällt es mir wieder ein, ich habe geschlafen. Ich habe die meiste Zeit das Gefühl, mein ganzes Leben zu verschlafen.

»Eine Untersuchung über Religion und Glauben im zwanzigsten Jahrhundert ...« Fetzen ihres Gesprächs dringen immer noch bis zu mir. »Ein Bedürfnis nach Heldentum ...«, der nächste Teil entgeht mir, »das ewige Leiden von ...« Wessen Leiden? Hat Ramsden Jesus gesagt?

Ich kann mich intellektuell überhaupt nicht mit ihr messen. Ich glaube, Ramsden und Pusey-Hall lesen viel, insbesondere philosophische Schriften. Und sie waren in einem Konzert.

Miss Robson, unsere Musiklehrerin im Internat, hatte feuchte dunkle Flecken unter den Achseln, wenn sie dirigierte. Es gab dort einen Jungen, der die erste Geige spielte; der konnte als einziger von uns wirklich spielen. Er war sehr bleich, und ich glaube, er hieß Mottram oder so ähnlich. Es ist unwichtig.

Ich glaube, ich verstehe, was Ramsden mit ihren Bemerkungen über das Brandenburgische Konzert gemeint hat. Jeder von uns spielte in seiner eigenen Geschwindigkeit, manche schneller als andere. Es ist schön zu verstehen, was Ramsden meint. Ich kann sie mir bei dem Konzert vorstellen. Bestimmt hat sie die glänzenden schwarzen Klaviertasten gesehen, die schlank und glatt zwischen den weißen liegen, und bestimmt hat sie die überraschend kurzen Finger des Pianisten bemerkt. Die Hände mit den Grübchen, die wie zwei Frösche nebeneinander über die Tasten springen. Bestimmt hat sie seinen ernsten Schmollmund gesehen und im Rhythmus seiner Kopfbewegungen leicht den Kopf bewegt. Vielleicht war es ein Quartett oder ein Trio, bei dem die Musiker sich einander zu- und wieder abwenden, und der Pianist im Gleichklang mit dem Cellospieler entspannt atmet. Und dann die Wiederholungen, die Übergänge von Dur nach Moll, und zurück in die erwartete und ersehnte Dur-Tonart. Der Pianist hat bestimmt die Seiten umgeblättert, ehe der Umblätterer sich vorbeugen und es tun konnte, um einen schnellen Blick auf das Ende einer vorhergehenden Seite zu werfen, bevor er den Kopf senkte und leise spielte, diesmal ohne auf die Noten schauen zu müssen. Und die ganze Zeit klettern die leidenschaftlichen Töne der Geige federleicht in die Höhe, und der Cellist zupft an den Saiten.

Miss Robson im Internat hatte einen kleinen Stab, einen Taktstock. Sie klopfte damit auf ihr Pult, wenn das Orchester anfangen oder das Spiel abbrechen sollte. Sie benutzte ihn, um uns beizubringen, beim Klavierspielen die Handgelenke steif zu halten.

Der Pianist auf der Konzertbühne kann die Handgelenke hängenlassen. Seine galoppierenden Finger können flach, gespreizt oder gekrümmt sein. Ganz wie er will.

Ramsden und Pusey-Hall wissen das alles. Ein kleines Stückchen hinter dem Rascheln ihrer Uniformen macht meine eigene gestärkte Uniform leise Geräusche. Die beiden sind in einem Konzert gewesen, wahrscheinlich am Sonntagnachmittag.

DIE HÜTTE AM FLUSS

Ich wollte das, was ich geschrieben habe, nie jemandem zeigen, noch nicht mal, wenn ich darum gebeten wurde. Ich habe nie jemandem von dem kleinen Zeichen erzählt, dem kleinen Kreuz, links oben auf jeder Seite. Ich schreibe nie eine Zeile, ganz egal was es ist, ohne zuerst dieses kleine Zeichen auf das Blatt zu setzen, ohne zuerst um den Segen zu bitten. Aber das kann ich niemandem sagen.

»Ich werde um den Segen bitten«, sagte mein Vater vor jeder Mahlzeit. Weil er hungrig war, saß er immer als erster am Tisch. Und dann legte er die Hand über die Augen und senkte den Kopf, als schäme er sich, daß er schon vor uns und vor dem Gebet angefangen hatte zu essen.

»Bitte immer um Gottes Segen«, sagte er, »bevor du irgendetwas anfängst, und vergiß nie, hinterher ein Dankgebet zu sprechen.«

Das kleine Zeichen, ein Kreuz, befindet sich auf allem, was ich schreibe. Ich erzähle niemandem von dem kleinen Kreuz. Die Leute sind mißtrauisch. Voller Argwohn. Und sie sind abergläubisch. Sie haben Angst vor allem, was sie für sentimental oder religiös halten. Dadurch wird es schwierig, ihnen etwas zu erklären. Ich mache das mit dem kleinen Kreuz schon seit Jahren. Ich habe nie darüber gesprochen, nicht einmal in einer meiner eingebildeten Unterhaltungen mit Ramsden. Vielleicht wird eines Tages der Augenblick kommen, wo ich es erklären und gleichzeitig das Geheimnis des Hafens preisgeben kann. Der Himmelshafen, die

Stelle bei Brahms, wo die Sopranistin mit getragener Klarheit singt, wo sich ihre Stimme über eine bestimmte Baumgruppe an einer gewissen Straße erhebt, die ich nur aus diesem Zusammenhang kenne.

Wenn ich jetzt an Gertrudes Hühner denke, und wenn die Krankenschwester sie tatsächlich frühzeitig eingesperrt hat, an jenem Nachmittag, als ich mit meinem Fahrrad oben auf dem Hügel stand und hinunterschaute, ohne mich entschließen zu können, zu dem Haus zu fahren, in dem Gertrude krank im Bett lag – wenn ich jetzt an die Hühner denke, wird mir klar, daß es, wenn sie früh am Tag eingesperrt wurden, eine ganze Weile gedauert haben muß, bis sie wieder herausgelassen wurden. Es muß ihnen wie den Gefangenen in *Fidelio* gegangen sein, die auf Leonores Bitten plötzlich aus dem Verließ entlassen und aus der Finsternis ins Tageslicht gebracht werden und halb geblendet im Sonnenlicht stehen und sich gegenseitig an den Schultern festhalten, während sie versuchen, im Kreis zu laufen. Zu etwas anderem werden auch die Hühner nicht in der Lage gewesen sein, nachdem sie wie die Gefangenen zu lange in der Dunkelheit eingeschlossen waren – sie werden über das Feld gestolpert und übereinander gefallen sein …

Wenn ich jetzt an die Füchse denke, dann denke ich eher an ihre Farbe als an ihre Jagdgewohnheiten. Magdas Haar hat oft die Farbe von Fuchsfell, von dem goldenen Fell des Rotfuchses. Eine Füchsin. Gertrude würde sich Magda als eine Füchsin vorstellen, aber nicht als eine Füchsin, die auf der Suche nach Futter für ihre fast entwöhnten Jungen durch den Wald streift oder sich mit ihrem Nachwuchs auf einer sandigen Lichtung sonnt. Gertrude würde Magda als eine Jägerin sehen, die vielleicht auf der Jagd nach sich selber ist, ein durchtriebenes Geschöpf, zwar von Menschen umgeben, aber einsam.

Nachdem ich von Dr. Metcalfs Tod erfahren habe, einem ganz sinnlosen Tod, kann ich es zuerst nicht glauben, aber schließlich bleibt mir nichts anderes übrig. Das ganze Krankenhaus spricht darüber. Er war noch nicht einmal an der Front. Das sagen alle ...

Ich schaue immer unter den Toilettensitz. Beule hat mir damals im Internat dazu geraten. Als wir zusammen auf der Krankenstation des Internats lagen und isoliert waren, weil wir die Röteln hatten. Sie meinte, es sei ratsam, denn es könnte eine Schlange darunter sein. Sie sagte, in Madagaskar, als sie klein war, hatte sie ein Kindermädchen, das sehr vorsichtig war und jedesmal sichergehen wollte, daß keine Schlange unter dem Sitz war. Beules richtiger Vater war tot, erklärte sie. Er war Missionar gewesen.

Also hebe ich jetzt den hölzernen Sitz der Toilette hinter der Hütte am Fluß hoch. Es ist keine Schlange da. Die Tür läßt sich nicht richtig schließen, daher stemme ich meinen Fuß dagegen, aber niemand kommt. Man kann hier sitzen und über die Wiesen schauen. Der Morgennebel braucht lange, um sich zu heben und sich aufzulösen. Und am Abend liegen lange Schatten auf dem Gras.

Ich war nicht sehr nett zu Beule, als wir die Röteln hatten. Wenn sie mit mir sprach, antwortete ich nicht, und ich zog mir immer die Bettdecke über den Kopf. Sie hatte Mitleid mit mir, denn sie glaubte, meine Ohrenschmerzen wären sehr schlimm. Es war mir peinlich, allein mit Beule krank zu sein.

Die Hausmutter schien Beule zu mögen. Beules Zustand schien sich nicht zu bessern. Sie hatte Bauchschmerzen. Manchmal schrie sie vor Schmerzen laut auf. Sie wollte, daß ich die Hausmutter rief ...

Magdas Körper ist wunderschön.

»Du bist wunderschön«, sage ich zu Magda. Sie steht nackt am Flußufer, und Dr. Metcalf gießt mit einem Eimer Wasser über sie. Ohne ihre Kleider wirkt sie größer, und ich staune über ihre Hüften. Ich staune auch über den Umfang ihrer Brüste. Ihr ganzer Körper ist sonnengebräunt, ein hübsches, goldenes Braun. Die Körper von reichen Leuten sind immer braungebrannt und attraktiv. Dr. Metcalf ist auch braun. Das liegt daran, daß sie sich an Orten aufhalten können, wo man sich ganz ausziehen kann. Sie müssen sich nicht wie andere damit begnügen, an hohen Fenstern zu stehen und den Sonnenschein zu betrachten, ohne daß sie hinausgehen können, weil sie arbeiten müssen. Im Krankenhaus werden um fünf Uhr vor den Fenstern die Bretter für die Verdunklung angebracht. Sie schirmen das Tageslicht und die Sonne ab. Leute wie ich sind immer blaß. Selbst wenn mal ein sonniger Tag ist und ich in der Sonne liegen kann, wird mir nur sehr warm, und ich bleibe trotzdem weiß. Mein Gesicht ist ausgemergelt, und ich werde von der Nachtschicht mein Leben lang dunkle Ringe unter den Augen haben.

Ferguson und Trent gehen eines Tages auf den flachen Teil des Krankenhausdachs hinauf. Sie haben nicht vor zu schlafen, sondern wollen dort oben nur eine Stunde in der Sommersonne liegen. Aber sie schlafen ein und sind beide immer noch knallrot. Fergusons Blasen tun erst jetzt allmählich weniger weh, und Trents Haut pellt sich am ganzen Körper.

»Schwester Ferguson und Schwester Trent«, sagte Schwester Bean beim Frühstück. Sie erhoben sich beide halb von ihren Stühlen.

»Ja, Oberschwester?« kam es wie aus einem Munde.

»Neun Uhr, Büro der Oberin«, sagte Schwester Bean.

Ich sage Magda, daß sie schön ist, und sie lacht und sagt: »Ist es nicht süß von ihr, mir das zu sagen, Jonty? Ich bin alt, liebste Veronica«, sagt sie zu mir, »siehst du nicht, wie *schlaff* mein Körper überall ist? Guck dir doch all die schlaffen Stellen an! Oh! *Quelle horreur!*«

Sie beschreibt ihre schlaffen Stellen so, daß sie begehrenswert klingen. Neben diesen prachtvollen Menschen, im Vergleich mit ihnen, finde ich mich schlecht gebaut. Diese Leute sehen aus, als seien sie das Ergebnis einer ausgezeichneten Abstammung und Bildung. Nicht nur ihr Benehmen, auch ihre Knochen und ihre Haut wirken vornehm.

Dr. Metcalf trägt Shorts. Halbnackt sieht er stattlicher aus als in seinem weißen Kittel auf der Station.

»Zieh dich aus, Schätzchen!« schreit Magda mir zu. »Laß dich von Jonty abduschen.« Wir waschen uns mit weißer Windsor-Seife am Ufer des Flusses. Der Geruch der Seife hier im Freien hat eine seltsame Wirkung auf mich, und wenn ich die Augen schließe, sehe ich mich im Badezimmer der Nachtschwestern vor der Reihe kleiner Waschbecken stehen und aus einem Stück weißer Windsor-Seife die Gestalt von Schwester Bean modellieren …

»Oh, ist sie nicht süß? Wie schamhaft sie die Augen schließt!« ruft Magda aus. »Zieh dich ganz aus, Schätzchen! Los, Jonty, Wassereimer für uns beide.«

Das ruhige Wasser wird vorübergehend aufgewühlt, denn Dr. Metcalf macht einen Kopfsprung vom Steg und schwimmt ein paar Züge um die sanfte Biegung des Flusses herum.

»Komm mit!« sagt Magda zu mir. »Du kannst dies Handtuch hier haben. Ich sterbe vor Hunger. Ich habe nicht gefrühstückt, bevor ich losgefahren bin. Laß uns den Speck braten, den ich mitgebracht habe.«

Magdas Vater und Marigold, eine Schauspielerin, treffen später am Tag ein. Magdas Vater parkt seinen Wagen auf der Wiese gegenüber und hupt, um Dr. Metcalf zu signalisieren, daß er sie mit dem Boot abholen soll. Magdas Mutter kommt nicht. Magda hat die letzte Nacht bei ihr verbracht, nachdem ihr der Zahn gezogen wurde.

Dr. Metcalf und ich waren die ganze Nacht allein in der Hütte am Fluß. Während der Busfahrt waren wir beide so müde, daß wir kaum miteinander gesprochen haben. Er hatte den Arm auf die Rückenlehne des Sitzes gelegt. Ich hatte das Gefühl, er habe den Arm um mich gelegt, obwohl ich wußte, daß es in Wirklichkeit nicht so war. Es gefiel mir sehr gut. Ich denke an diesem ruhigen Tag am Wasser immer wieder an die Busfahrt. »Ein fauler Tag«, sagte er, als er mich einlud, »am Wasser.«

Der Tag ist alles andere als ruhig. Magda kommt im Nebel an.

Der Taxifahrer ruft vom Treidelpfad herüber, und Dr. Metcalf rudert durch den Nebel über den Fluß, um sie zu holen. Ich wache erst vom Rufen des Fahrers auf. Ich fühle mich unförmig und bleich und aufgedunsen und häßlich. Ich helfe, die ganzen Pakete und Päckchen in die Hütte zu bringen. Wäre ich doch nur ein bißchen gebräunt, oder würde ich doch wenigstens beim Aufwachen hübsch oder reizend aussehen und nicht wie ich bin, in vom Schlafen zerknitterten Kleidern.

Ein paar von den jungen Männern, verkündet Magda, kommen später mit dem Auto. Sie hat massenweise Essen dabei, sagt sie. Sie hat Butter besorgt und Käse und Bohnenkaffee und Champagner und getrocknete Bananen. Ich schäme mich, weil ich hungrig bin. Wir setzen uns auf den Steg und essen unser Frühstück. Ich erzähle Magda, ich könnte ihr vielleicht ein paar Eier besorgen.

»Es gibt einen schmalen Weg, der von der Straße aufwärts führt, aber er wird von dem hohen Gras verdeckt.« Ich erzähle Magda von Gertrudes Haus.

»Oh, Schätzchen«, ruft sie, »das ist ja himmlisch! Du mußt mir unbedingt erklären, wie man dort hinkommt.«

Mein Abend mit Dr. Metcalf ging sehr schnell vorüber. Auf dem Weg von der Bushaltestelle durch die Flußwiesen zu der Stelle, wo das Boot unter der Uferböschung vertäut lag, war Dr. Metcalf äußerst aufmerksam. Er führte mich von einem festen Grasbüschel zum nächsten. Riesige cremefarbene Kühe, deren feuchter Atem den süßen Geruch von zermalmtem Gras verströmte, sammelten sich neben dem Weg, um zum Melken getrieben zu werden. Er zeigte mir das Zimmer in der Hütte am Fluß, in dem ich schlafen sollte. Weil das kleine Haus in Gras eingebettet zu sein schien und weil es dort so still war, erinnerte es mich an Gertrudes Haus. Genau wie ihres schien dieses Haus zu schlafen.

»Ich habe letzte Nacht den Fluß gar nicht gehört«, sage ich. »Ich hatte gehofft,« erzähle ich Magda, »zu hören, wie das Wasser gegen die Pfeiler des Stegs schwappt, aber ich muß gleich eingeschlafen sein, ohne das geringste zu hören.« Während wir dort sitzen und die Füße in das braune Wasser hängen lassen, denke ich an den Abend und daran, wie Dr. Metcalf dicht neben mir saß, auf einem alten Sofa, das mit einem ungesäumten Tuch bedeckt war. Er sagte, er sei älter als ich, und ich hätte mein Leben noch vor mir. Er sagte, er wisse das, aber er würde mich trotzdem gerne küssen. Ob er mich küssen dürfe, fragte er. Ich sagte, ich hätte immer gedacht, die Leute würden sich küssen, ohne vorher zu fragen. Das schien ihm zu gefallen, und er küßte mich mit sehr langen und sehr süßen Küssen. Ich denke jetzt die ganze Zeit an diese Küsse, und ich frage mich, ob Magda es wohl ahnt, und wenn ja, ob es ihr etwas ausmacht.

Nach einer Weile führte mich Dr. Metcalf in mein kleines Schlafzimmer. Das Bett war sehr niedrig. Er setzte sich auf die Bettkante und streckte den Arm aus. Ich erinnere mich an seine Küsse, und ich erinnere mich daran, wie er mich umarmte und zudeckte. Ich muß eingeschlafen sein, ohne mich auszuziehen.

»Ich habe letzte Nacht den Fluß gar nicht gehört«, sage ich, »und ich habe den Sonnenaufgang gar nicht gesehen.« Wieder einmal habe ich das Gefühl, wegen meiner anstrengenden Arbeit mein ganzes Leben zu vergeuden, weil ich an meinen freien Tagen zu lange schlafe und dann blaß und häßlich aufwache und die verlorenen Stunden nicht zurückholen kann. Dr. Metcalf sagt, es war ein schöner Sonnenaufgang, und wenn ich ihn verpaßt habe, soll ich mir nichts daraus machen, es wird in meinem Leben noch viele Sonnenaufgänge geben. Er lächelt mir zu, und mein Mund sehnt sich nach seinem Mund.

Magda sieht mich ernst an und sagt mir, daß Jonty selbstverständlich recht hat.

Magdas Vater und seine Schauspielerin kommen früh an. Obwohl niemand von diesen Leuten Beule und ihrer Mutter in irgendeiner Weise ähnelt, denke ich plötzlich an Beule. Vielleicht wegen der Außentoilette, dem Trockenklosett mit dem hölzernen Sitz, den ich vorsichtshalber hochhebe, um sicherzugehen, daß keine Schlange darunter ist.

Als wir zusammen krank waren und isoliert lagen, zeigte Beule mir ein bei einem Picknick aufgenommenes Foto von ihrer Mutter und diesem Menschen, den sie Chris nennt.

»Ist das dein Vater?« fragte ich, und Beule erklärte, daß Chris für sie wie ein Vater war, aber eigentlich war er nur der Freund ihrer Mutter. Ihr Vater starb, erinnerte sie mich, während er in einem afrikanischen Dorf die Kranken versorgte. Weil es so langweilig war, krank zu sein und zur Unterhaltung nur Beule und ein paar feuchte alte Bücher zu haben, die wir im Wandschrank neben dem Schornstein gefunden hatten, starrte ich lange Zeit auf das Picknick-Foto. Ich versuchte, in Anbetracht von *Clive von Indien*, *Bevis* und *Englische Gärten des neunzehnten Jahrhunderts*, aus dem Foto ein Buch zu machen. Ich betrachtete jede Einzelheit, die Reisedecke mit dem Schottenkaro, auf der Beules Mutter saß, und den Kuchen, der in einer offenen Dose auf ihrem Schoß lag. Sie reichte Chris gerade ein Stück davon. Beim Gedanken an den Kuchen bekam ich Hunger.

»Was für ein Kuchen war es?« fragte ich Beule.

»Ich weiß nicht mehr«, sagte sie. »vielleicht Madeirakuchen«, sagte sie. »Den mag Chris besonders gern.« Wir waren beide ständig hungrig, Beule und ich. Auf dem Foto wirkte Chris groß. Er trug weite Knickerbocker. Er hockte am Boden und spielte mit einem kleinen weißen Hund. Beule erklärte, daß es ein Sealyham-Terrier war. Ihre Mutter hatte immer einen Hund, immer dieselbe Rasse.

Vielleicht hat das Picknick diese Erinnerung ausgelöst. Wenn ich meine Mutter mit Beules Mutter vergleiche, stelle ich fest, daß meine Mutter im Vergleich unter Beules Mutter steht. Meine Mutter hatte nie irgendein Haustier. Bei diesem Gedanken wird mir bewußt, daß sie Hunde überhaupt nicht mag und von Magdas Angewohnheit, ihren Irish Setter mit ins Bett zu nehmen, angewidert wäre.

Vielleicht ist es die Decke mit dem Schottenkaro, die mich so unvermittelt an Beules Picknick-Foto erinnert. Bei meinen Vergleichen im Internat stand ich, wegen Beules Haar, ihrer gesprungenen Brille, ihrer Haut und der Art, wie sie mit ausgebeultem Kittel dastand und an den Fingernägeln kaute, über Beule. Deshalb denke ich nicht besonders gerne an sie. Denn wenn ich an sie denke, bringt uns das auf ein Niveau. Ich versuche, nicht an sie zu denken. Magdas Vater mag seine Schauspielerin sehr gern und faßt sie häufig an. Er mag auch Magda sehr gern; er streichelt ihre Arme und umarmt sie ab und zu. Eine ganze Weile scheint er überhaupt keine Notiz von mir zu nehmen, und dann sagt er, er habe gehört, ich sei Quäkerin, und ich sage, keine sehr gute, fürchte ich, und er lacht und wirft den Kopf zurück, genau wie im Operationssaal, wenn jemand während einer Magenoperation einen Witz macht, und er sagt, das ist die beste Antwort, die er je gehört hat. Dann nimmt er wieder keine Notiz von mir. Ich denke noch lange über meine gute Anwort nach, und ich wünschte, ich könnte noch einmal etwas sagen, das eine gute Antwort ist. Aber niemand richtet mehr irgendwelche Bemerkungen an mich, und weil ich wie immer hungrig bin, esse ich eine Menge von dem Schinken und der Butter und den getrockneten Bananen. Die Nahrungsmittelrationierung betrifft Magda nicht, und das Essen, das sie mitgebracht hat, ist etwas ganz anderes als das, was wir zu Hause oder im Krankenhaus bekommen. Magdas Vater hat eine Tüte Pfirsiche mitgebracht. Er läßt sie sich aus London schicken. Ich habe noch nie einen Pfirsich gegessen und konzentriere meine Gedanken auf die Hoffnung, daß genügend in der Tüte sind und jeder einen bekommen wird.

Die drei Gäste, die Magda erwartet hat, die jungen Männer, die immer zu den Partys in ihrem Haus kommen, erscheinen nicht, und sie ist enttäuscht, meint aber, sie kämen vielleicht am nächsten Tag.

Das Flußufer ist von Kühen zertrampelt, aber Magda meint, es wäre himmlisch, draußen im Gras zu schlafen. Ihr Vater und

Goldy können das Schlafzimmer in der Hütte nehmen. Magda kümmert sich um alles.

»Es wird einen riesigen Mond geben«, verspricht sie mir, »und Jonty wird ein sauberes Fleckchen Gras für uns suchen.« Wir tragen unser Bettzeug zum Fluß hinunter.

Ich habe das Gefühl, ich sollte mich darüber freuen, dem leisen Schwappen des Wassers gegen die modrigen Pfeiler des Stegs zuhören zu können. Endlich bin ich dort, wo ich sein wollte. Ich atme den Geruch des Wassers und des Schlicks ein, und den Duft des zerdrückten Grases, aber meine unerwartete Traurigkeit verfliegt nicht. Eine Zeitlang ist der Mond hell, und das Wasser, das nicht von der Uferböschung und den Bäumen überschattet wird, schimmert. Von Zeit zu Zeit plumpst etwas mit einem kleinen Platsch ins Wasser. Vermutlich sind es Wasserratten. Ich sehne mich nach Dr. Metcalf, sehne mich danach, mit ihm allein zu sein, in seinen Armen zu liegen, zwischen den Decken, in die er sich, genau wie ich, eingewickelt hat. Wir liegen alle drei wie zusammengerollte Bündel nebeneinander. Unsere Füße zeigen zum Wasser und unsere Gesichter sind dem Mond zugewandt. Es ist derselbe Mond, den mein Vater sehen kann. In meiner Einsamkeit versuche ich, an meinen Vater zu denken, aber ich sehne mich nach Dr. Metcalf. Ich denke an ihn, und ich sehne mich nach seinen Umarmungen und nach seinen Küssen. Ich möchte seine Nähe spüren, so wie gestern nacht. Ich wünschte, ich wäre gestern nacht nicht eingeschlafen.

Ab und zu gleitet ein einsames Boot vorbei. Obwohl ich niemanden sehen kann, weiß ich, daß in jedem Boot zwei Menschen sitzen, die sich nicht voneinander trennen wollen und sich wünschen, die Nacht möge nie zu Ende gehen. Der Mond hat einen Hof. Dunkle Wolken rasen über das leuchtende Gesicht des Mondes. Magda und Dr. Metcalf, die sich von Zeit zu Zeit zärtliche Worte zugeflüstert haben (sie dachten, ich schlafe), sind jetzt still. Vielleicht bin ich in dieser Gegend weit und breit die einzige, die nicht schläft. Die dunklen Schatten der Kühe am anderen Flußufer rücken näher zusammen. Ich kann ihren grasigen Atem riechen, und ich kann hören, wenn eine von ihnen sich hinlegt oder aufsteht. Ich bin froh, daß sie nicht schlafen.

Von weitem dringt das Geräusch von Flugzeugen herüber. Die Motoren dröhnen, während sie näherkommen. Wie ein Herzschlag, immer lauter, immer näher. Es sind deutsche Flugzeuge. Ich erkenne sie am Dröhnen der Motoren. In der Ferne, hinter den Sumpfwiesen, schicken schwache Suchscheinwerfer ihre schlanken Finger wie lange Blütenblätter über den Himmel. Magda fragt, ob wir lieber hineingehen sollten, und Dr. Metcalf sagt nein, was würde das schon nützen.

Beule sagte, als wir zusammen auf der Isolierstation lagen, daß die Deutschen, wenn sie mit ihren Flugzeugen kämen, falls es zu einem Krieg zwischen uns und den Deutschen käme, daß die Deutschen England in einem einzigen Luftangriff vernichten könnten. Damals dachte ich, daß dieser Herr Chris ihr das gesagt haben mußte. Ich habe es geglaubt. Später haben es im Internat alle gesagt. »Ein Luftangriff, und wir sind alle tot. Wirklich! Wenn es zum Krieg kommt.« Die Deutschen sind nicht durch und durch schlecht, hätte ich am liebsten gesagt. Nicht alle Deutschen sind schlecht. Aber es schien keine Worte zu geben, damals, um das zu sagen.

Beules Mutter und Chris besuchten Beule, als wir krank waren. Sie waren sehr nett und liebenswürdig zu mir. Sie setzten sich auf mein Bett und sprachen mit mir, als wäre ich niemals gemein zu Beule gewesen. Möglicherweise hatte Beule ebensolches Heimweh gehabt wie ich; Muriel, sie nannten sie Muriel, hatte vielleicht Sehnsucht nach ihrer Mutter und diesem Chris gehabt. Ihre Mutter sagte zu mir: »Muriel hat zu Hause auch Kaninchen«, nachdem ich ihr von unseren Kaninchen zu Hause erzählt hatte. Beule war sehr nett zu mir. Sie erwähnte mit keinem Wort, daß ich nicht mit ihr gesprochen hatte. Und sie hatte offensichtlich auch nichts von den Streichen erzählt, die wir ihr alle gespielt hatten. An dem Nachmittag, als ihre Leute kamen, hatte ich meine Brille nicht auf, und als ihre Mutter den Kopf durch die Tür steckte, dachte ich für einen Moment, daß meine Mutter gekommen war. Ich versteckte mich unter der Bettdecke, als ich meinen Irrtum erkannte. Es fiel mir schwer, nicht zu weinen. Dann setzte sich dieser Herr Chris zu mir aufs Bett und erkundigte sich nach meinem Verband, während Beule und ihre Mutter sich zur Begrüßung umarmten. Ich erklärte ihm: »Es ist eine Mittelohrentzündung«, und er sagte, das täte ihm leid.

In der Nacht rief Beule laut zu mir herüber, daß ich die Hausmutter holen sollte, weil ihre Schmerzen immer schlimmer wurden. »Ich glaube, es ist der Blinddarm«, sagte sie, und dann übergab sie sich auf die Bettdecke und den Fußboden. Ich lief im Dunkeln schnell nach unten, zum Cottage der Hausmutter. Sie kam sofort.

In meinem heimlichen Vergleichspiel stand Beule jetzt an der Spitze, über allen anderen, denn in dieser Nacht kam der Schularzt an ihr Bett. Ich war neidisch und schämte mich für meinen Neid und versuchte, mich hilfsbereit zu zeigen. Beule gab sich Mühe, nicht zu weinen, aber sie hatte zu große Schmerzen. Die Hausmutter sagte, ich solle mich hinlegen und versuchen zu schlafen. Sie sagte, sie müßten Beule ins Krankenhaus bringen. Sie wickelten sie in eine Decke und brachten sie im Wagen des Arztes nach Oxford ins Krankenhaus, fünfzig Kilometer weit weg. Ich stellte mir vor, wie der Wagen über die dunklen, gewundenen Landstraßen raste, um Beule ins Krankenhaus zu bringen, ehe es zu spät war. Die hohen Gräser und der Kerbel an den Straßenrändern, dachte ich, sehen im Mondlicht bestimmt wie Spitzengewebe aus.

Die Hausmutter ließ in der Eile das Licht brennen, und ich versuchte, das Buch zu lesen, das Beules Mutter mir bei ihrem Besuch zum Abschied geschenkt hatte. Es war eine Internatsgeschichte und handelt von einem Mädchen namens Treacle. Das Buch hieß *Treacle geht ihren Weg*. Ich wollte mich genüßlich in das Buch vertiefen, aber ich mußte immer wieder an Beule denken, wie sie geweint und vor Schmerzen die Beine angezogen hatte.

Magdas junge Männer, die drei Gäste, die erwartet werden, kommen auch am nächsten Tag nicht.

Dr. Metcalf und ich machen einen kurzen Spaziergang zu einem nahegelegenen Bauernhof, um frische Milch zu holen. Wir brauchen den Fluß nicht zu überqueren.

»Ich hatte gehofft, mit dir den Fluß hinauffahren zu können«, sagt er zu mir, »mit dem Boot. Weiter oben gibt es wilde Schwäne ...« Ich bedanke mich bei ihm und sage leise, daß es nicht so wichtig ist. Auf dem Rückweg setzt er die Milchkanne ab und zieht mich hinter eine Hecke. Schnell drückt er mich an sich, küßt mich und schiebt mich dann ein Stückchen von sich weg.

»Ich kann dir nicht die Liebe geben, die du verdienst«, sagt er und küßt ganz zart meine Finger. Er streift sie ganz leicht mit seinen Lippen.

»Das macht doch nichts, Dr. Metcalf«, sage ich, erstaunt über meine Worte und den Klang meiner Stimme. Ich sage ihm, es macht nichts, und daß ich einen Freund habe, der bei der Armee ist. Genauer gesagt bei der Luftwaffe. Wir gehen weiter, zurück zu der Hütte am Fluß.

Den ganzen Tag über wünschte ich, ich wäre nach Hause gefahren und hätte Gertrude besucht. Ich hatte keine Möglichkeit, ihr mitzuteilen, daß ich nicht kommen würde. Sie läuft wahrscheinlich durch das Gras den flachen Hügel hinunter bis zur Biegung, um zu sehen, ob ich auf dem Weg nach oben bin, ob ich ihr zu Fuß, auf mein Fahrrad gestützt, entgegenkomme. Zwei freie Tage vergeudet. Ich dachte, es würde mich schon glücklich machen, nur in Dr. Metcalfs Nähe zu sein, aber ich habe mich geirrt. Weil andere Leute dabei sind, kann ich ihn noch nicht einmal so ansehen, wie ich es gerne möchte. Und er kann mich auch nicht ansehen, kann jedenfalls nicht in meine Augen und in meine Gedanken schauen, so wie an dem Abend, als wir hier unten alleine waren. Ich will mit ihm alleine sein. Vielleicht, der Gedanke tröstet mich, ist meine Mutter mit dem Bus hingefahren, um die Eier zu holen, und hat Gertrude gesagt, daß ich nicht komme.

Dr. Metcalf ißt nichts zu Mittag. Er wirkt nachdenklich. Ich befürchte, er könnte deprimiert und traurig sein, und versuche, mir nicht anmerken zu lassen, daß ich es bin. Magda ist eindeutig sauer. Das sagt sie selber. »Mein Gott, bin ich sauer!« sagt sie immer wieder. Der Fluß ist voll von Sonntagstouristen, die mit dem Zug gekommen sind. Ausflügler nennt Magda sie. Sie ist gezwungen, sich etwas überzuziehen, weil so viele Boote an dem kleinen Steg vorbeikommen. Junge Männer, die mit den Staken Kunststücke vollführen, pfeifen und rufen uns im Vorbeifahren etwas zu. Magda sagt, sie hat genug von der Hütte, und wir sollten alle zurück in die Stadt fahren. Sie fragt, ob ich meine Eltern besuchen will, denn wenn ja, dann kann Daddy, der in die Stadt zurück fährt, sobald er und Marigold aufgestanden sind, uns alle mitnehmen und mich an der Bushaltestelle absetzen.

Es ist spät, als ich zu Hause eintreffe, denn ich mußte stundenlang auf den Bus und den Zug warten. Kaum habe ich die Küchentür geöffnet, gibt mir meine Mutter ein Telegramm. Ich muß sofort zurück ins Krankenhaus.

»Das Telegramm kam gestern«, sagt sie.

»Ich hätte sowieso nur für den Abend bleiben können«, sage ich zu ihr. »Meine freien Tage sind vorbei.«

Mein Vater sagt, er wird mich zum Bahnhof bringen. Wir müssen gleich los, damit ich den Zug nicht verpasse. Er trägt das kleine Päckchen, das meine Mutter für mich vorbereitet hat. Sie hat einen Früchtekuchen eingepackt und ein paar hartgekochte Eier.

»Die Eier sind von Gertrude«, sagt sie.

Lois hat sich die Haare gewaschen. Ich betrachte belustigt das Handtuch, das sie sich wie einen Turban um den Kopf geschlungen hat. Ich sage ihr, daß der Turban entzückend aussieht und daß ich Kuchen mitgebracht habe.

»Unser Dienst beginnt um Mitternacht«, sagt sie, »eine Sonderschicht.« Weiter gibt sie keine Erklärungen ab. »Du bist wirklich dämlich!« sagt sie plötzlich. »Dich mit *denen* abzugeben! Sie ist mindestens genauso schlimm wie er. Ist dir das nicht klar? Diese Metcalfs! Nein danke, ich möchte keinen Kuchen.«

»Aber du kennst sie doch gar nicht. Sie sind reizend, alle beide, und sehr nett.« Ich esse ein Stück Kuchen.

»Ja sicher!« sagt Lois, und dann in affektiertem Tonfall: »Ja, wirklich?«

»Sie sind meine Freunde«, sage ich.

»Schöne Freunde!« Sie steckt sich eine Zigarette aus der neuen Schachtel an, die ich für sie mitgebracht habe. »Er war der Grund für Smithers Selbstmord«, sagt sie. »Smithers hat sich seinetwegen umgebracht.«

Smithers, der OP-Pfleger. Ich erinnere mich daran, wie er mir einmal ein Gedicht vorgelesen hat, das er selbst geschrieben hatte. Er fragte, ob er es mir vorlesen dürfe. Und dann wollte er wissen, wie es mir gefiel. Er war sehr groß und sehr blaß, weil er sich die ganze Zeit drinnen aufhielt, im künstlichen Licht der Operationssäle.

Ich konnte nicht richtig zuhören, denn die Oberschwester kam herein. Smithers und ich machten mit unserer Arbeit weiter. Er stellte die Trommeln mit sterilem Verbandmull, die ich ihm reichte, in die Regale. Ich hatte das Gedicht nicht ganz verstanden, und weil die Oberschwester nicht wegging, konnte Smithers seine Frage nicht wiederholen.

Jetzt denke ich an das Gedicht, und an seinen Selbstmord.

»Ach, Smithers!« sage ich.

»Ganz genau«, sagt Lois.

SINGLE MALT

PLÖTZLICH muß ich an meine Mutter denken. Vielleicht liegt es daran, daß ich heute von weitem eine Frau gesehen habe, deren Haar auf dieselbe Art gelockt war wie das Haar meiner Mutter. Die Frau stand mit ein paar anderen Leuten ein Stück von mir entfernt an der Straße. Weil ich wußte, daß sie es nicht sein konnte, bin ich nicht zu ihr gegangen. Ein Mensch kann einem anderen noch so sehr ähneln, wenn es nicht derselbe Mensch ist, dann nützt es nichts.

Vielleicht sollte ich eines Tages jede Einzelheit, die mir von meiner Mutter in Erinnerung geblieben ist, niederschreiben. Vielleicht wäre das gut.

Meine Mutter, die immer jemanden brauchte, dem sie alles erzählen konnte, hatte plötzlich, nach dem Tod meines Vaters, niemanden mehr. Nach drei nervenaufreibenden Wochen in einem privaten Pflegeheim kehrte sie in das leere Haus zurück und hatte niemanden, dem sie von ihren schrecklichen Erlebnissen erzählen konnte.

Sie mußte noch viele Jahre alleine leben.

◆

... wie jetzt an Deines Sohnes Tod, so auch an seiner Auferstehung ...

Ich habe den Abend frei, aber ich gehe nicht aus. Ein Baby ist heute gestorben.

Ein Baby ist heute in meinen Armen gestorben.

Schwester Ramsden sagt zu mir, ich solle mir ein Buch aus ihrem Regal aussuchen, das ich gerne behalten möchte, und ich treffe eine törichte Wahl. Das kann ich niemandem erzählen. Meine Mutter mag Stickerei und würde all die Zeichnungen und Bilder in dem Buch verstehen. Sie würde die Beschreibungen und die Schritt-für-Schritt-Anleitungen verstehen; Kreuzstich, Crewelstickerei, Wollstickerei, Tapisserie, Gros Point, Petit Point, Bordüren und Stickbilder, Perlenknüpfen und die verschiedenen Stiche und Techniken der orientalischen Tamburierstickerei ... Mir gefällt die Idee, mit Stickerei Bilder zu malen. Natürlich kann ich das Buch nicht meiner Mutter schenken. Es ist ein Geschenk von Ramsden, und ich bin selber schuld, daß ich es mir anstelle eines anderen Buches ausgesucht habe. Ich meine, sie hatte schließlich auch Wordsworth und Keats, Goethe, Rilke und E.E. Cummings und Dickens und andere. Das ist das Schreckliche daran, wenn man die Wahl hat.

Es erscheint mir unangebracht, heute abend Magda zu besuchen. Auf der Autofahrt, als wir von der Hütte am Fluß zurückkehrten, stritten sich alle. Sie taten so, als sei es nur Spaß, aber es war nicht nur Spaß. Dr. Metcalf machte sich darüber lustig, daß Magdas Single-Malt-Herren nicht aufgetaucht waren. »Sie wußten wohl, daß der Single Malt alle war«, neckte er sie.

»Sie haben noch nie den ganzen Single Malt ausgetrunken«, sagte Magda. »Du«, sagte sie zu Dr. Metcalf, »genehmigst dir auch gerne mal einen Schluck, und Daddy ebenfalls. Stimmt doch, Daddy, oder?« Ich dachte schon, Magda würde anfangen zu weinen, aber Dr. Metcalf streichelte ihren Arm, und ich sah, wie die kleinen Falten und Runzeln auf ihrer Stirn und unter ihren Augen wieder verschwanden.

Ich betrachtete die vorbeiziehenden Hecken und den Kerbel,

der langstielig und zart wie Spitzengewebe am Straßenrand stand. Ich wünschte die ganze Zeit, es wäre nicht so weit bis zur Bushaltestelle.

Magda saß zwischen uns. Dr. Metcalf hatte den Arm um Magdas Rücken gelegt, und seine Hand, die ihren weichen, sonnengebräunten Arm streichelte, war ganz nah an meinem Arm. Sein Handrücken lag an meinem Arm. Ich nahm mir vor, für immer und ewig in die Schönheit der Natur einzutauchen. Aber schon damals hatte der Ausdruck ›die Schönheit der Natur‹ keine Bedeutung für mich.

Magdas Vater, der mit kultivierter Gelassenheit den Wagen lenkte, hatte einen Arm um Marigold gelegt.

Heute abend ordne ich meine Briefmarkensammlung, oder zumindest versuche ich es. Einige Marken haben sich gelöst und sind herausgefallen. Es gelingt mir nicht, genügend Interesse zu entwikkeln, um sie gewissenhaft zu sortieren und einzuordnen. Mein Kopf juckt. Ich würde mir gerne die Haare bürsten, aber Lois, die ihren freien Tag hat und nach Hause gefahren ist, hat sich meine Haarbürste ausgeliehen. Ich schlage meine Bücher mit den gepreßten Wiesenblumen auf: Mädesüß, Milzkraut, Huflattich, Frauenschuh und Vogelmilch. Ich kann nichts mit ihnen anfangen, und irgendwie stimmt mich der Gedanke an die grasigen Stellen, an denen sie wachsen, traurig.

Es erscheint mir unpassend, Magda heute abend zu besuchen. Nicht nach dem Ausflug zur Hütte am Fluß. Ich frage mich, was sie wohl heute Abend machen werden, Magda und die anderen und Dr. Metcalf.

Ich räume meine Wäscheschublade auf, falte alles ordentlich zusammen und lege es glatt aufeinander und nehme mir vor, meine weiße Bluse und mein gutes Paar Strümpfe immer sauber und griffbereit zu haben, falls ich irgendwohin eingeladen werde. So ein Mensch bin ich.

Magda hat keine Nachricht für mich hinterlassen, um mich einzuladen, wie sie es sonst immer getan hat. Vielleicht ist bei ihnen irgendetwas passiert seit dem Ausflug zur Hütte am Fluß. Sie hat sich einen Zahn ziehen lassen. Vielleicht eine Entzündung?

Das gute Paar Strümpfe, das ich besitze, ist wirklich sehr schön. Es muß etwas ganz besonderes für eine Frau sein, wenn ein Mann für sie mit geschickten Fingern die Strümpfe aufrollt, damit sie, wenn er sie ihr überstreift, sich leicht und gleichmäßig bis zum Oberschenkel entrollen. Einmal, in einem Film, habe ich einen gutaussehenden Mann vor einer sehr hübschen Frau knien sehen, und dieser Mann, der verstand es, Strümpfe aufzurollen. Ich kenne nicht viele Männer, und die, die ich kenne, zum Beispiel mein Vater und Dr. Metcalf, die würden glaube ich nie auf den Gedanken kommen, für eine Frau die Strümpfe aufzurollen. Obwohl, Dr. Metcalf vielleicht doch.

Das Baby, das kleinste Baby, das ich je gesehen habe, heißt Roger Keith. Er starb in meinen Armen. Heute morgen.

»Schwester!« Eine Schwester ruft mich, als ich an der Entbindungsstation vorbeikomme. Station 4. Ich gehe dort nur entlang, weil der Fahrstuhl nicht funktioniert. »Haben Sie eine saubere Schürze um?« brüllt sie. Ich rufe zurück, daß sie nicht sehr sauber ist und ich auf dem Weg in die Apotheke bin.

»Brauchen Sie etwas aus der Apotheke?« Ich gehe ihr entgegen. »Sie haben unsere Karbolsäure vergessen.«

»Nehmen Sie sie ab«, sagt die Schwester, »ihre Schürze, nehmen Sie sie ab und binden Sie die Innenseite nach außen. Beeilen Sie sich, und kommen Sie dann hier herein. Stellen Sie Ihre Rationsgläser da unten ab, ja, einfach da unten neben die Tür. Genau, wenden Sie ihre Schürze, machen Sie schnell. Sie müssen ordentlich aussehen!«

Ich kenne die Schwester nicht. Ich habe sie noch nie gesehen.

»Ich arbeite nicht auf dieser Station«, will ich ihr erklären.

»Ich weiß. Das weiß ich«, sagt sie. »Es handelt sich um einen Notfall«, teilt sie mir mit. »Es ist keine einzige Schwester frei, wir arbeiten auf Hochtouren. Drei Köpfe zu sehen, fünf frisch Entbundene, und jetzt auch noch das hier. Es dauert nur eine Minute. Machen Sie so schnell sie können, Schwester, ja, gut so, die Ärmel runter und die Manschetten zugemacht. Gut!«

In einer abgeschirmten Ecke des Krankensaals liegt eine Frau auf ihre Kissen gestützt. Ihr Haar ist nach hinten gekämmt und säuberlich mit einem Stück Gaze zusammengebunden. Sie ist sehr bleich, und sie weint. Sie weint tonlos, die Tränen strömen ihr übers Gesicht, als kämen sie direkt aus ihrem Herzen. Sie weint, als könnte sie nie wieder aufhören. Die Schwester geht sofort zu ihr hinüber.

»Der Hausgeistliche kommt gleich«, sagt sie leise. Die Frau nickt, und ihre Tränen fließen ununterbrochen weiter.

Neben dem Bett steht eine Krankenhauswiege, ein kleiner Drahtkorb, der mit ein paar gefalteten Flanelltüchern bedeckt ist. Die Schwester nimmt das Baby, das ganz still ist, heraus.

»Kaiserschnitt«, sagt sie aus dem Mundwinkel zu mir. »Die Schwester hier«, sie wendet sich der Frau in dem Bett zu, »die Schwester wird die Patin sein.«

»Aber«, sage ich, »aber ich bin keine ... ich bin ... wir sind nicht ...«

»Es spielt keine Rolle, Schwester, was Sie sind oder was Sie nicht sind. Da ist ja der Reverend.« Rasch wickelt sie das Baby in ein weißes Tuch und gibt es mir.

Das kleine Bündel in meinen Armen ist ganz leicht. Der Kleine hat die Augen geschlossen, und sein winziger Mund ist spitz. Die fein gezeichneten, zarten Lippen sind schon blau angelaufen. Ich drücke ihn an mich und spüre, wie der kleine Körper sich ganz schwach regt.

Der Geistliche beugt seinen weißhaarigen Kopf über sein Buch. Er kommt näher heran, während er liest. Er bittet mich, dem Baby einen Namen zu geben. Ich schaue die Frau an. »Roger Keith«. Sie bewegt kaum die Lippen.

»Roger Keith«, sage ich und halte das Baby unter die Wassertropfen, die wie kalte Tränen von den Fingern des Geistlichen herabfallen.

Roger Keith.

»*Ich taufe dich im Namen des Vaters, des Sohnes und des Heiligen Geistes.*«

»Amen.« Die Schwester kniet nieder, also knie auch ich mit dem Baby nieder. Der Geistliche spricht schnell weiter:

»*... und demütig flehen wir Dich an zu gewähren, daß er, wie jetzt an Deines Sohnes Tod, so auch an seiner Auferstehung teilhaben werde ...*«

Das leise, keuchende Seufzen von Roger Keiths Atemzügen hat aufgehört. Die Schwester nimmt ihn mir ab und legt ihn behutsam zurück in die Wiege. Die Frau in dem Bett streckt mir ihre Hände entgegen, und ich spüre ihre heiße trockene Haut. Ihre Tränen, die schimmernden Perlen gleichen, bahnen sich noch immer einen Weg unter ihren geschlossenen Augenlidern hervor.

»Ich danke Ihnen.« Die Schwester hat den Geistlichen zum Stationsausgang begleitet. »Warum um Himmels willen«, fragt sie, »nehmen Sie ihre Butter und Ihre Marmelade und Ihren Zucker mit zur Apotheke?«

»Ich hatte gerade Frühstückspause«, sage ich, »und sollte auf dem Rückweg in die Apotheke gehen.«

Der Fahrstuhl funktioniert wieder, und ich fahre gemeinsam mit einem langen Rollwagen, auf dem ein Dutzend abgestoßene Emailledosen scheppern, in den Keller. Die Dosen haben alle Dekkel, und auf jeder steht eine Nummer, die besagt, zu welcher Station sie gehören.

»Gelbe Brause«, sagt der Bote zu mir. Er steckt sich eine Zigarette an. Viele der Boten, die mit Rollwagen und Mülleimern und Operationsabfällen und Wäsche und diesen kleinen Dosen unterwegs sind, rauchen. Sie sagen, es ist ihnen erlaubt, wegen der Arbeit, die sie machen. Er bringt den Urin der Patienten, der Soldaten, die Penicillin bekommen haben, ins Labor. Das Penicillin wird herausgefiltert und weiterverwendet. Das erzählt er mir, und ich höre zu, obwohl ich es schon weiß.

»Ein wahres Wunder«, sagt der Bote.

»Ja, das stimmt«, sage ich, und ich frage ihn beinahe, was es wohl für einen Gott geben könnte, der ein Kind, über dem die richtigen Worte gesprochen wurden, zu sich nimmt, und ob derselbe Gott ein Kind, dem dieser Segen nicht zuteil geworden ist, tatsächlich ablehnen und zurückweisen würde.

»Damenhüte, Unterwäsche und Kleider.« Der Bote öffnet die Fahrstuhltür, und eine Reihe von Behältern kommt zum Vorschein. Die Apotheke liegt gleich rechter Hand, und das Labor ist ein Stückchen weiter hinten. Wir gehen den Flur entlang, ohne etwas zu sagen, denn das Klappern der Dosen übertönt alles.

Ich nehme an, bei Magda essen sie jetzt gerade zu Abend. Vielleicht gibt es etwas, das man auf Kissen auf dem Fußboden sitzend verspeisen kann.

»Hat überall mitgemischt und auf die Unterstützung der Akademiker gebaut.« Magda sitzt erschöpft und stirnrunzelnd im Auto, auf der Rückfahrt von der Hütte am Fluß, und macht Dr. Metcalf wieder einmal Vorwürfe; sie spricht von einer Freundin von ihm, einer früheren Freundin, einer Frau, die ich nie kennengelernt habe. »Auf die Weise«, sagte Magda, »hat sie es immerhin zu einer Fußnote in der Literaturgeschichte unseres Landes gebracht.«

Dr. Metcalf lachte darüber, über Magdas gespielten Zorn. Er zog die Augenbrauen hoch und blickte mich um Magdas Hinterkopf herum belustigt an. Er schürzte die Lippen, als wolle er mir einen Kuß zuwerfen.

»Das stimmt doch gar nicht, oder?« Sein Tonfall klang scherzhaft.

»Ich fürchte, ich kenne sie nicht«, sagte ich. Ich wandte mich ab und starrte noch verbissener auf die Hecken an der Straße. Wilde Rosen, hätte ich am liebsten gesagt. Schaut doch mal, Hundsrosen, die Hecken sind übersät mit kleinen wilden Rosenblüten.

»Liebes!« sagte Magda dann. »Natürlich weißt du nicht Bescheid. Jonty hatte mal eine Freundin, Freundin großgeschrieben, die immer zu uns kam. Sie sagte, sie habe geglaubt, unser Haus sei eine Art religiöser Zufluchtsort. Stell dir das mal vor! Als ehemalige Stütze des Ballet Rambert hat sie sich beim Single Malt auch nicht gerade zurückgehalten. Schließlich, meine Liebe, landete sie in der Schule für Stickerei und Spitzenklöppeln, ohne Zweifel eine dekorative Ergänzung, mit ihren großen Händen und Füßen.«

Darüber lachten alle. Ich traute mich nicht zu fragen, was Single Malt bedeutete. Was es war. Etwas, das schwer zu bekommen war, nahm ich an, selbst für Magda, für die es keine Rationierung zu geben schien. Etwas, das so schwer zu bekommen war, daß es eine Rolle spielte, wenn ihre Freunde sich dabei nicht zurückhielten.

Weil ich die Metapher, wenn es eine Metapher war, von der Schule für Stickerei und Spitzenklöppeln nicht verstehen konnte und nicht verstand, wandte ich mich erneut ab, um auf die Bäume zwischen den Hecken am Straßenrand zu starren.

»Mein kleiner Schatz!« rief Magda. »Jonty«, sagte sie, »ich glaube, unser kleiner Schatz ist eifersüchtig. Oh, du süßes Schätzchen!« Sie machte sich von Dr. Metcalfs Arm los und zog mich an ihre süß duftenden, weichen Brüste und küßte mich hart auf den Mund.

»Du bist so süß«, schnurrte sie und drückte mich weiter an sich und sagte die ganze restliche Fahrt über immer wieder, ich sei süß. Deshalb ist es seltsam, äußerst seltsam, daß ich nichts mehr von ihr gehört habe.

DIE DIÄTKÜCHE

ER WAR NICHT IM KRIEG, er ist überhaupt nicht an die Front gegangen, er hat sich in der Wohnung seiner Mutter in die Kniescheiben geschossen und ist verblutet.«

»Ekelhaft.«

»Ich wußte gar nicht, daß er noch eine Mutter hatte.«

»Doch, sie kann einem leid tun – auch wenn sie eine Prostituierte ist.«

»Sie muß ziemlich alt sein, ich meine, wenn sie seine Mutter ist.«

»Ist sie auch. Aber manche Männer schätzen Frauen mit Erfahrung. Erfahrung zählt.«

»Das stimmt. Es ist ihnen egal, ob sie eine alte Schachtel ist. Ich meine, das Aussehen spielt keine Rolle. Ein Mann, der es noch nie gemacht hat, kümmert sich nicht um's Aussehen, der will nur eine freundliche Vagina.«

»Vermutlich war er ein uneheliches Kind. Hat jemand noch Butter übrig?«

»Ein Bastard. Hm!«

»Ja, ein Bass-tarrdd.«

»Hat jemand 'nen Glimmstengel?« Lois setzt sich mit einer Tasse Kaffee an den Tisch. Sie hat ebenfalls Nachtdienst. Ich ziehe eine volle Packung aus der Tasche und lege sie in ihren Schoß. Anscheinend machen wir immer gleichzeitig unsere Essenspause. Lois schenkt den Zigaretten scheinbar keine Beachtung, greift aber nach ihnen. Sie macht eine Ecke des Tisches für sich frei und öffnet die Packung *State Express*.

»Du bist so sauber. Wie eine Frühlingsblume oder ein Schneeglöckchen«, hat Lois einmal zu mir gesagt. Es kam mir damals vor, als lebten wir in einer anderen Welt. Wir liefen durch den Regen, blieben abrupt stehen und schauten uns lachend an.

»Und deine Haare!« sagte sie damals. »Sie sind klatschnaß, aber du siehst hübsch aus. Ganz sauber. Grün und weiß, das sind deine Farben. Wie ein Schneeglöckchen. Ich würde dich gerne malen.« Lois malte, in dem Zimmer, das wir miteinander teilten, Aquarelle. Wir hängten die Bilder auf, sogar noch, nachdem uns die Aufsichtsschwester eine Notiz mit der Anweisung, sie von der Wand zu nehmen, geschrieben hatte.

»Dein Schottenkaro-Kleid«, sagte ich, »sieht lustig aus. Ich mag deine Kleider, sie bringen mich zum Lachen. Deine Haare«, sagte ich, »sind auch naß. Dieser Regen!« Der karierte Stoff war von dem unerwarteten Regenschauer durchgeweicht, so daß sich Lois' Brüste deutlich darunter abzeichneten. »Du bist richtig süß. Weißt du eigentlich, wie süß du bist?« sagte ich damals.

»Zweifellos, falls von Dr. Metcalf die Rede ist.« Lois bläst eine Rauchwolke über die Hackfleischpastete und die Bratäpfel.

Natürlich ist von Dr. Metcalf die Rede. Alle reden über ihn, das heißt alle außer mir.

»Man sagt, er ist gar nicht bis zur Front gekommen. Er wurde von einem rückwärts fahrenden Armeelaster überfahren. Und dabei ist der Krieg so gut wie zu Ende.«

»Man sagt, er war in einem Feldlager in der Nähe von Swindon. Weiß jemand, wo Swindon liegt? Wieso hat er sich so spät noch freiwillig gemeldet? Er hat gar nicht mehr gekämpft. Gibt auch kaum noch Gelegenheit dazu. Das ist jetzt vorbei. Aber wahrscheinlich gerade darum. Reich mir bitte mal das Salz.«

»Wußtet ihr, daß er süchtig war? Er kam immer runter auf die Strahlenstation, um sich Morphium und, wieheißtesdochgleich, Heroin zu besorgen. Wir haben immer die Schlüssel versteckt. Nachts, versteht ihr, haben wir die Schlüssel versteckt.«

»Erinnert ihr euch noch an Foss. Hat Foss nicht auf der Strahlenstation gearbeitet?«

»Ja, Foss hat dort damals Nachtdienst gehabt. Hat die Schlüssel in ihrem BH versteckt. Uuh! Ist der Apfel sauer! Er hat sie, die Schlüssel, aber eines Nachts doch gekriegt. Als Foss den Wäscheschrank aufräumte. Hat seine Hand einfach unter ihren BH geschoben. Ekelhaft!«

»Er hätte nicht zur Armee gehen müssen. Du kannst den Rest von meinem Zucker haben. Ich brauche ihn nicht. Er ist nur zur Armee gegangen, um von seiner Frau wegzukommen.«

»Und von anderen Leuten. Vielen Dank, will sonst noch jemand Zucker? Und von anderen Leuten. Er hat elf Krankenschwestern geschwängert.«

»Möglicherweise zwölf.« Lois hebt kaum den Kopf, während sie spricht.

»Seine Frau ist zwanzig Jahre älter als er. Oder dreißig?«

»Er hat neun Kinder, und von verschiedenen Frauen.«

»Kein Wunder, daß er sich aus dem Staub gemacht hat.«

»Und bei der einen oder anderen hat er sich bestimmt auch was geholt!«

»Ja, ja, er hatte Syphilis, und weiß der Himmel wieviel Leute er damit angesteckt hat.«

»Er hätte ins Krankenhaus gehen sollen.«

»Ist er auch. Er hat dort einen falschen Namen angegeben, aber etliche Leute haben ihn natürlich erkannt.«

»Seine Frau ist davon schon ganz zerfressen.«

»Kein Wunder.«

»Er war überhaupt kein ausgebildeter Arzt, hat man herausgefunden. Er war nichts als ein Hochstapler. Eigentlich war er Gemüsehändler. Seine Mutter, die Prostituierte, hat im Laden gearbeitet und ist zwischendurch mit den Männern nach oben gegangen.«

»Das stimmt! Er hatte kein Diplom.«

»Man hat ein Diplom bei ihm gefunden, aber das muß er gestohlen haben. Er hatte das Diplom von Chatwyn Brown bei sich.«

»Von Chat Brown! Aber der wurde doch schon vor Jahren als vermißt gemeldet. Der arme alte Chat!«

»Ja, und Metcalf hatte *sein* Diplom bei sich!«

»Man hat in seinen Taschen auch den Finger eines toten Deutschen gefunden, mit einem dicken goldenen Ring daran. Er hat den Ring anscheinend nicht abbekommen.«

»Ich dachte, er war gar nicht an der Front.«

»War er auch nicht. Vielleicht hat er den Finger jemandem geklaut. Mußte den ganzen Finger nehmen, um den Ring zu kriegen.«

»Ekelhaft!«

»Jawohl, ekelhaft.«

»Das war doch zu erwarten!«

»Er ist schuld, daß Schwester wiehießsiedochgleich von der Lungenstation sich umgebracht hat.«

»Ja, und seinetwegen ist Schwester Roberts weggelaufen. Erinnert ihr euch noch an die kleine Roberts. Ein ganz stilles kleines Persönchen. Wahrscheinlich ist ihr Balg inzwischen angekommen. Weiß jemand, was es geworden ist?«

»Zwillinge. Könnte gut sein, daß es Zwillinge sind.«

»Könnte sein, daß er die auch angesteckt hat.«

»Das könnt gut sein. Wäre dann tertiär, versteht ihr.«

»Roberts ist noch da. Sie wartet wirklich bis zum letzten Moment. Ich meine, es ist doch offenkundig. Ich meine, man *sieht* es schon.«

»Und Smithers. Erinnert ihr euch an Smithers?« Lois sucht nach einem Streichholz für ihre zweite Zigarette. Sie schaut mich durch eine Qualmwolke hindurch an. Ihre Augen funkeln unter den halbgeschlossenen Lidern. Sie wendet ihren Blick rasch ab.

»Smithers«, sagt sie, »Smithers aus dem OP, er hat sich umgebracht. Wißt ihr noch? Arbeitete bei Lemmington Frazier und war zuständig für die Einläufe. Er hat sich wegen Metcalf umgebracht.«

»Lemmington Frazier! Das ist doch Metcalfs Schwiegervater?«

»Ja, er hat inzwischen schon die zehnte Schauspielerin. Marigold Bray.«

»Hast du nicht auf der Frauenchirurgie ihre Mutter gepflegt?« Lois nimmt einen langen tiefen Lungenzug und bläst den Rauch dann quer über den Tisch. »Oder?« sagt sie zu mir.

»Ja«, sage ich. »Das stimmt, Mrs. Bray, ein Leistenbruch.«

Ich denke häufig an Mrs. Bray. Ich erinnere mich, daß sie mir erzählte, sie arbeite in der öffentlichen Badeanstalt. Ich erinnere mich nur allzugut daran, wie ich an ihrem Bett hinter dem Wandschirm weinte, am Tag, als Dr. Metcalf mir erzählte, er ginge an die Front.

»Ich will dich nicht verlieren«, entgegnete ich ihm, als er sagte, er müsse weggehen. »Ich habe Angst«, sagte ich.

»Nicht weinen, bitte nicht weinen«, sagte er.

»Weinen Sie doch nicht, Kindchen«, sagte Mrs. Bray. »Er kommt ja wieder. Ihr Liebster wird wiederkommen.« Mrs. Bray hat mir an dem Tag noch etwas gesagt. Sie sagte, ein Mensch müsse seine Arbeit lieben. Man müsse seinen Beruf lieben. Sie erklärte, sie liebe ihre Arbeit in der öffentlichen Badeanstalt.

Ich erzählte ihr, daß ich Marigold bei unserem Ausflug zur Hütte am Fluß getroffen hatte. »Sie wissen doch«, sagte ich, »Dr. Metcalfs Häuschen am Fluß.«

»Oh ja, meine Tochter Edna«, sagte sie. »Aber sie nennt sich inzwischen nicht mehr Edna. Ich hoffe«, sagte sie, »sie wird mich in den nächsten Tagen besuchen kommen. Sie ist mein einziges Kind. Das meine ich, wenn ich über die Arbeit spreche. Verstehen Sie? Wenn einem die Arbeit Spaß macht, macht einem das Leben Spaß, und man kommt leichter darüber hinweg, wenn etwas schiefgeht.«

Ich muß an Mrs. Brays dünnes trauriges Gesicht denken und daran, wie ihre Augen leuchteten, als sie über Marigold sprach. Ich würde gerne mit jemandem über Dr. Metcalf sprechen.

»Mrs. Lemmington Frazier.« Lois drückt ihre dritte Zigarette aus. »Reizend. Sie ist wirklich reizend. Habe sie nach ihrer Hysterektomie gepflegt.«

»Lemmington Frazier! Schon beim Gedanken an ihn schüttelt es mich. Geiler alter Bock!«

»Sie hat auch ihre Krampfadern machen lassen. Mrs. Lemmington Frazier.«

»Ja, richtig.«

»Mrs. Lemmington Frazier ist immer mit diesem Rotkreuz-Wagen durch die Stationen gegangen. Wißt ihr noch? Mit Büchern aus der Leihbücherei, und Illustrierten und Briefpapier.«

»Ja, und mit selbstgenähten Waschlappen und selbstgekochter Marmelade.«

»Sie hatte immer Schokolade und Zigaretten für die Männer dabei.«

»Du meinst wohl für die Offiziere.«

»Nein, nicht nur für die Offiziere. Sie ist zu allen gegangen.«

»Ihre Tochter, Mrs. Metcalf, hat sie ab und zu begleitet.«

»Niemals!«

»Doch, das hat sie. Sie war immer schrecklich aufgetakelt. Ein Bild für die Götter! Und daneben der gesprenkelte Tweed von Mrs. Lemmington Frazier!«

»Und das fliederfarbene Twinset.«

»Und die Perlen.«

»Und die Baumwollstrümpfe.«

»Aber Mrs. Lemmington Frazier hat wirklich einen sehr guten Geschmack.«

»Na ja, wenn man Henry-Heath-Hüte mag.«

»Es soll der Karriere eines Arztes ja nützen, wenn er es schafft, die Tochter des Chef-Chirurgen zu heiraten. Vor allem wenn sie das einzige Kind ist. Das gibt eine Beförderung, was? Traumhaft! Direkt an die Spitze!«

»Genau.«

»War Metcalf nicht Lemmington Fraziers Privatassistent?«

»Ja genau, das war er.«

»Lemmington Fraziers Tochter! Sie nannte ihn Daddy, erschien bei Operationen, trug OP-Kleidung und hielt die Gefäßklemmen oder einen Haken. Tat so, als studiere sie Medizin. Stellt euch das vor! Hatte unter dem Kittel nichts an. Man konnte *alles* sehen.«

»Ja. Sie verließ immer mit Daddy zusammen den OP, noch ehe der Assistent die Wunde zugenäht hatte. Die anderen Studenten mußten bis zum Schluß bleiben.«

»Hat bestimmt hinterher irgendwo auf Metcalf gewartet.«

»Wahrscheinlich ist er gleich nach ihr aus dem OP gestürzt.«

»Aber was ist mit Smithers? Ich habe ihn schon eine ganze Weile nicht gesehen, wenn ich es mir recht überlege.«

»Ach ja, Smithers.«

»Smithers? Smithers? War das dieser lange, dürre, blasse? Der Pfleger, der fürs Rasieren zuständig war?«

»Du erinnerst dich bestimmt an ihn. Sah so aufgeweicht aus, als hätte er sein ganzes Leben im Sterilisator verbracht. Diese entsetzlich weiße Haut!«

»Ja natürlich, Smithers. Der hat sich wegen Metcalf umgebracht? Aber er war doch ein *Mann.*«

»Ganz genau.« sagt Lois. »Genau das ist es ja gerade. Er war ein Mann.«

Der Zigarettenqualm ist schlimmer geworden, da inzwischen auch ein paar von den anderen rauchen. Mir ist übel, und ich bin froh, daß die Essenspause vorbei ist.

»Lois«, sagte ich einmal. »Ferguson scheint es nicht zu gefallen, daß wir so oft zusammen sind. Ich glaube, sie fühlt sich ausgeschlossen. Könnten wir –?«

»Furgusun? Furgusun? Wer ist Furgusun?«

»Du kennst doch Ferguson«, sagte ich. »Ich habe mit ihr das Zimmer geteilt, bis wir darum baten, tauschen zu dürfen. Ich glaube, es hat sie verletzt, daß ich mit dir zusammenwohnen wollte. Es wäre leichter für sie gewesen, wenn ich darum gebeten hätte, wieder ein Einzelzimmer zu bekommen. Ich war im Internat. Wir waren zusammen im Internat. Verstehst du. Könnten wir nicht gemeinsam mit ihr ...?«

»Aber du bist jetzt nicht mehr im Internat«, sagt Lois. Trent erhob sich schwerfällig von meinem Bett und spazierte halb angezogen plattfüßig im Zimmer umher.

»Quak quak quak. Quackidie quackidie quak quak.« Wir ließen uns auf Lois Bett fallen und purzelten durcheinander.

»Dein Busen«, sagte ich später zu Lois, nachdem Trent uns allein gelassen hatte, »ist unbeschreiblich weich.«

»Ich weiß«, sagte Lois. »Die Oberin meint, ich muß unbedingt etwas dagegen unternehmen.«

»Trent kann gut Enten nachmachen«, sagte ich. »Das kann sie wirklich gut.«

»In der Tat«, sagt Lois.

»Ramsden«, sage ich und versuche meine Nervosität zu unterdrücken, »meine Leute wären sehr glücklich, wenn Sie uns einmal besuchen würden«, sage ich. »Ich meine natürlich, wenn Sie aus London zurück sind, Ramsden. Wenn Ihre Ferien vorbei sind, meine ich. Ich werde dann Ferien haben.«

Ich erneuere meine Einladung an Ramsden, ein paar Tage bei uns zu verbringen. Ramsden, die examinierte Krankenschwester. Wir begegnen uns auf dem Flur im Untergeschoß. Meine Essenspause ist vorbei und ihre hat gerade begonnen. Ich habe nie mit Ramsden zusammengearbeitet. Die anderen sagen, sie ist eine sehr angenehme Kollegin. Sie arbeitet auf der Strahlenstation im Untergeschoß.

Ramsden bedankt sich und nimmt die Einladung an. Sie wirkt schüchtern. Sie wirkt oft schüchtern. Bei dieser Begegnung gibt sie mir die Gedichte.

»Ich möchte Ihnen das hier geben«, sagt sie, »auch wenn ich kein Recht dazu habe.«

»Vielen Dank«, sage ich, »haben Sie recht herzlichen Dank.« Ich nehme das kleine Buch und halte es behutsam, so als wolle ich beten, mit beiden Handflächen fest.

»Schauen Sie gelegentlich hinein, wenn Sie Lust haben«, sagt Ramsden. Durch ihren scheuen Blick wirken ihre Augen dunkler als sonst. »Wenn Sie ein bißchen Zeit haben. Nein!« sie legt ihre Hände auf meine Hände, »jetzt ist keine Zeit dafür. Stecken Sie das Buch in die Tasche. Stecken Sie es weg.«

Wir müssen uns beide beeilen.

»Nie haben wir Zeit«, sagt sie. Sie erklärt, daß sie eine Lernschwester allein auf der Station lassen mußte, da sie die andere Krankenschwester vom Dienst befreit hat. »Es ging ihr wirklich zu schlecht, um zu arbeiten.« Ramsden ist bekannt für ihre Rücksichtnahme.

Wo soll Schwester Ramsden im Haus meiner Mutter bloß schlafen?

Die Weidenfedern sind
zur Hälfte gelb verfärbt
über dem schwellenden Strom;

Ich schaue rasch in Ramsdens Buch. Es ist mit ihrer sauberen kleinen Handschrift vollgeschrieben. Einige der Gedichte hat sie selbst verfaßt, die anderen hat sie ausgewählt.

Auf der chirurgischen Männerstation im Untergeschoß läuft noch der Rundfunkempfänger. Auf dieser Station liegen nur Offiziere, und die übliche Krankenhausordnung gilt hier nicht. Einige spielen Karten, andere sitzen mit der Schichtleiterin und der Schwesternschülerin im Stationszimmer. Es geht ganz zwanglos zu. Die meisten der Männer sind anscheinend fast schon genesen. Aus dem Rundfunkempfänger dringt laut die Melodie von »In the Mood«. Die Zeilen des Gedichtes scheinen zu der nicht enden wollenden Musik zu passen.

und zerzaust sind die Büsche,
und rostig nun das Schilf,
und wild leuchtet der verhangene Himmel.

Ich singe die Worte im Takt der Musik vor mich hin. Ich scheine mich sogar im Takt der Musik zu bewegen. »In the Mood« klingt unglaublich vulgär, denn die Musik scheint eine vollkommen unannehmbare Vulgarität hinzunehmen. Ich wünschte, das Gedicht würde nicht dazu passen und ich könnte mich in einem anderen Takt bewegen.

Ich frage mich, welche Gedichte Ramsden sonst noch ausgewählt hat. Jenseits der Station ist der Flur dunkel. Das Gedicht spricht vom Herbst. Der Herbst ist gerade angebrochen.

Dies ist unser Sommer, hast du gesagt. Du wolltest nicht, daß ich dich Dr. Metcalf nenne. »Jonathon«, sagtest du. Ich sollte dich Jonathon nennen. Es fiel mir schwer, mich daran zu gewöhnen. Dr. Metcalf, ich sprach deinen Namen aus, und du sagtest: »Ich heiße Jonathon, hast du das vergessen? Schließlich lieben wir uns doch. Wie kannst du mich da Doktor nennen?« sagtest du. »Jonathon«, sagte ich.

Für ein paar Minuten, während ich mir im Flur Ramsdens Gedichte anschaute, vergaß ich, nur für diese wenigen Minuten, was mit Dr. Metcalf geschehen ist.

Die Diätküche ist scheußlich. Ich kann die Diätküche nicht ausstehen. Sie liegt im Untergeschoß, ein Stück entfernt von der Strahlentherapie und der Offiziersstation. Sie gleicht einem Kellergewölbe und ist nachts nur schwach erleuchtet. Vermutlich um Strom zu sparen.

Ich arbeite in der Diätküche. Um mich herum stehen die kleinen Tabletts, auf denen Ernährungs-Anweisungen kleben. Ich hasse es, Brotscheiben abzuschneiden und zu wiegen. Ich kann den Geruch des Vitamin B-Extrakts nicht ausstehen. Der Geruch der garenden Kutteln ist genauso schlimm wie der Geruch der kochenden roten Bete.

Ich arbeite allein in der Diätküche. Schwester Roberts, die tagsüber hier arbeitet, kann das Trockenei-Pulver nicht ertragen. Schon bein Anblick der Packungen wird ihr übel. Ein Küchenjunge kommt herein und bringt Kohlen für den Boiler und den Herd. Er kommt zweimal pro Nacht. Er ist sonst in der Hauptküche, wo mehrere Leute arbeiten, unter ihnen eine verkrüppelte Köchin, die nicht sprechen kann. Trent erzählte mir einmal, daß sie nachts arbeiten müsse und sich tagsüber versteckt halte, weil die Leute Angst bekommen, wenn sie sie sehen. Wenigstens hat man in der Hauptküche Gesellschaft, aber dort arbeiten keine Krankenschwestern.

Der Küchenjunge scheint auf etwas zu warten. Er steht dicht neben mir. Ich kann jede einzelne seiner rötlichen Wimpern sehen.

»Was ist?« sage ich in scharfem Tonfall. »Was willst du? Du hast doch schon nachgeschüttet.«

»In Gottes Namen, ist es wahr«, sagt er und kommt noch näher an mich heran. Sein Atem riecht nach hartgekochten Eiern. »Ist es wahr«, er grinst, schüttelt den Kopf und zeigt sein lückenhaftes Gebiß, »daß man Schwester Soundso von der Lungenstation und Dr. Metcalf operieren mußte, um sie auseinanderzukriegen? Waren die beiden wirklich so ineinander verhakt, wie die«, er macht mit dem Kopf eine ruckartige Bewegung in Richtung Hauptküche, »wie die da drüben alle sagen?«

»Natürlich nicht«, sage ich. »Sei doch nicht albern! Gib mal her!« Ich nehme seine Kohlenschaufel und lasse sie ihm auf den Fuß fallen. Seine Stiefel sind dick, und anscheinend spürt er keinen Schmerz. Entweder liegt es an seinen Stiefeln oder an seiner Dummheit. Er starrt meine Tränen an. »Was'n los? Was ha'm Sie denn?« Er schaut hoch und sieht mir ins Gesicht.

»Ach, verschwinde.«

»Schon gut, bin ja schon weg. Schon gut, bin schon weg.«

»Weinen Sie nicht, Schwester! Es gibt keinen Grund zu weinen.«

Ich habe einen der Neun-Uhr-morgens-Termine im Büro der Oberin. Die Oberin sitzt mir gegenüber an ihrem Schreibtisch und fährt mit ihrem frisch gespitzten Bleistift kreuz und quer über den vor ihr liegenden Dienstplan, der wie eine karierte Tischdecke aussieht. Dann hält ihr Stift inne, und sie spricht leise mit sich selbst.

Sie runzelt die Stirn, schüttelt den Kopf und bewegt den Stift ein paar Zentimeter weiter über das sauber linierte Papier.

Die Wochenenden waren furchtbar. Magda will plötzlich einen Garten haben, erzählt mir Dr. Metcalf. Das hohe Gras hinter dem Haus soll erst geschnitten und dann gemäht werden, damit eine glatte Rasenfläche entsteht. Magda will, daß Rosen, Obstbäume und verschiedene Gemüsesorten angepflanzt werden. Während der Wochenenden muß ich ununterbrochen daran denken, wie sie gemeinsam im Garten arbeiten. Magda will selbstgezogenen Salat essen, erklärt Dr. Metcalf. »Komm vorbei«, sagt er mit zärtlicher Stimme. »Sie will auch, daß du kommst«, sagt er. Er will, daß ich in seiner Nähe bin.

»In Ordnung«, sage ich. Ich gehe mehrmals an ihrem Haus vorbei, aber ich traue mich nicht zu klingeln.

»An den Wochenenden«, sagt Dr. Metcalf, während wir ein paar Minuten allein sind, »an den Wochenenden bin ich pausenlos mit Magdas Garten beschäftigt. Nicht weinen«, sagt er. Seine Stimme ist sehr leise, und seine Lippen sind nah an meinem Ohr. »Nicht weinen. Bitte, bitte, nicht weinen.«

Die Oberin sagt: »Diätküche und, warten Sie mal, Nachtdienst, glaube ich.« Sie schaut von dem Dienstplan hoch, auf dem, wie ich weiß, weil sie es mir früher einmal erzählt hat, die Namen von über vierhundert Krankenschwestern verzeichnet sind. »Und jeden Tag vor dem Zubettgehen eine ordentliche Ladung frische Luft.« Sie lächelt mich an und sagt zu mir, ich sähe sehr blaß aus. Das Wohlbefinden ihrer Krankenschwestern, sagt sie, liegt ihr am Herzen.

Mir war nicht klar, daß ich ihr gehöre. Eine ihrer vierhundert Krankenschwestern. Mir steigen wieder Tränen in die Augen.

»Ihre Tränen sind ganz unnötig«, sagt die Oberin. »Kommen Sie schon, Schwester, trocknen Sie Ihre Tränen. Es gibt keinen Grund zu weinen. Sie wissen ebensogut wie ich, daß die Vorschrift, die den Ärzteflur betrifft, zum Schutz der Krankenschwestern erlassen wurde. Von den Bombenschäden mal ganz abgesehen, ist es kein passender Aufenthaltsort für meine Krankenschwestern. Mir ist zu Ohren gekommen, daß Sie dort gelegentlich gesehen wurden. Zweifellos werden Sie Ihre Gründe gehabt haben, die ich auch gar nicht in Frage stellen will. Der Zutritt zu dem Flur ist strengstens verboten. Es gibt diese Vorschrift, um diejenigen Krankenschwestern, die einen schwachen Willen haben, zu schützen.« Sie lächelt erneut. »Ich will damit nicht etwa andeuten, daß Sie eine von ihnen sind.« Ihr ist klar geworden, sagt sie, daß ich gute Aussichten habe, eine Goldmedaille zu erhalten. »Sie können es schaffen. Sie werden sich anstrengen müssen, aber Sie können es schaffen.«

Ich schaue ihr zu, wie sie meinen Namen in eines der Kästchen schreibt.

»Die Versetzung in die Diätküche«, sagt sie, »ist keine Strafe. Die Tätigkeit dort wird eine wertvolle Erfahrung für Sie sein.« Und allein zu arbeiten, erklärt sie mir, wird eine hervorragende Gelegenheit sein, mich endlich einmal von den Patienten und dem übrigen Pflegepersonal zu erholen. Sie lächelt erneut. »Wir können auf den Stationen tränenüberströmte Schwestern einfach nicht gebrauchen.«

»Ja, ich weiß. Vielen Dank, Frau Oberin.«

»Ich glaube, das ist alles, Schwester. Zu Ihren Pflichten gehört natürlich auch, dieses Büro zu putzen. Ich schlage vor, daß sie entweder direkt vor ihrer Essenspause oder direkt danach hierher kommen. Zwischen Mitternacht und ein Uhr.«

»Ja, ich weiß, zwischen zwölf und eins, Frau Oberin.«

»Ihnen ist bewußt, daß es sich dabei um eine Auszeichnung handelt. Die Möbelpolitur befindet sich in dieser kleinen Schublade hier.«

»Jawohl, vielen Dank, Frau Oberin.«

»Sie haben am Wochenende frei. Ebenfalls eine Auszeichnung.«

»Vielen Dank, Frau Oberin.«

Ich muß zu Magda fahren. Ich muß in das Haus gelangen und meinen Brief zurückholen.

Ein Unfall. Das ganze Krankenhaus redet über den Unfall. Über Dr. Metcalfs unerwarteten Tod. Die Diätküche ist wegen der dunklen Leere, die nachts dort herrscht, der schlimmste Ort von allen. Ich muß mich damit abfinden, daß ich Dr. Metcalf nie wieder sehen und seine Stimme nie wieder hören werde.

Heute nachmittag wurde für ihn ein Gedenkgottesdienst in der Krankenhauskapelle abgehalten. Ich wollte hingehen, bin aber nicht rechtzeitig aufgewacht. Lois ist auch nicht hingegangen.

»Ich habe gewisse Prinzipien«, sagte sie. Und wie wär' es, wenn wir am Sonnabend ins Kino gehen. Sie hat endlich einmal ein Wochenende frei, sagte sie.

Wenn Magda meinen Brief liest, wird sie ganz schrecklich verletzt sein. Ich muß ihn zurückhaben. Sie darf nicht lesen, was ich geschrieben habe.

Ich habe Ihnen alles geschrieben, Dr. Metcalf, ich meine, dir, Jonathon. Ich habe in dem Brief alles über uns beide geschrieben und darum darf sie nicht lesen, was ich geschrieben habe. Man wird ihr deine persönliche Habe in braunen Umschlägen zuschikken. Alles, was in deinen Taschen gefunden wurde, wird ihr in speziellen versiegelten Umschlägen zugeschickt werden. Ich habe gesehen, wie Ringe und Fotografien und Geldscheine und Briefe in diese speziellen Umschläge gesteckt wurden. Und alles wird den Müttern oder Ehefrauen, den nächsten Angehörigen, wie man sagt, zugeschickt.

Mein Brief an dich wird Magda verletzen.

Ich liebe dich, habe ich dir in dem Brief erklärt. Ich will, daß du sofort zurückkommst. Das habe ich dir geschrieben. Ich habe dir erzählt, daß ich geweint habe, während ich den Brief schrieb. Warum bist du weggegangen? Auch das habe ich geschrieben. Bitte, komm zurück. Komm auf der Stelle zurück. Ich bin zu deinem Zimmer hinaufgegangen. Ich gehe immer wieder dorthin, um zu sehen, ob du zurückgekommen bist. Dein Name steht noch an der Tür. Sie ist abgeschlossen. Komm zurück, bevor sie dein Zimmer jemand anderem geben.

Mir ist übel, habe ich dir geschrieben. Seit du weggegangen bist, ist mir jeden Morgen übel. Erinnerst du dich daran, daß mir übel war? Ich habe dir gesagt, mir ist übel, als du mir erklärtest, du müßtest weggehen. Du sagtest, du würdest bald zurückkommen und dann würden wir zusammensein. Du sagtest, du würdest einen Weg finden, wie wir zusammensein können. Auch darüber habe ich in dem Brief geschrieben. Du hast es zu mir gesagt. Weißt du noch? Du hast zu mir gesagt, ich solle auf dich warten und glücklich über die Gewißheit sein, daß du zu mir zurückkommen würdest. Weißt du noch? Du hast es mir versprochen. Du sagtest: »Warte auf mich.«

Magda darf den Brief nicht sehen. Ich habe nicht damit gerechnet, daß etwas passieren könnte und du vielleicht nicht zurückkommen würdest. Warum bist du nur weggegangen? Ich habe nicht damit gerechnet, daß du meinen Brief nicht bekommen würdest.

Am Nachmittag wache ich auf. Es ist erst drei Uhr. Mit einem Mal fällt mir alles wieder ein. Verstehst du, während ich schlief, hatte ich es vergessen. Draußen scheint hell die Sonne. Es ist ein bißchen zu kalt. Ich erinnere mich, daß du kaltes sonniges Wetter magst. Ich rede mit dir, während ich mich anziehe. Du magst doch sonniges kaltes Wetter. Ich werde den Brief holen. Jetzt gleich. Aber erst gehe ich einmal über den Ärzteflur, um zu sehen, ob du zurückgekommen bist. Wartest du in deinem Zimmer auf mich? Weißt du, manchmal, wenn ich auf der Station arbeitete und Betten machte oder zum Tee die Tabletts austeilte, dachte ich plötzlich, du wartest auf mich, und ich ging schnell hinaus. Ich nahm den Fahrstuhl. Weißt du noch, wie schön es war, wenn ich dich in deinem Zimmer antraf. Manchmal konnte ich nur fünf Minuten bleiben.

Nie werde ich die Nacht vergessen, in der ich bis zum Morgengrauen bei Dir geblieben bin. Du sagtest, auf deinem schmalen kleinen Bett wäre Platz für uns beide. Bitte, sei in deinem Zimmer, wenn ich jetzt dorthin gehe. Warte auf mich und begrüße mich mit einem Lächeln, wenn du die Tür öffnest. Bitte.

Ich muß zu Magda gehen und meinen Brief zurückholen. Du warst eben nicht in deinem Zimmer. Daran muß ich mich gewöhnen. Du bist auch nicht in dem Feldlager in Swindon und schreibst mir gerade einen Brief. Es besteht die Möglichkeit, daß du verwundet zurückkehrst. Man könnte dich mit ein paar gebrochenen Knochen, aber nicht allzu schwer verletzt, zurückbringen. Vielleicht bist du schon auf dem Weg. Oh, bitte sei auf dem Weg hierher. Bitte.

Ach, es hat keinen Zweck. Ich darf mir keine falschen Hoffnungen machen.

Erinnerst du dich noch, wie es war, als du mir erklärtest, du hättest die ganze Nacht nicht schlafen können? Damals in der nebligen Nacht, als du der Meinung warst, ich sollte nicht allein mit dir im Haus schlafen und du die Matratze in Mrs. Ps Wohnzimmer brachtest. Mrs. P war sehr mißmutig an diesem Abend. Ich haßte sie und ihr Zimmer! Als ob es eine Rolle spielte, was sie über uns dachte. Aber du hattest große Angst davor, Magda zu verletzen, und es war lieb von dir zu sagen, daß du mich vor deinen Gefühlen schützen wolltest. Aus Anstand, sagtest du. Wenn wir über Magda reden, erklärst du immer so einleuchtend, daß alles viel einfacher wäre, wenn Magda eine ganz gräßliche Person wäre. Ich verstehe, was du meinst, denn ich liebe Magda ebenfalls, aber du bist derjenige, mit dem ich für immer zusammensein will. Du hast mich begehrt und du dachtest, es wäre nicht richtig. Ich bin sehr glücklich, weil ich weiß, wie sehr du mich begehrt hast.

Magda braucht dich, erklärtest du mir. Auch das verstehe ich.

Aber ich erinnerte dich an die Nacht in der Hütte am Fluß. Du warst liebevoll, sanft und sonnengebräunt, und deine Küsse schmeckten wunderbar. Du sagtest, wir hätten uns in dieser Nacht lieben sollen. Ich bin eingeschlafen, erklärte ich dir. Und du sagtest, ja, vielleicht war das besser so. Schlaf kann uns vor manchem schützen, sagtest du.

Ich bin jetzt fast bei deinem Haus. Im Licht des sonnigen Nachmittags sehe ich blaß und hohläugig aus. Häßlich. Ich bin hungrig, aber ich weiß nicht, was ich essen soll. Wenn du bei mir wärst, könnten wir irgendwo einkehren und heißen Tee trinken und Toast essen. Vielleicht würde man uns sogar richtige Butter und Marmelade servieren.

Es ist furchtbar, zu dem Haus zu gehen und zu wissen, daß du nicht dort bist. Ich wünsche mir, du würdest statt Mrs. P die Tür öffnen. Wenn Mrs. P die Tür öffnet, wird sie mich hoffentlich in die Diele lassen. Vielleicht wird der braune Umschlag dort auf dem Tisch liegen. Vielleicht kann ich ihn schnell an mich nehmen.

Warum glaubst du, dich freiwillig melden zu müssen, fragte ich dich. Der Krieg ist so gut wie vorbei. Ich weiß, überall herrscht noch Krieg, aber er ist fast vorbei. Zumindest sagen das die Leute. Hier im Krankenhaus kannst du mehr helfen, hier wirst du wirklich gebraucht. Der Krieg braucht dich weniger als das Krankenhaus. Weniger als ich dich brauche. Ich brauche dich.

Ich wage es kaum auszusprechen, aber wie kann ich mir Gewißheit verschaffen, daß du tot bist? Wen kann ich fragen?

Ich klingele und warte. Vor den großen, sauberen Fenstern zu beiden Seiten der Haustür hängen schwere Vorhänge. Die Vorhänge sind geschlossen. Ich klingele erneut und warte.

Bitte, sage nicht, daß du es dir nie verzeihen wirst. Es gibt nichts zu verzeihen. Als ich das sagte: »Es gibt nichts zu verzeihen«, sahst du entspannt und erfreut aus. Ich liebte dich in diesem Augenblick mehr als je zuvor. Du sagtest, das schmale harte Bett in deinem Zimmer auf dem Ärzteflur sei jetzt ein geradezu idyllischer Ort. Genau das Wort hast du benutzt, idyllisch. Du erklärtest mir, wenn zwei Menschen sich so sehr lieben wie wir, dann käme es ihnen so vor, als sei diese Liebe ewig. Du sagtest, das dürfe ich nie vergessen.

Niemand wird an die Tür kommen. Es hat keinen Zweck, noch länger hier draußen zu stehen. Der Nachmittag wird immer kälter. Es wird jetzt früher dunkel.

Vor dem Obst- und Gemüseladen steht eine Schlange. Ich stelle mich an, um einige Worcester-Äpfel zu kaufen. Eines der Schaufenster ist mit Brettern vernagelt und in dem dahinterliegenden Teil des Ladens ist ein Lagerraum des Luftschutzbundes eingerichtet. Auf den Brettern stehen in roter Farbe die Buchstaben A.R.P.* Der Laden sieht schon seit langem so aus. Aber heute habe ich das Gefühl, als sähe ich die Bretter und die Buchstaben zum ersten Mal.

Ein paar Minuten lang dachte ich nicht an dich. Ich biß in den Apfel. Während ich den Apfel aß, vergaß ich alles andere.

Der Weg zurück zum Krankenhaus kommt mir sehr lang vor. Diese engen Straßen, durch die wir immer unerkannt gingen, weil niemand, den wir kannten, sie benutzte, sehen dreckig und armselig aus. Das ist mir nie zuvor aufgefallen, obwohl du einmal sagtest, daß du sie bedrückend fändest. Du solltest diese Straße heute sehen. Sie ist voller Männer und Frauen, die eine lange Kette bilden. Sie haben sich untergehakt und tanzen. Jeden Tag finden jetzt solche Feiern auf der Straße statt. Die Menschen sind ausgelassen wie Kinder auf dem Schulhof; in langen Schlangen tanzen sie durch die Straßen und singen. Du weißt schon, Lieder wie »The Lambeth Walk«, »Run Rabbit Run« und jetzt gerade »Knees Up Mother Brown«. Die Frauen haben Lockenwickler im Haar, und die Männer sind in Hemdsärmeln.

Wenn du nur die Tänze und den Jubel sehen könntest!

Du hast einmal gesagt, daß wir uns erstaunlich leicht mit chaotischen Zuständen abfinden. Die Menschen, sagtest du, gewöhnen sich an alles. Du warst verblüfft darüber, daß die Leute von Trümmerhaufen umgeben waren und es noch nicht einmal zu bemerken schienen. Du hattest recht. Überall liegen Haufen aus Mauerbrocken und Dachziegeln herum, und am Ende der Straße ist ein alter Bombentrichter, der noch nicht einmal abgesperrt ist. Die tanzenden Menschen scheinen nicht zu bemerken, daß bei einigen Häusern ganze Vorderfronten und Seitenwände fehlen.

* Air Raid Precaution: Luftschutzbund.

Einige davon sind mit Planen oder Brettern abgedeckt, aber bei anderen sind zerfetzte und verblichene rosafarbene oder blaue Tapeten zu sehen. Wirklich gespenstisch, aber niemand bemerkt es. Man könnte sagen, diese Häuser gleichen Puppenhäusern – offen, aber ohne deren Zauber. Sie sehen schon seit langem so aus. Auf Teilen des Krankenhausdaches liegen immer noch Planen. Weißt du noch? Das hintere Ende des Ärzteflurs führt ins Nichts. Das Treppenhaus und der Fahrstuhlschacht sind verschwunden.

Mit diesen Tänzen in den Straßen geht der Krieg in diesen Tagen zu Ende. Habe ich dir jemals erzählt, wie der Krieg für mich begann? Ich meine, wirklich begann. Nicht mit der Kriegserklärung. Das war der schreckliche Anfang. Schrecklich, weil mein Vater es nicht wahrhaben wollte, weil er nicht glauben konnte, was er schließlich glauben mußte. Der Krieg begann eines Nachts, als die Postmeisterin und ihr Sohn auf der Dorfstraße vor dem Internat, auf das ich ging, standen, Blechbüchsen gegeneinander schlugen und mit Trillerpfeifen pfiffen. Das war der erste Luftalarm. Wir mußten alle aufstehen, nach unten gehen und uns unter die Tische im Speisesaal setzen. Und weil die Postmeisterin keine andere Art von Lärm machen konnte, gab es keine Entwarnung, und wir blieben die ganze Nacht unter den Tischen sitzen. Du hast mir nie erzählt, Jonathon, wo du warst, als der Krieg begann. Wo warst du? Warst du mit Magda verheiratet? Ich hatte zu wenig Zeit, um genug über dich zu erfahren.

Alle sagen sie, daß es von Vorteil für einen Arzt ist, die Tochter eines bekannten Allgemeinmediziners oder Chirurgen zu heiraten. Wie hast du Magda kennengelernt? Auch das habe ich dich nie gefragt. Auf der Straße steht eine magere schwarze Katze. Sie ist häßlich, weil sie arm und allein ist. Sie steht am Rande der tanzenden Menschenmenge und versucht, sich zu übergeben.

Was soll ich nur ohne dich mit meinem Leben anfangen?

Es ist Wochenende, und ich muß nicht arbeiten. Erinnerst du dich, ich habe jetzt am Wochenende immer frei.

Ich bin bei Gertrude. Vielmehr beinahe. Die Hühner, die ich von hieraus deutlich sehen kann, sind über die ganze Wiese verteilt.

»Gertrude ist schwerkrank«, sagte meine Mutter gestern abend.

»Ich weiß, du hast es mir erzählt.«

»Du warst wochenlang, monatelang nicht bei ihr. Du bist seit einer Ewigkeit nicht zu Hause gewesen.«

»Ich weiß, es tut mir leid.«

»Du könntest sie morgen besuchen«, sagt sie. »Gleich nach dem Frühstück. Du wirst die Eier selber einsammeln müssen. Leg das Geld dafür auf den Küchentisch. Ich gebe dir Kleingeld. Gertrude hat nie welches.«

»Ja, ich besuche sie morgen, gleich nach dem Frühstück.«

Ich stehe, auf mein Fahrrad gestützt, etwas oberhalb von Gertrudes Haus. Ich habe Bedenken gehabt Rad zu fahren, aber es hat mir anscheinend nicht geschadet.

Die Gemeindeschwester schiebt ihr Fahrrad den Feldweg hoch. Ich sollte hinuntergehen. Noch eine Minute, dann gehe ich vielleicht wieder hinunter. Ich stehe schon seit Stunden hier oben am Rand des Dickichts. Sind es tatsächlich Stunden? Es kommt mir jedenfalls sehr lange vor. Alles ist so still. Die Krankenschwester in ihrer blauen Tracht sieht von weitem klein aus. Ich sehe sie ins Haus gehen.

Ich habe in den letzten Tagen wenig Schlaf bekommen, weil ich mehrmals zu Magda gegangen bin, um meinen Brief zurückzuholen. Aber niemand ist dort. Niemand geht an die Tür, und die Vorhänge sind immer geschlossen. Vermutlich ist Magda bei ihrer Mutter und ihrem Vater. Vielleicht ist sie auch in der Hütte am Fluß.

Ich muß immer wieder an meinen Brief denken und an all das, was ich darin geschrieben habe. Ich habe keine Nachricht von Magda erhalten. Sie muß über den Brief, über mich, über uns Bescheid wissen.

Gertrude liegt klein und schrumpelig und gelb in einem Bett, das nie benutzt wurde. Es sollte einmal mein Bett werden. Ich war schon bei ihrem Haus. Die Hühner müssen die ganze Nacht draußen gewesen sein. Ich mache mir Sorgen wegen des Fuchses. Die Hühner müssen entweder die ganze Zeit draußen oder die ganze Zeit im Stall sein. Sie können sich nicht selber einschließen.

Ich betrachtete Gertrude durch das Fenster. Ihre Augen unter der vor Schmerzen gerunzelten Stirn waren geschlossen. Ich betrachtete sie, und dann kam ich hier herauf.

Ich möchte wieder zum Haus hinuntergehen. Ich möchte, daß Gertrude mich tröstet, aber ich kann ihr unmöglich alles erzählen, wenn sie so krank ist. Statt dessen sollte ich *sie* trösten.

Ich glaube, Gertrude liegt im Sterben.

»Lassen Sie mich Gertrude waschen.« Das könnte ich zu der Gemeindeschwester sagen. Aber ich kann Gertrude nicht sagen, was ich ihr sagen will. Ich war den ganzen Sommer nicht bei ihr und kann es ihr nicht erklären.

Ich weine den ganzen Abend. Ich kann mit meiner Mutter nicht darüber sprechen. Was ich ihr sagen muß, ist eine ganz einfache Tatsache, aber ich bringe es nicht fertig.

»Du darfst dich wegen der armen Gertrude nicht so grämen«, sagt meine Mutter. »Sie hängt sehr an dir und würde nicht wollen, daß du dich so grämst. Bitte, hör auf zu weinen.«

»Es ist nicht nur deswegen, nicht nur wegen Gertrude«, sage ich. »Es ist weil, ach, es ist nichts, ganz unwichtig, ich habe bloß versucht, etwas zu schreiben, und es ist mir nicht gelungen.«

Die Stricknadeln meiner Mutter klappern geschäftig. Sie hat angefangen zu stricken, als der Krieg begann, und jetzt strickt sie pausenlos. »Niemand«, sagt sie, »kann ohne Lebenserfahrung schreiben. Vielleicht später. Später wirst du schreiben können.«

»Ja, natürlich«, sage ich.

»Du spielst gar nicht mehr Klavier«, sagt meine Mutter. »Warum gehst du nicht ins Vorderzimmer und übst ein bißchen. Laß die Tür offen. Ich höre dir gerne beim Spielen zu.«

»Ich kann in letzter Zeit auch nicht schlafen«, sage ich, anstatt zu sagen, was ich mir vorgenommen hatte zu sagen.

»Ich gebe dir ein paar von meinen Schlaftabletten«, sagt meine Mutter. »Es sind Hefetabletten, und sie wirken gut.«

»Danke«, sage ich und bedecke mein Gesicht mit den Händen, denn ich muß immer heftiger weinen.

»Du wolltest mit mir Halma zu spielen«, sagt meine Schwester.

»Ach, halt' den Mund!« Auf der Stelle bereue ich meine Antwort. Ich weiß, sie will mich nur trösten.

Der Mond ist voll und erzeugt auf der gegenüberliegenden Wand ein Gitter aus Licht und Schatten. Dadurch entsteht der Eindruck, als befände sich hier oben anstelle eines Flurs ein weiteres Zimmer. Ein Zimmer, das ich noch nie gesehen habe. Es ist L-förmig und mündet in einen langen Korridor, der zu einer Stelle führt, die so glitzert, wie ein Fluß glitzert, wenn die ruhige Wasseroberfläche vom Mondlicht beschienen wird.

Die Planen liegen nicht mehr auf dem zerbombten Teil des Krankenhauses. Der Flügel, der am Ende des Ärzteflurs beginnt, soll wiederaufgebaut werden. Dort ist kein unbekanntes Zimmer. Hier oben, hinter der Absperrung aus Holzlatten, steht das Krankenhaus dem Nachthimmel offen. Der Flur endet abrupt im Nichts. Das Mondlicht bescheint den riesigen Uhrenturm, der ein Wasserturm ist. In ihm befindet sich das Staubecken für das Wasser aus einem artesischen Brunnen unter dem Krankenhaus. Die Macht und die Kraft des Wassers in dem Turm machen mir Angst. Ich kann mir nur allzu gut die Tiefe des Abgrundes vorstellen, an dem ich stehe. Es ist als, als hätte man von einer vernachlässigten Wunde, die ich genau kenne, den Verband entfernt.

Die Zimmer der Ärzte sind alle abgeschlossen und unbewohnt. Entlang des Korridors stehen Warnschilder und Absperrungen. Ein letztes Mal bin ich hierhergekommen. Die Bauarbeiten haben begonnen. Irgendwo ist sicher ein Nachtwächter. Jemand, der Menschen fernhalten soll.

Der Mond ist dem zerklüfteten Ende des Flurs wunderbar nah. Mit Leichtigkeit könnte ich über die tiefe Schlucht hinweg direkt auf den klaren, weißen Mond steigen.

Der Mond gehört meinem Vater. Er sagte immer, es sei sein Mond. Wenn ich dort oben wäre, wüßte er Bescheid, ohne daß ich etwas zu sagen bräuchte. Was ich ihm sagen muß, ist eigentlich ganz einfach. Oft sind es die einfachen Dinge, die am schwierigsten auszusprechen sind. Die einfachen Dinge verändern oft alles.

Es ist nur, weil es ihn völlig unerwartet treffen wird. Was ich ihm sagen muß, wird ihn unerwartet treffen.

Mein Vater bringt mich, nachdem ich das Wochenende zu Hause verbracht habe, zum Bahnhof. Er spricht mit sanfter Stimme zu mir, während wir darauf warten, die Straße überqueren zu können. Ein Brauereiwagen rumpelt über das Kopfsteinpflaster, und mein Vater bewundert die Clydesdale-Pferde. Er scheint den nach Pferdeäpfeln und Stroh riechenden Staub, der uns ins Gesicht weht, nicht zu bemerken. Die Pferde sind schön, sagt er, und ist mir aufgefallen, wie gepflegt sie aussehen?

»Sieh nur, wie sie glänzen!« sagt er. Er kann sich vorstellen, daß sie jeden Tag gestriegelt und ihre Zaumzeugbeschläge poliert werden. Der Wagen ist vollbeladen, aber die Pferde, die sich im Gleichschritt bewegen, sind sehr kräftig. »Schau dir ihre Muskeln an«, sagt er. »Schau, wie sich die Muskeln unter der Haut abzeichnen.«

Während wir auf dem Bahnsteig auf und ab gehen, sagt er, daß er ständig an mich denkt, auch wenn wir uns nicht sehr oft sehen. Sie würden, sagt er, sich freuen, wenn ich öfter nach Hause käme. Er wird morgen zu Gertrude gehen, sagt er, um ein paar Dinge für sie zu erledigen.

»Das ist nett von dir«, sage ich. »Danke.«

»Ist irgendetwas bestimmtes?« fragt er.

»Wie meinst du das?«

»Machst du dir wegen etwas bestimmtem Sorgen?« In der herbstlichen Abenddämmerung sieht sein Gesicht bleich aus.

»Nein, nein!« sage ich. »Eigentlich nicht. Ich arbeite einfach nicht gerne in der Diätküche.«

»Im Leben wir müssen recht häufig Dinge tun«, sagt er, »die wir nicht gerne tun.«

»Ja, ich weiß«, sage ich. »Ich weiß.«

Ich höre ein leises Geräusch hinter mir und drehe mich schnell um. Vielleicht ist es der Nachtwächter. Jemand ist auf dem Flur. Eine dunkle Gestalt kommt auf mich zu. Ein Schatten, der das rote Licht der kleinen Lampen durchbricht.

»Ich bin es nur!« sagt Trent. »Ich habe dich an der Station vorbeigehen sehen.« Sie leidet an Nachtschwester-Lähmung, erklärt sie mir. Sie trägt lange OP-Strümpfe aus Wolle über den Schuhen und hat sich eine Armeedecke um die Schultern gelegt. Sie sagt, auf der medizinischen Frauenstation ist es eiskalt. »Es ist furchtbar langweilig«, sagt sie. »Alles Nieren. Müssen den ganzen Tag Petersilien-Tee trinken.« Sie kichert schadenfroh. »Deine Kundschaft«, sagt sie. »Hast du wieder Salat für sie geputzt?« Sie nimmt meinen Arm und zieht mich von der Kante weg.

»Du führst«, sagt sie. »Übrigens«, säuselt sie, »hat dir schon mal jemand gesagt, daß du keine gute Leiche abgeben würdest? Kein Sex-Appeal!«

Wir tanzen langsam zurück durch den mit Steinstaub bedeckten Flur.

»Kommen Sie oft hierher?« säuselt Trent mir ins Ohr und stolpert dann über ihre Armeedecke.

»Abwärts!« sagt Trent im Fahrstuhl. »Und einz-und-zwai-und-drai-und-fierr-und-fünff – Tong Tong Tong Tong Tong Tong.« Sie kann mit Zunge und Stimme ein Geräusch machen, das klingt, als würde man an der Saite eines Kontrabasses zupfen. Während sie mit den Händen einen langsamen Takt klatscht, stampft sie einen schnellen Rhythmus mit dem Fuß. »Und einz-und-zwai-und-drai, die-ein-Frau-Ka-pel-le! Hör mal«, sagt sie. »Reizstrombehandlung«, sagt sie. »Wenn dich etwas quält, füg dir einen noch stärkeren Schmerz zu. Ching Chang, altes chinesisches Splichwolt: Gehe erst pinkeln, wenn dich die Blase drückt. Bis sie fast platzt! Dann kannst du an nichts anderes mehr denken. Verstehst du? Und, noch etwas, es gibt auf Erden nicht nur den einen.«

Ich werde noch einmal zu Magda gehen. Ein letztes Mal noch und dann nie wieder.

Ich kann nicht aufhören, an dich zu denken. Ich denke immerzu an dich.

Heute ist mir klar geworden, was für ein Mensch Magda wirklich ist. Ich habe dir doch gesagt, ich würde noch einmal zu ihr gehen und versuchen, meinen Brief zurückzubekommen. Den Brief, den ich dir geschrieben habe. Ich war ganz sicher, mußt du wissen, daß er zusammen mit den Dingen, die man persönliche Habe nennt, an Magda geschickt würde. Ich habe sie inzwischen gesehen. Es war so:

»Mrs. Lemmington Frazier Metcalf wünscht niemanden zu sehen. Sie ist nicht zu Hause.« Mrs. P spricht durch einen schmalen Spalt. Sie öffnet die Tür nur widerwillig, und ich befürchte, sie wird sie wieder schließen, noch ehe ich etwas sagen kann.

»Ich bin es nur«, sage ich schnell und lege eine Hand auf die Tür, damit Mrs. P sie nicht zuschlagen kann.

»Weder Sie noch sonst irgend jemanden«, sagt sie. »Mrs. Lemmington Frazier Metcalf ist nicht hier.«

»Oh, bitte, bitte, lassen Sie mich herein.« Ich staune über meine eigene Stimme.

»Wer ist es, Mrs. P? Wer ist da?« Ich höre die Stimme von Magda. Sie muß ganz in der Nähe sein. Vielleicht auf der Treppe. Sie hat die Angewohnheit, sich über das Geländer zu lehnen. Weißt du noch?

»Ich bin es«, rufe ich. »Darf ich hereinkommen?«

»Natürlich, Kindchen. Natürlich, komm doch herein.«

Magda trägt den Morgenmantel aus Handtuchstoff. Den trägt sie nur, wenn niemand sie sehen kann oder wenn sie krank ist, hat sie mir einmal erzählt. Du kennst den Morgenmantel bestimmt. Sie sagt, er hat früher dir gehört. Ihr ungekämmtes Haar hängt wirr und strähnig herab. Ihr Gesicht ist geschwollen, und bei ihrem Anblick füllen sich meine Augen mit Tränen.

»Warum bist du nicht schon früher gekommen?« fragt sie.

»Aber ich war hier. Mehrmals«, sage ich.

»Liebste Mrs. P. Würden Sie uns einen großen Gefallen tun und uns einen Tee machen?« Magda legt einen Arm um meine Schulter und führt mich eng an sich gedrückt zur Treppe. Wir gehen gemeinsam hinauf. Diese Geste erinnert mich daran, wie du, Jonathon, mich in der Nacht des Nebels umarmt hast. Weißt du noch? Ich habe das unbestimmte Gefühl, daß sie meinen Brief irgendwo versteckt hat.

»Natürlich«, sagt Magda. »Ich war bei Mummy, und Mrs. P war auch nicht hier.«

Auf dem Tisch in der Diele habe ich keine Briefe gesehen. Nur das Silbertablett und andere blankgeputzte Ziergegenstände. Aber nicht den erwarteten kleinen Stapel brauner Umschläge. Magda muß den Brief irgendwo versteckt haben.

»Ich sehe bestimmt ganz furchtbar aus«, sagt sie. »Ich habe mich völlig gehen lassen. Schrecklich!« Sie sinkt auf das Sofa und klopft die Kissen zurecht.

»Setz dich zu mir«, sagt sie. In ihren Augen glänzen Tränen.

»Verstehst du, ich finde es schrecklich, daß er mit so einer gewöhnlichen und grauenvollen Person verschwunden ist. Das macht es für mich so unerträglich und für Mummy natürlich auch. Sie leidet am meisten darunter. Es macht sie ganz krank.«

Magda weiß also Bescheid, und ihre Mutter weiß Bescheid, und sie finden mich gewöhnlich.

»Ich kann dir gar nicht sagen, wie schrecklich ich mich fühle, ich …« Die Worte kommen mir nicht über die Lippen. Magda unterbricht mich mit einer weiteren Umarmung.

»Verstehst du«, sagt sie, »diese Person ist wirklich schrecklich, sie ist billig, ich meine richtig billig und vulgär. Und, verstehst du, Daddy ist sehr klug, ein hervorragender Chirurg, das sagen alle, aber manchmal ist er einfach dumm. Er hat viel Geld verdient. Mummy ist an einen gewissen Lebensstil gewöhnt. Mummy und ich versuchen, ihn zu beschützen. Was ich damit sagen will, ist, daß diese billige kleine Person nur hinter seinem Geld her ist. Genau wie die anderen vor ihr.« Sie sucht nach einem Taschentuch. »Aber du hast bestimmt noch nie mit solchen Leuten zu tun gehabt und weißt nicht, was ich meine. Er ist, in gewisser Weise, bereits auf Gedeih und Verderb diesen gemeinen Leuten ausgeliefert, die nur auf eine Gelegenheit warten, ihn auszunehmen.«

»Du meinst …« Ich versuche etwas zu sagen.

»Verstehst du«, sagt Magda, »er macht sich immer wieder zum Gespött der Leute. Fandest du sie nicht auch grauenvoll? Die letzte, meine ich. Du hast sie an dem Wochenende am Fluß kennengelernt. Gloria, oder wie sie auch heißen mag.«

»Du meinst Marigold?«

»Ja, so heißt sie. Mummy ist jedesmal am Boden zerstört – darum fahre ich so oft hin und bleibe über Nacht bei ihr. Sie ist furchtbar einsam.«

»Oh, ich verstehe.« Ich achte darauf, nicht hochzuschauen.

»Ganz unglaublich vulgär und besitzergreifend«, sagt Magda und reibt sich, wie ein Kind, mit beiden Händen die Augen. »Sie, diese Sorte Frauen und ihre Verwandten, würden ihn am liebsten ausnehmen wie eine Weihnachtsgans. Vor allem die Verwandten sind hinter Daddy her. Und was soll aus Mummy werden? Sie will nicht vor Gericht gehen, und sie hat furchtbare Angst vor dem Armenhaus. Daddy hat sich schon mehr als einmal kompromittiert – und jetzt diese Marigold! Es ist alles so widerwärtig!«

Wir schweigen beide, während Mrs. P das Tablett mit der Teekanne und den Tassen auf den kleinen Tisch vor uns stellt.

»Oh, Toast! Mrs. P, Sie sind ein Schatz!« Magda schafft es, ihrer Stimme einen vollkommen anderen Tonfall zu geben. Sie schenkt ein. »Wir nehmen uns schon selber, vielen Dank Mrs. P.«

»Marigolds Mutter«, sage ich zaghaft, »ist ganz nett. Sie würde das bestimmt nicht tun. Ich glaube nicht, daß sie so eine ist. Sie lag bei mir auf der Station. Marigolds richtiger Name ist Edna, ihre Mutter heißt Mrs. Bray. Sie ist eine nette Frau, sehr freundlich und anständig. Warum gehst du nicht einfach zu ihr und redest mit ihr?«

»Oh, Mütter können ihre Töchter nicht aufhalten!« Magda lacht. »Wie unschuldig und anständig du bist!« sagt sie. »Bleib immer so.«

Wir trinken unseren Tee und nehmen uns jede ein Stück Toast.

»Oh, fast hätte ich es vergessen«, sagt Magda, »es war ganz reizend vor dir, Jonty zu schreiben. Der arme Jonty-Schatz!« Ihre Augen füllen sich mit Tränen. »Es ist schrecklich, andauernd weine ich, aber ich kann nichts dagegen machen«, sagt sie. »Dir geht es offenbar genauso. Man hat mir all seine Briefe geschickt. Ich hatte schon vermutet, daß du ihm schreiben würdest. Dein Brief muß hier irgendwo sein.« Sie lehnt sich zurück und streckt eine Hand in Richtung ihres kleinen Schreibtisches aus. »Hier«, sagt sie und zieht die kleine Schublade auf, »hier, das ist deiner.« Sie gibt mir meinen Brief.

»Du hast den Absender vergessen«, sagt sie, »aber ich habe deine Handschrift gleich erkannt. Man hat mir all seine Sachen geschickt.«

Ich drehe den Brief in den Händen herum und befühle den festverschlossenen Umschlag beinahe so, als würde ich ihn streicheln.

»Danke«, sage ich mit leiser Stimme. »Ja, ich habe ihm geschrieben.« Meine Hände fahren zärtlich über den dicken, heimlichen Brief.

»Er hätte sich riesig über einen Brief von dir gefreut«, sagt Magda. »Der arme Jonty-Schatz. Aber, wie du siehst, hat er ihn nicht mehr bekommen. Diese schreckliche Armee! Es muß furchtbar für ihn gewesen sein, und niemand weiß etwas Genaues. Es ist so idiotisch. Widersprüchlich. Ein Frontalzusammenstoß?« Sie erschaudert. »Tot oder verschollen. Ich ertrage es nicht. Wirklich nicht. Ich habe bei Mummy auf ihn gewartet, und jetzt warte ich hier.«

»Wein' doch nicht«, sage ich, »bitte, Magda, wein' doch nicht!« Der glatte ungeöffnete Umschlag fühlt sich wunderbar an.

Magda hat mir meinen Brief zurückgegeben. Sie hat ihn nicht aufgerissen, um ihn zu lesen. Sie hat ihn sich nicht angeschaut.

»Es herrscht einige Verwirrung. Man weiß nicht wo und in welchem Lager«, sagt Magda. »Alles ist so chaotisch. Das liegt vermutlich an der Freude über den bevorstehenden Sieg.« Und sie schluchzt laut und tastet nach ihrem Taschentuch. »Da vorne auf dem Regal«, sagt sie, »müßten noch ein paar saubere liegen. Danke, Liebes!« Magda legt eine Hand auf meinen Arm. »Verstehst du, Liebes«, sagt sie, »ich hoffe immer noch, daß er zurückkommt. Daß sich alles als Irrtum herausstellt. Ich gebe die Hoffnung nicht auf. Du bist dir vermutlich darüber im klaren, daß ich eine ganze Ecke älter als Jonty bin. So etwas gibt den Leuten Anlaß zu tratschen, verstehst du, sie sagen gemeine Dinge, vor allem, wenn die Frau die ältere ist. Jonathon –«, sie fängt wieder an zu weinen, »Jonathon, verstehst du, ich brauche ihn so sehr.« Ich betrachte ihre zitternden Schultern, und mir fällt der schmutzig-dunkelgraue Ansatz ihrer kupferrot gefärbten Haare auf. Ich weiß, ich sollte ihr helfen.

»Was hältst du davon, wenn ich deine Haarbürste hole?« Ich sollte ihre Bürste suchen. »Was hältst du davon, wenn ich dir helfe, deine Haare zu waschen und zu frisieren? Laß mich deine Haare bürsten, Magda.« Ich sollte sie trösten. »Laß mich dir helfen.« All das sollte ich zu ihr sagen. Magda würde mich trösten, wenn sie Bescheid wüßte.

Sie kauert auf dem Sofa, das Gesicht in den Händen vergraben. »Verstehst du, Liebes«, sagt sie, »er wollte bei Mr. Smithers sein. Smithers hat sich vor etwa zwölf Monaten in ein Feldlazarett versetzen lassen, und Jonathon fand, er müsse auch dorthin gehen.

Aber verstehst du, Liebes, es ist nicht so einfach. Manche Menschen, sowohl Männer als auch Frauen, fahren quer durchs ganze Land, nur um zusammenzusein. So gesehen ist es ganz einfach.«

»Aber ich dachte, Smithers ...«

»Sie haben zusammengearbeitet.« In Magdas Stimme liegt ein trotziger Unterton. »Ich warte«, sagt sie. »Etwas habe ich mir fest vorgenommen. Wenn er wiederkommt, *falls* er wiederkommt, lasse ich ihn nie wieder weg. Ich kann einfach nicht ohne ihn leben.«

Ihr langes strähniges Haar fällt über ihre unaufhörlich zitternden Schultern. Wie in Trance und mit verschleiertem Blick stehe ich auf und bleibe einen Moment vor ihr stehen. Ich sehe ihr Gesicht nicht, sondern nur ihre Schultern, um die kein Arm gelegt ist. Die bauschigen eleganten Gardinen und die Kissenbezüge mit dem Blumen- und Eichelmuster und der Parfümduft, der in der Luft liegt – all das ist zuviel für mich. Ich bewege mich leise zu der von einem Vorhang bedeckten Tür, öffne sie und gehe mit kurzen leichten Schritten zur Treppe und hinunter zur Haustür.

»Wieviel kosten die Ringe, bitte?«

»Die kommen Sixpence. Alle. Keiner ist teurer als Sixpence.«

»Ach, ja natürlich, ich bin ja bei Woolworth. Ich hätte gerne einen Ring. Ich brauche ihn, äh, fürs Theater. Für ein Theaterstück, ich gehöre zu einer Theatergruppe. Wir spielen ein Stück von, äh, Shakespeare.«

»Treffen Sie Ihre Wahl. Die Ringe kosten alle das gleiche. Wie ich schon sagte, Sixpence.«

»Ich glaube, ich nehme den hier. Der ist ganz hübsch, oder?«

»Wie Sie meinen.«

Der Woolworth-Laden ist hell erleuchtet, und ich lasse mich mit der Menschenmenge treiben. Es geht nur langsam voran, und in der Nähe der Türen wird es noch enger, weil dort ein Pulk Menschen vor dem Tresen steht, an denen Süßigkeiten verkauft werden, und außerdem kommen immer noch Menschen herein, obwohl bald Ladenschluß ist und sich das Geschäft allmählich leert. Die traurige Dämmerung in den Straßen hat etwas Beklemmendes. Das Krankenhaus, dessen Fenster erleuchtet sind, wirkt wie ein riesiges Schiff, das für alle Zeiten im Hafen festgemacht hat.

Schwester Roberts stand klein und stämmig in ihrem Wintermantel allein an der Bushaltestelle. Ich sah sie heute morgen dort stehen. Sie hatte ihren großen Koffer dabei. Sie wartete auf den ersten Bus, den wir den Arbeiter-Bus nennen. Es regnete; ein leichter Nieselregen fiel. Als ich sie dort stehen sah, kam ich nicht auf den Gedanken, daß sie vielleicht nicht wußte, wohin sie gehen sollte. Ich war oben in meinem Zimmer und schloß wegen des Regens das Fenster. Jetzt frage ich mich, wo könnte sie hingegangen sein? Wo kann man hingehen?

In der Schwestern-Kantine läuft der Rundfunkempfänger. Die unvermeidliche »In the Mood«-Melodie wird gespielt. Sie nimmt kein Ende. Unwillkürlich laufe ich im Takt dieses Leierkasten-Rhythmus. Unwillkürlich summe ich tonlos die Melodie mit. Meine Stimme in meinem Kopf klingt wie ein häßliches Krächzen.

Lois verspätet sich. Sie kommt herein und setzt sich mit einer Tasse Tee mir gegenüber an den Tisch.

Kartoffeln, Zwiebeln, Karotten. Mein Ring blitzt auf, während ich vorgebe eine Einkaufsliste zu kritzeln.

»Ist die Nachtvotze schon da?« Lois schaut sich schnell um und zündet eine Zigarette an. Sie nimmt einen tiefen Zug.

Jemand stellt den Rundfunkempfänger ab. Schwester Bean hat die Listen an ihr Herz gedrückt und marschiert zwischen den Tischen hindurch. Ihre bellende Stimme durchschneidet die Stille.

»Abbott Abrahams Ackerman Allwood …«

Lois, die von einer Rauchwolke umgeben ist, drückt ihre Zigarette aus. »Wer um alles in der Welt«, sagt sie tief über den Tisch gebeugt, »sollte dich bitteschön geheiratet haben?«

»Arrington und Attwood. Schwestern Baker Barrington Beam Beamish Beckett Birch Bowman D. Bowman E. Broadhurst Brown Burchall …«

»Schwester Burchall?«

»Ja, Oberschwester?«

»Schwester Burchall, neun Uhr, Büro der Oberin.«

»Jawohl, Oberschwester.«

»Schwestern Cann Carruthers Cornwall Cupwell ...«

Der Ostermond steigt eilig am Himmel auf. Die gestutzten Ziersträucher sehen aus, als wären sie mit zerrupften weißen Servietten bestreut worden, und die Gebäude erinnern mich an Torten, deren Glasuren drei Tage in Anspruch genommen haben und jetzt vollendet sind.

Morgen ist Karfreitag.

Nächste Woche werde ich wieder den früheren Zug nehmen, und noch vor dem Ende der Fahrt werde ich die Frau ansprechen.

Es ist mehr als wahrscheinlich, daß Ramsden inzwischen weiße Haare hat. Ihre Haare gehörten zu der Art Haar, das ganz plötzlich weiß wird. Keats sagt: *die Veränderung erkennen und spüren.* Als ich das las, dachte ich an Haare, die über Nacht weiß werden.

Der Pappdeckel des schmalen Gedichtbandes, den Ramsden mir damals nachts im Flur des Untergeschosses gegeben hat, ist mit der sauberen Federzeichnung eines Kranzes aus Edelweiß und Enzian verziert. In das Buch hat Ramsden mit ihrer sauberen kleinen Schrift geschrieben:

The best is not too good for you
Und Ihrer Weise Wohlzutun

Ramsden, werde ich sagen, *sind Sie es? Viel Wasser ist den Fluß hinuntergeflossen* – das paßt nicht zu mir – aber ich werde es ganz unbefangen sagen – *viel Wasser ist den Fluß hinuntergeflossen und ich habe Ihre Briefe nie beantwortet, aber sind Sie es nach all den Jahren, Ramsden, sind Sie es?*

Elizabeth Jolley

Späte Gäste

Roman

Aus dem Englischen von
Ulrike Becker und Claus Varrelmann

Band 12921

Edwin und Cecilia, er Literaturprofessor, sie Gynäkologin, sind ein glänzend eingespieltes Paar. Seine kauzige Verschrobenheit und ihre ausgelassene Lebenstüchtigkeit ergänzen sich vorzüglich. Das von stiller Subversion erfüllte Klima gegenseitigen Aufeinanderangewiesenseins ändert sich jäh, als Cecilia beschließt, Australien zum Zweck eines einjährigen Forschungsstipendiums zu verlassen, und Edwin zurückbleibt. Unverhofft tauchen des Nachts zwei Damen auf, Mutter und Tochter, die sich aus ihrem benachbarten Haus ausgeschlossen haben und die Gelegenheit, den Strohwitwer Edwin zu belagern, für günstig erachten. Aus einer Nacht werden viele Nächte. Komischste Verwicklungen, unerwartete Leidenschaft, heimliche Hoffnungen und folgenreiche Täuschungen machen diese Gesellschaftssatire zu einer hinreißenden Komödie. Elizabeth Jolley kennt sich beunruhigend gut aus mit der Psyche des ›Mannes in mittleren Jahren‹, seinem Marottenkult, seinen Launen, Ängsten, Träumen und verborgenen Wünschen. Ihr scharfer Blick jedoch läßt niemanden ungeschoren davonkommen: auch der Leser wird vergnügt an der Nase herumgeführt.

Fischer Taschenbuch Verlag

fi 1343 / 3

Janice Galloway

Fremde Länder

Roman

Aus dem Englischen von Silvia Morawetz

Band 12870

Zwei befreundete Frauen aus Schottland, Rona und Cassie, beide Mitte Vierzig und alleinstehend, unternehmen eine Ferienreise nach Frankreich. Zwei Wochen lang fahren sie umher, besichtigen Kathedralen und Schlösser, gehen spazieren, behelfen sich mehr schlecht als recht in der fremden Sprache. Was die beiden aber sicherlich nicht tun, das ist ein fremdes Land entdecken, denn die eigentliche ›Terra incognita‹ sind sie selbst, ihre Geschichte, ihre Wahrnehmungsweisen, ihre Beziehung zueinander und ihr Verhältnis zu Männern. Beide Frauen sind eigenbrötlerisch und beinahe scheu, verletzlich und zugleich beharrlich in ihren Ansprüchen und aufmerksam für sprachliche Gewohnheiten. Cassie ist diejenige, die mit größerem Nachdruck Erklärungen verlangt, sich selbst nicht versteht und noch viel weniger die scheinbar für alle verständlichen Regeln des Zusammenlebens. Rona zeigt mehr Nachsicht sich selbst gegenüber, aber ist noch stärker abgeschottet gegenüber ihrer Umwelt, in der sie sich, ohne Widerstände zu erzeugen, bewegt. Cassie und Rona arbeiten an einem großen Projekt: an dem Versuch der gleichberechtigten Kommunikation, der Rücksicht und gegenseitigen Anerkennung – mit Ironie, sicherem Gespür für Dialoge und eigenwilliger Textgestaltung erzählt Galloway dieses Unterfangen, das von gewöhnlichen Reisen in fremde Länder weit entfernt ist.

Fischer Taschenbuch Verlag

fi 523 / 3

Stefanie Menzinger

Schlangenbaden

Erzählungen

Band 13004

Eine junge Frau hat es auf den Gärtner abgesehen: Kaum ist er im Gehölz verschwunden, schleicht sie sich in sein Zimmer und schnüffelt herum. Sie befühlt den Rasierpinsel, prüft die Schamhaare im Auffangsieb des Waschbeckens, riecht an der Schmutzwäsche und schaut in den Schrank. Aus dem kommt ihr ein Kater entgegen, den die junge Frau als störenden Dritten bald beseitigen will. Tatsächlich fordert ihre Lust, ja Begierde ein blutiges »Eifersuchtsopfer«. *Der Gärtner, der Kater und ich*, die zuletzt entstandene Geschichte in diesem Erzählungsband, zeigt eine sichere, die Möglichkeiten der Sprache souverän ausschöpfende Erzählerin nicht nur weiblicher Sinnlichkeit. Feinste Beobachtungen und Bilder, raffinierte Perspektivenwechsel, eine Stimmungs- und Worteskala, die vom harmlos Märchenhaften bis hin zu unverblümten Sexual- und Gewaltphantasien reicht, und nicht zuletzt eine (Liebes-)Geschichte, die irritierend fremdartig ist. »Ich bin ein *Wortgourmet*«, heißt es an anderer Stelle, und dies bezeichnet genau, worauf das Schreiben der Stefanie Menzinger gründet – auf der Macht der Erfindungen, die eines immer versprechen: den sprachlichen Genuß.

Fischer Taschenbuch Verlag

fi 590 / 3

Benjamin Tammuz

Das Geheimnis des Minotaurus

Roman

Aus dem Hebräischen von Monika Zemke

Band 13087

Das Geheimnis des Minotaurus ist ein politischer Liebesthriller um einen israelischen Geheimagenten und eine junge Engländerin, der er über acht Jahre hinweg leidenschaftliche Briefe schreibt, ohne sich ihr je zu erkennen zu geben. Er ist einundvierzig und sie siebzehn Jahre alt, und die Briefe des geheimnisvollen Mannes verändern ihr Leben: Anfangs nur neugierig und geschmeichelt, verliebt sie sich mit der Zeit in den Unbekannten und unterhält eine ähnlich leidenschaftliche fiktive Liebesbeziehung zu ihm wie er zu ihr. Dokumentiert ist diese imaginäre Liebe durch die Briefe, die die beiden unter konspirativen Bedingungen austauschen. Das Rätsel um den Briefeschreiber löst sich auch für den Leser erst am Schluß des Romans – bis dahin aber erzählt Tammuz außerordentlich spannend und temporeich die Geschichte dieses Mannes und zeigt die tiefen Irritationen, die sich aus der Sehnsucht nach Liebe ergeben können und die möglichen verhängnisvollen Folgen von Projektionswahn und Illusion.

Fischer Taschenbuch Verlag

fi 505 / 3

Barbara Gowdy

Fallende Engel

Roman

Aus dem Englischen von
Sigrid Ruschmeier

Band 12541

Der Roman beginnt wie ein amerikanischer Film. Drei Schwestern fahren zur Beerdigung ihrer Mutter, auf dem Rücksitz liegt ihr betrunkener Vater und schläft. Eine Durchschnittsfamilie, irgendwo in einer namenlosen Provinz der Neuen Welt, zwischen Neon, Plastik, Atomkriegsangst und Roaring Sixties. Barbara Gowdys lakonisch erzählte Episode aus dem harten Alltagsleben der drei heranwachsenden Töchter entwerfen das scharf gezeichnete Portrait einer Familie im ›ganz normalen Unglück‹.

»Das Raffinierte an dieser Erzählerin ist
ihr moralisches Understatement. Ein beachtliches Talent.«
Verena Auffermann *(Frankfurter Rundschau)*

Fischer Taschenbuch Verlag

fi 2014 / 4

Jamaica Kincaid

Lucy

Roman

Aus dem Amerikanischen von
Stefanie Schaffer-de Vries

Band 11973

»Ein Elementargeist ist zu entdecken« - so formulierte Karl Krolow seine Einladung, Jamaica Kincaid zu lesen. In *Lucy* wird die Geschichte einer Neunzehnjährigen erzählt, die zum ersten Mal von den Westindischen Inseln weg – und als Au-pair-Mädchen nach New York kommt, zu dem wohlhabenden Ehepaar Mariah und Lewis und deren vier Töchtern. In einer Reihe von Impressionen und Reminiszenzen wird eine sehr verletzte, aber auch eine sehr mutige und sensible Lucy vorgestellt – in der schmerzvollen Beziehung zu ihrer Mutter, ihren ersten Beziehungen mit Männern und ihren mühsamen Versuchen, sich zwischen den Ansprüchen der Eltern und der eigenen Verwirrung zurechtzufinden. Schmerz und Zorn lassen sie Distanz halten und aus dieser Distanz heraus mit unerbittlicher Klarheit ihre Umwelt erkennen. Leben bedeutete für Lucy bisher eine Serie von Verlusten. Irgendwann hat sie gelernt, diese Verluste zu akzeptieren, wird das Weiterziehen für sie zur zweiten Natur.

Fischer Taschenbuch Verlag

fi 231 / 6

Lore Segal

Ihr erster Amerikaner

Roman

Aus dem Amerikanischen von
Inge Leipold

Band 12834

Sie heißt Ilka Weissnix, konnte vor den Nazis mit Müh und Not aus Wien entkommen und landet schließlich in New York. Er heißt Carter Bayoux, trinkt nicht zu knapp, ein schwarzer Intellektueller – er wird ihr erster Amerikaner. Dieser Roman erzählt die Liebesgeschichte dieser beiden: er nicht ganz frei von Antisemitismus; sie nicht ganz frei von Rassismus. Eine der komischsten und traurigsten Liebesgeschichten der jüngeren amerikanischen Literatur.

»Während der gesamten
Lektüre muß man immer schmunzeln.«
The New York Times Book Review

Fischer Taschenbuch Verlag

fi 1566 / 5